戏精守护者

To Be Guardian

五军·著

长江出版社
CHANGJIANG PRESS

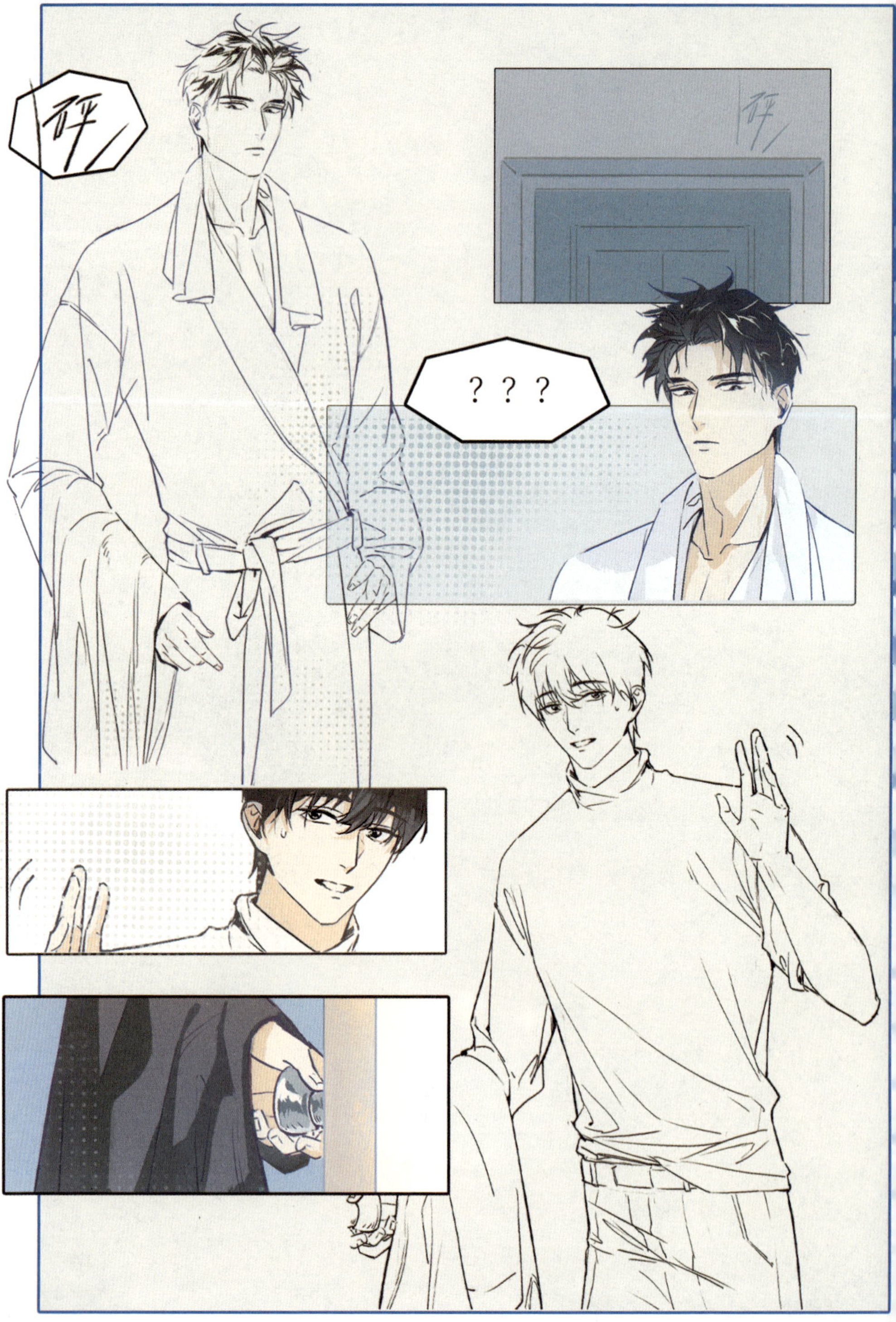
砰
砰
？？？

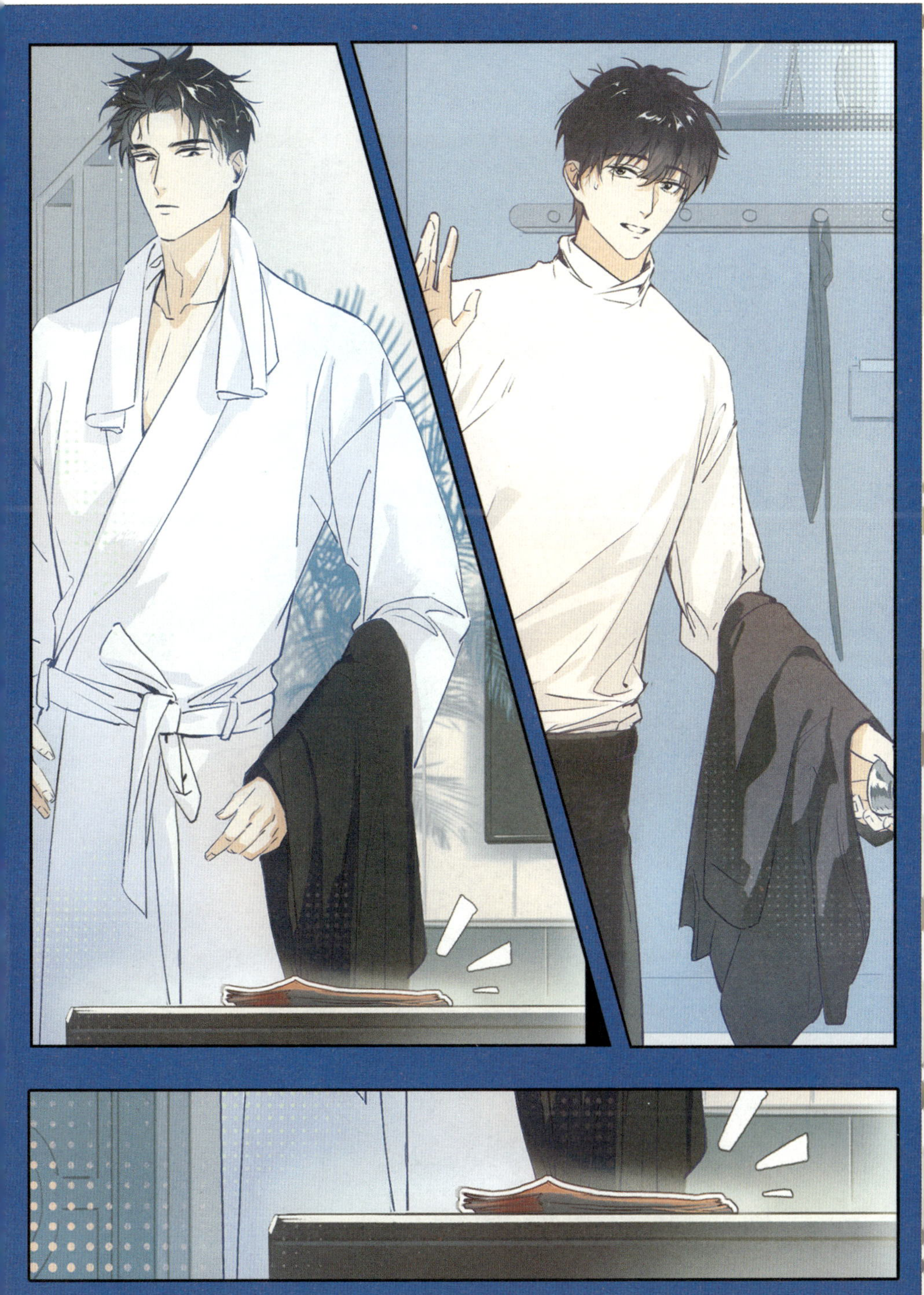

GARDEN

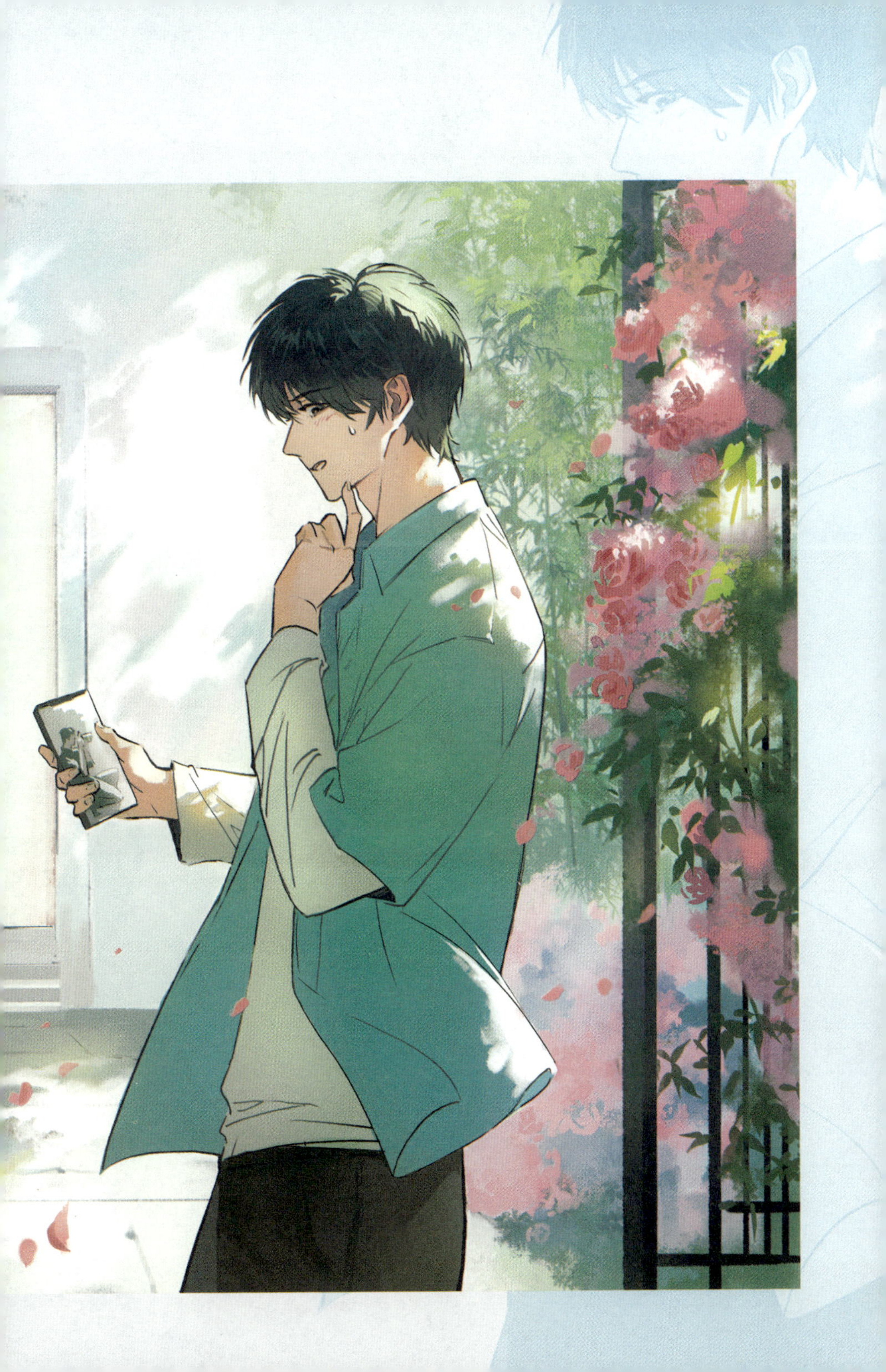

第1章 -------------------------- 001
第2章 -------------------------- 041
第3章 -------------------------- 075
第4章 -------------------------- 107

CONTENTS 目录

第5章 ----------------- 139

第6章 ----------------- 167

第7章 ----------------- 200

第8章 ----------------- 237

第1章

雨落得急,哒哒哒地敲在落地窗上,又凝成水线滚落下去。

陈彩还没完全醒酒,眼皮发沉地盯着对面的衣帽间。

那里的感应灯正亮着,里面挂着几件衣服,一水儿的西装衬衫,无论是风格品位,还是用料板型,都充斥着两个字——有钱。

陈彩自诩为极简主义者,信奉断舍离,因而衣柜里的衣服少之又少,最常穿的运动服和冲锋衣,只要没有破损,洗干净能穿好几年。当然他的断舍离并非物质丰盛到极端之后的返璞归真,而是条件有限下的最优选项。

但他也见过好衣服,知道什么叫一分钱一分货。就拿这个酒店来说,他平时虽然只选择标准间,但这次住一下套房,感觉到底是不一样

八十平的带客厅小套间,双洗手间,每个空间都有独立的木门相隔,不算奢侈,但足够方便。卧室里除了大床之外还有个布艺沙发,再往侧边是衣帽间,推拉门设计。陈彩瞧着这衣帽间大小正合适,取东西能方便不少,便琢磨着回头家里也可以做一个。

他的酒劲儿还没下去,思绪有一搭没一搭地随处乱飘,过了会儿听到浴室有动静,这才突然想起这间套房是别人的。

陈彩后知后觉,立刻惊出了一身冷汗。

天颐传媒的老总陆渐行,人前儒雅风趣、谦逊温和,人后冷漠苛刻、目下无尘。

陈彩早就听说了陆总大名,平时哪敢招惹。无奈昨晚跟人拼酒喝过了

头，撞见陆渐行的时候，他正醉得厉害，眼睛一眯，把陆渐行误当成了一位朋友。

那朋友还是个学生，人长得帅气，性格大方开朗，对陈彩十分崇拜，屡献殷勤。陈彩昨晚应酬完，胃里翻云倒海般难受，看到熟人心里一松，搭住对方的肩膀非要跟着对方上楼，蹭地方休息一下。

然后休息到了现在。

浴室里的杂音倏然安静了下去，看样是小电视被人关上了。

陈彩心里一哆嗦，心想都什么事啊？自己晚上也没喝到神志不清的地步，怎么就认错人了？

真是千金难买早知道，万金难买后悔药。

这次要是得罪了陆渐行，自己在圈内没法混了。

陈彩脑瓜虽然疼，但转得不慢，他抬起身子往外看了看，见卧室的房门虚掩，镇定片刻，翻身下床，开始找鞋。

浴室里的水声停止，陆渐行似乎洗完澡了。

陈彩犹豫了两秒，在解释道歉和逃之夭夭之间选择了后者。他从地上拿起自己的包，往肩上一甩，瞄一眼陆渐行，见对方没还出来，飞快地转身推门溜了。

一出了酒店，倒春寒的冷风便一阵一阵地扑了过来。雨已经停了，地面上映着光亮，陈彩被冷风打了个激灵，这下是彻底清醒了。

午夜不太好打车，他沿着酒店前面的小径出去，又在马路上走出二三百米，这才伸手招到一辆。

上车的时候看一眼手机，凌晨三点。

陈彩心里哀号一声，今天喝酒明天上班，下午还要出差，这日子简直没法过了。

作为一个经纪人，尤其是小公司里"小透明"的经纪人，陈彩的日子相当苦，几乎是当牛做马，必要时要给"小透明们"答疑解惑，偶尔还要变身为保姆替他们做饭更衣。因为公司的实力有点弱，目前为止只拍过几部无比尴尬的偶像剧，所以他还得时常瞅着外面，从一堆饿狼猛虎嘴里给孩儿们抢口好肉吃。

他现在到处活动的这部剧《大江山》就是块大肥肉。这部剧其实是天颐传媒为了捧自己的人，专门找编剧写的。编剧是名人，班底也厉害，大制作，名导演，题材又是最近格外受重视和扶持的军旅剧，所以现在还没开拍，投资商已经找上了门。

陈彩知道这事后便一直琢磨把手里的人给塞进去，无奈他无门无路，直到有人帮忙给了他剧组副导演的联系方式，陈彩这才算是提着猪头找到了庙，三邀四请，终于请动对方。昨晚一顿猛吃猛喝，这才争取到一个试戏的机会。

如果不是晚上的那个意外，昨天可以说是过得很满意了。

想事的时候时间过得飞快。从城市的这头到另一头，眨眼便过了。

陈彩付钱下车，走过一片身形单薄的"接吻楼"，才到了自己住的地方。那是一处老式小区，几幢矮楼零散分布，一层贴满了各式培训班瑜伽课的红字大广告，路边则停满了自行车电动车。

此时已近凌晨，偶尔听到几声虫鸣，更显得周遭寂静。陈彩轻手轻脚地上楼，不料还是惊动了父母。

陈母披着件棉衣坐在客厅沙发里，一直等儿子进来，才沉下脸问："你怎么又这个点才回来？昨晚去哪儿了？"

陈彩从小惧怕他妈，为了少挨揍练了身撒谎的技能，一脸忧愁道："公司有个新人谈恋爱，我奉命去棒打鸳鸯。"

陈母狐疑地看了他一眼，瞅不出破绽，没好气道："天天去棒打鸳鸯，搅和别人谈恋爱，怪不得快三十了还单身。"说完又教育他，"这种事意思意思就行啊，别真给人拆了，宁拆十座庙不拆一桩婚懂不懂？"

陈彩点头："懂。"

"他们要是恋情曝光来再跟进跟进也是行的，"陈母叮嘱，"有人关注讨论也是红。"

陈彩被震惊得不轻，心想他妈一老同志怎么还懂这些了？

他自然不知道自己老妈最近追星迷上了一个小鲜肉，而且因为误入粉丝群，现在俨然有成为专业粉的趋势。别说这些了，就是连陈彩不懂的很多字母简写，他妈都解读得溜溜的。

此时陈母也不是为了给陈彩留门才在客厅里，她也一宿没睡，忙着给自家的小鲜肉澄清，同时指责小鲜肉的工作室工作不力，经纪人就是个废物。

陈彩没多想，还以为他妈是跳广场舞听来的，忍不住辩解道："有人讨论虽然也红，但不能这么来。我们公司的小孩都不错，我还是希望他们有个良好的公众形象。"

陈母却不赞同道："什么良好的公众形象，不就是'立人设'吗？现在观众又不傻，耿直的才招人喜欢呢。"

陈彩目瞪口呆："啥？"

"啥啥？还不去睡觉？"陈母一挑眉，"天天喝酒熬夜等着猝死哪！"

陈彩吐舌翻白眼做死尸状，心想是你拉我说的啊，现在又骂我是闹哪样，他在心里吐槽一阵，转身往卧室走。

又被陈母拉住。

"哎等下，"陈母从茶几下面拿出来一个信封，里面厚厚的装着什么东西，"六楼那个林阿姨的姑娘，挺喜欢许焕的，你要是碰上了找他要个签名。"

陈彩愣了愣，跟被踩了尾巴的猫似的，嗷一嗓子就跳起来拒绝，转身往卧室奔去："我不！"

"你不什么啊？"陈母在后面道，"你俩这关系签个名都不行？"

"早闹掰了！"陈彩喊，"低声下气不是我们老陈家的风格，我们要有风骨！"

"嚄，装什么呢，"陈母把照片又放回茶几上，说道，"那天他打电话是不是想和好呢？是的话快答应了吧，从小一块儿长大的交情，还真说翻脸就翻脸啊。"

陈母对于许影帝是相当满意。

谁让许焕从小就是别人家的孩子。他乖巧聪明，干啥啥行，上学的时候是好学生，不上学了去学演戏，回头拍出来的也是好电影。所以到现在许影帝的宣传词上都离不开那句话——被上天眷顾的男人。

而陈彩，则是一个"被上天眷顾的男人"的全家重点提防的人。

在许焕演的第一部电影上映的时候，许母就单独找陈彩谈过，怕陈彩借许焕的名声生事，又或者在财物上占许焕的便宜。那时候许焕还没出名，许母的派头已经很足了，与陈彩约在餐厅见面。陈彩那次十分震惊，心想许婶儿您啥意思，许焕的上镜机会还是我帮他找的呢。再说咱两家门对门，你家连车库都是借用我家的，怎么就怕我占便宜了？

他很是鄙夷了对方一番，并很有先见之明地没有告诉自己家战斗力"爆表"的老妈。

再后来许焕拍戏越来越忙，两人碰面的机会越来越少。直到去年，许焕拿了影帝，许家老小一起悄悄搬走，住进了大别墅，陈彩自始至终毫不知情。那时他才意识到，挚友发达后一直在躲着自己。

圈子不同，不必硬融。陈彩识趣地再也不提许焕。

唯有前几天，为了问那个副导演的联系方式，他不得已给许影帝打了个电话，厚着脸皮说出来意。显然，许焕给号码时很不情愿。

这些他都没告诉老妈。他只说自己跟许焕闹掰了，而实际情况是，许焕一家瞧不上昔日旧邻，不愿跟他们有来往了。

陈彩回来倒在床上睡了一觉，也就三个来小时，天一亮又赶紧爬起来，洗漱刷牙冲澡。这一晚折腾得不轻，镜子里的人却容光焕发，丝毫不像是熬过夜的。

陈彩心里啧啧称奇，心想怪不得说事业是男人的保鲜剂，这皮肤咋还更有光泽了呢？

他乐了会儿，把自己的几个手机放包里，又塞进去一个文件袋，那里面有着他手下艺人的所有照片和资料，方便面试的时候给对方看。等忙完这些，陈彩才掐着时间，给王成君打电话通知去试戏。

王成君这会儿刚睡醒，看到手机来电还有些迷糊，拖着嗓子问："怎么啦？"

陈彩一听就知道他肯定没去上早课，没好气地喊："你说怎么啦？啊，是指望我问你早安呢还是该问你昨晚儿上玩得开不开心？你都多久没拍戏了？不拍戏也不知道锻炼学习给自己的皮囊塞点儿有趣的东西吗？还是你打算等着养肥了去竞选真人版熊出没？有点生存危机行不行啊我的大明星……"

他一口气说个不停跟说相声似的，王成君却直乐，笑得腹肌疼。

陈彩又吆喝："乐什么！麻利儿的，快滚出来，试戏。"

王成君的确很久没拍戏了，没戏拍意味着没收入，吃外卖都要算着钱抢红包和返券，中午只敢点9.9元的半价午餐。这会儿陈彩的话说完，他愣了一会儿才反应过来，立马窜去洗手间刷牙洗脸。

半个小时后陈彩在地铁站跟王成君碰头,一见面就开始挑剔:"你这外套不错啊,给你借辆电动车能直接去送外卖了。"

王成君穿了件柠檬黄的冲锋衣,脑袋上扣着顶棒球帽。

陈彩平时不怎么挑剔他们衣服,一来他们没钱,二来都是小透明,走街上还没人注意。可是今天不一样,这可是去试戏的,穿得邋里邋遢的是不尊重人吧?

王成君也知道这个道理,见陈彩真要生气,忙把冲锋衣拉链一拉,露出里面的衬衫来。

陈彩神色稍稍缓和一点,但仍旧不满:"怎么又是这件?这件剪裁不好,穿着特别没气质。上次我陪你买的那件新的呢?"

王成君道:"被霍兵借走了。"

陈彩一愣:"什么时候?"

"早上,我拿出来放床上打算穿的,去厕所的工夫,他就穿着走了,后来给我发了短信。"王成君叹了口气,"他说今天要去见女朋友,所以穿好点儿。据说他女朋友的爸妈来了,要逼他们分手呢。"

霍兵也是陈彩带的艺人,原本是跟别人的,后来他嫌前经纪人太懒,找了公司的副总,又换到了陈彩这儿。但是陈彩手里资源也有限,他之前只带王成君还可以,两人脾气合得来,半师半友,陈彩找来的戏王成君不嫌弃,王成君不争气的时候陈彩也不骂。

可是霍兵一来,两个男孩子年龄相仿,定位相似,都是走帅气硬汉风,资源分配上就有了冲突。

陈彩初期十分公平,资源几乎是你一个我一个地轮着分。可是霍兵这人事多,陈彩辛辛苦苦谈来的角色,他一定要挑挑拣拣,扮相丑的不要,负面形象的不要,剧组条件太苦或者成本小的也不要。

一来二去,陈彩也有些意见,最近一直想着跟公司说一下能不能换人。

霍兵这衣服借的时间太凑巧,陈彩也不想往坏处想他,见时间还早,干脆让王成君上车,直奔江西路上的老商场。

衣服自然还是找打折的买,但因为这处老商场定位高,所以就是折扣款里的一件衬衣也动辄四五千。

王成君心疼得直抽气,陈彩却叹气道:"你心疼什么,又不是才入行,还不懂吗?娱乐圈里三分靠努力,七分靠运气。不一定哪次见组就会让你红起来。你懈怠的这一次,万一就是大机遇呢?"

"我知道,"王成君说,"就是有点心疼钱。早知道早上强硬点,不当什么老好人了。"

陈彩笑了笑:"学会拒绝别人本来就是门学问,你现在先入门,再慢慢修炼。"他说完看了眼标牌,把挑好的几件递过去,又道,"一会儿好好表现,要是事成了,这衣服算我送你的。要是不成,你自己掏腰包,知道吗?"

王成君大喜,欢天喜地地抱着去了试衣间。

包里的手机叮叮作响,是个陌生号打来的。陈彩坐到一旁休息区的沙发上,接通了电话。

那边说话的却是许焕。

"你联系上李导了?"许焕问。

陈彩连忙点头:"联系上了,谢谢你,许……"

"不用客气,我打电话就是叮嘱你一下,我不太放心。"许焕那边迟疑了一下,却道,"万一李导问你从哪儿得来的电话,你不要说是我给的,这会影响我声誉。"

陈彩:"……"

陈彩不知道跟多少人打听过剧组信息导演电话了,还是第一次被人叮嘱这个。其他不过点头之交的人都不担心,认为陈彩这人做事有分寸,没想到认识多年的发小竟然不放心了。

他一时震惊,又想不过是个电话号码,还是演员副导演的,这人竟然值得特意打电话过来说。但当初两人还没闹掰的时候,许焕很少打电话,陈彩主动打过去,那边也是敷衍居多。当时他一直以为许焕忙,现在看,许焕并不是忙,而是按照事情轻重缓急来安排的话,自己的部分只能算是又轻又缓,不值得在意。

陈彩心里微微发凉,握着手机不想说话。

许焕催促道:"陈彩?"

"嗯,在。"陈彩有些懊悔自己找他要电话的行为,想辩驳两句,转念又觉得不值。

再说现在两人也算同行了,多一事不如少一事。

他回过神,笑着客气道:"许先生放心,李导并没有问过,就是问了我也不会提你的。"

"嗯，陈……"

陈彩心里却不舒服，心想陈什么陈，一边去吧。

随后抬手，干脆按下了挂机键。

许焕看着被挂掉的电话发了会儿愣，有些难以置信。

经纪人正好推门进来，看他打完了，诧异道："说完了吗？"

"没，"许焕脸色不太好看，"还没来得及说，那边就挂了。"

"哎？那你说你是谁了吗？"

许焕点了点头，但是没说自己开头的那段话。

经纪人"哦"了一声，口气莫名有些幸灾乐祸："既然这样，那就是拒绝了。我一会儿跟VV姐说一下。"

许焕一直在沙发里坐着没说话。这是他经纪人的办公室，地方不大，但视野够好，举目望去是一片低矮的楼房，数里之外是一片海。而从这个办公室出去，往下一层，墙面上则贴着数不清的大小艺人的照片和资料。

这里是天颐传媒，也是明星制造工厂。

许焕之前签约过来的时候已经小有名气，如今拿了影帝，在公司里的待遇却始终不是顶级。他有些不忿，再看着事事排在他前面的前辈，又觉得不服，总想着争一争。

经纪人让他联系陈彩的时候，许焕很是吃了一惊。因为经纪人的意思是副总听说他跟一个叫陈彩的经纪人认识，点名让他联系一下，问后者想不想过来。可是许焕却不知道，陈彩什么时候这么出名了，怎么会突然被天颐看上。

他心里起初是高兴，陈彩跟他是旧识，来了天颐他也多了份助力。随后却又开始担心，陈彩是不是借自己名气了？以后会不会跟同事说他过去的种种当作谈资？

权衡利弊，仍是觉得隐患居多，最后没成，许焕心里也乐意。

经纪人把陈彩拒绝来天颐这事汇报给了艺人经纪部的副总VV姐。VV姐听完眉头稍稍一挑，也没再多问。

等人一走，她才撕了袋挂耳咖啡，放在自己的马克杯上。

陆渐行在一边跷着二郎腿翻报纸，专门找夹缝里的笑话和小段子看，见她这样，出声提醒道："不是怀了吗，还喝咖啡？"

VV姐靠在办公桌上，掐着腰，一摇头："还不是为了给你卖命，现在不为以后打算，等着小人玩釜底抽薪吗？"

"这也正常，人才流动嘛，"陆渐行道，"你挖的那几个有什么来头？"

"没来头，都是刚入行的，听人说过都是'拼命三郎'，所以会留意。"VV姐说完，看着办公室外面的人冷笑道，"我就是要个鲶鱼效应。你看外面一个个的大企业老员工做派，就等着公司往下分饼，要不就炒股喝茶搞内部斗争，能有什么出息。"

陆渐行平时也不管手下各部门的人怎么运作和管理。但他和VV除了上下级关系外，还是表姐弟，所以有时会多聊几句。

这会儿工作差不多忙完，VV想起这兄弟俩的事情，笑道："还没问呢，昨晚渐远介绍的小孩怎么样？听说名校毕业的，特别会来事，打算以后让他跟着你。"

陆渐行听这话不由一愣，特别会来事？昨晚那人喝得死去活来的，后来又一声不吭地溜了，连声谢谢都没说，这叫会来事？

他神色复杂地看了VV一眼。

"以后别提他了。"陆渐行沉下脸，把报纸往旁边一放，"这人不行。"

陆渐行是典型的霸道总裁。

他曾经接受采访，向媒体透露自己的几大爱好——喝喝红酒、买买跑车、搞搞艺术收藏，跟文化人谈谈人生。

他本就长得好看，头骨圆，眉骨高，鼻骨挺，下巴线条流畅有棱有角。平时目光收敛，唇角微翘，配合霸总享大背头，简直是又帅又有派头。

颜值高气质好的富二代，跟各种烧钱的爱好是绝配。可是VV却听人说过，陆渐行原本并不懂这些的，因他从小被寄养在了一户普通人家。

至于寄养的原因，没人详谈。从长辈闲聊透露的一星半点，能听出是陆渐行的妈妈年轻时跟别人有点不清不楚，所以生下的第一个孩子就被送了出去。至于后来为什么快成年了又要回来，就没人知道了。

表姐弟俩关系还算融洽，VV对于这种豪门秘闻也不感兴趣，只是觉得如果真如传闻所言，那陆渐行也太厉害了，比自己从小接受的精英教育的弟弟妹妹要强不少。

她想到这儿，忍不住朝沙发那儿打量，陆渐行却丝毫不觉。手里的报纸三两下翻完，杂志也没什么好看的，他便拍拍屁股，抬腿就走。

VV问："中午不一起吃饭？"

陆渐行摇头："不了，我下午要去趟H市。"

有个拍战争戏的剧组明天开机，因制片人和导演都跟陆渐行的父亲相熟，所以这部电影天颐也小有投资，并让许焕过去友情客串。

陆渐行下午是去探班的，跟他一块儿去的还有今天需要到组的许焕。

VV能看出陆渐行不乐意去，那个制片人和导演都是有名的刺头，没事爱吹牛爱说教。之前陆渐行跟他们见过面，闹了点不愉快，现在一晃过去快两年了。

她笑了笑，忽然想起坊间传言，跟陆渐行透露："吕导最近找了个小三十多岁的老婆，最近正甜蜜着呢。"

陆渐行有些意外："什么时候的事儿？"

"去年，圣诞节定的情。那女的挺高调，上次去港后街的那家店买翡翠，看上店主的镇店之宝了，非说能感受到召唤让人卖给她。"VV笑了笑，"有这么个作精，够老头子喝一壶的。你要想这一趟消停点的话，就给他们买个挂件做礼物。"

陆渐行却不以为意，自顾自地往外走："开玩笑呢，我可是金主，哪用给他们送礼物。"

VV忍不住笑，又听他问："倒是你爱吃的那个什么东西是在哪儿买的？回头把地址发我微信上，我给你捎点回来。"

陆渐行这人长得"高冷"，骨子里却是个暖男。每次出差去外省必定会给家人买东西。他溜溜达达出了公司，让秘书开车来接，等车的工夫又分别问了家里的其他成员有没有要买的。

此举遭到一众人的嘲笑，纷纷吐槽他专注于土特产代购，也太接地气了点。

倒是VV很快发过来一家蛋糕店的地址，点名要吃他们家的老式面包。

陆渐行把地址截图，又复制了一份到记事本里。

正好秘书开着车过来，陆渐行让他叫上了下午出差的几位。大家一块儿找了处地方吃烤肉，等吃饱喝足，又开车拐去了茶馆喝茶解腻。

陈彩先是发现一直在门口的漂亮姑娘换人了，随后又见王导带着两个活泼的小帅哥出去了一趟，不久后他自己回来，红光满面，笑意未收，显然是刚跟人攀谈过的样子。

他猜着茶馆里应该是来了位重要人物，可是左瞅右瞅，也没见有人进来，不知道是不是这里有后门。倒是没多会儿，茶馆老板突然让人给他们送了茶水和点心。

王成君已经饿坏了，他跟陈彩上午就来等着试戏了，谁想到了时间，那导演却没来，一直到了中午才慢吞吞地出现。其他几拨早来的比较灵活，跟老板要了小包间边吃边喝等着。陈彩也要去买，被王成君给拦着了。

王成君道："陈哥，咱不整那个，人家都是腕儿，又不缺钱。"

陈彩看他穿着新衣服不敢趴不敢蹲的，有些心疼，但是回头再看小包间价格，最小的一小时888元，着实也不便宜。

两人跟穷酸小兄弟似的，找了个大堂的角落坐着等，也不敢到处乱走，一直饿着肚子到了现在。这会儿老板送了甜点，王成君的两眼都要粘上去了。

陈彩正在手机上查下午的航班信息有无变动，回头见他那傻样，忍不住笑道："你想吃就吃呗。"

王成君悄悄捏起一块，却有些犯嘀咕："不会跟我们要钱吧？"

陈彩摇摇头。

王成君又道："那吃太多会不会不好，看着老板跟王导挺熟的。"

"老板都走开了，没事。"陈彩看了眼，见又有人被叫进去，想起正事，转头问他，"你觉得自己怎么样？"

"我啊？我哪行？"王成君往远处抬了抬下巴，"就看这些，不是老演员就是当红的小鲜肉，就是最不济的一个，我上次还排着队给人做配角呢。"

"……"陈彩不动声色，只问，"然后呢？"

"没啥然后，我争取能上就行，"王成君道，"管他是几号还是十几号，就混个脸熟。"

他没心没肺说完，小饼干一个接一个往嘴里扔。

陈彩却是听得一愣，顿觉气不打一处来。刚刚两人在来的路上，王成君还信誓旦旦地拍胸脯说一定要努力，争取个好角色，谁想到一到地方，看到了几个熟脸，这人就又犯贱了。

"挺好的，"陈彩把手机收起，看着他点了点头，"你对自己有个十分清楚的定位和认知。"

王成君嘿嘿一笑，正要得意，抬眼一看陈彩的表情就傻了。

果然，陈彩说："其实你真不应该签约，这里不适合你，影视城才是你该去的地方，当个群演干个特约多好，稍微混混，认识几个小团体的头儿就能不愁吃穿。要是有出息了呢，特约一天三五百，活多的时候轻轻松松月入过万。何必在这里苦等，我还得求爷爷告奶奶去跟找人……"

王成君知道自己说错话了，讪讪地把饼干放下，大气儿也不敢出，偷偷瞟陈彩一眼，再低着头搓手指。

陈彩虽然有些烦躁，但没继续打击他："我不说那些话了，你自己想想吧。看看公司现在签了多少新人，那些可都是十七八的小孩子。你自己呢，今年二十八，明年虚岁就三十，不客气地说，跟新人比你已经老了，老太多了。要是今年还没出息，你觉得公司会怎么做？"

王成君心道还能怎么做，肯定不管我了呗。

他虽然也是科班出身，但本人的个子有点高，一米八七，长相又是硬汉风，浓眉大眼，方口阔鼻，放在镜头里不好看。头几年他签约到这家公司后就一直没事情干，混得跟群演差不多，直到去年陈彩来，他的情况才有所好转。

"那陈哥，"王成君小声问，"万一公司放弃我的话……你呢，不会也不管我了吧？"

"你说呢，"陈彩道，"现在还没怎么着，公司就塞过来一个霍兵，谁知道以后会怎么样？如果到时候真开始安排人了，我手下人一多，精力有限，就是想照顾你，肯定也跟现在不一样了。"

王成君知道他说的实话，心里有些发慌，没着没落的。

陈彩在一边瞧着他，看他脸色红红白白，显然是怕了，这才又改了口："不过这说的都是以后……如果这部剧你能争取个好点的角色，一切都还不晚，而且我也会说服公司倾斜一下各项资源，好好给你宣传宣传。还有你们宿舍的电路是不是总坏？这次争气了，别的不说，先给你换个好宿舍。"

王成君瞪大眼，又被勾得高兴起来："可以吗？能换宿舍啊？"

"可以，"陈彩点了点头，"前提是你自己出息。"

他这一番连哄带吓，王成君果然被激起了一点士气。不一会儿轮到他进去，陈彩把手里打印好的简历又给他一份，握着拳头鼓励："加油加油！"

王成君也瞪着眼，小声喊："加油加油！"随后雄赳赳气昂昂地走了。

陈彩一直看到王成君进了那处大包间，这才松了口气，拿出自己的随身小本记录这两天的工作。

小本的扉页上写着"变脸日记"，陈彩掀开，第一句写下关键字：变脸。只是"脸"还没写完，手机又有来电。

他叹了口气划开，一看来电人，这才眼睛一亮，立刻兴奋了起来。

来电人是陈彩的挚友，因为长得黑，喜欢戴长假发，被人送了个外国名的外号。正好他本人也很喜欢，便自己取了个简称Bebe。

陈彩跟Bebe认识十几年，两人好得穿一条裤子，平时分开的时候他俩都很正常，但只要凑一块儿就会双双暴露八卦本性。

这会儿周围有人，陈彩怕一会儿聊起来不方便，左右看看，便收着东西悄悄往侧边的走廊上走了一段。

这处茶馆整体是古式建筑，前面是厅堂，后面是小花园，走廊的栏杆有美人靠，坐上面正好可以看花园里的假山流水。

陈彩挑了处靠水近的，惊奇地发现里面还有锦鲤，干脆先双手合十祈祷锦鲤保佑那个试戏的，祈祷完毕，这才大咧咧靠坐在上面，接通了Bebe的电话。

Bebe找他倒没什么事，就是约着晚上吃小龙虾。

陈彩有半年没吃小龙虾了，一听就馋得直流口水，但是无奈时间不凑巧。

"我下午要出差呢，去H市。"陈彩哀号，"你怎么不早说啊！"

Bebe道："我哪知道你要出差，干吗去呀？"

"去给人撑腰，"陈彩往美人靠上一趴，吐槽道，"我们台柱子在那儿拍戏呢，昨天打电话给老总，说自己胃疼要请假，剧组不准，让人过去给争取一下。"

Bebe哈哈大笑："她戏可真多，让她自己的经纪人去呗。"

"她经纪人不行，"陈彩挥了挥手，"我可是骂战里的终极武器。"

两人不知道被戳到了哪根神经，突然嘻嘻哈哈地笑了起来。

又闲聊了会儿别的，Bebe说自己去泰国旅游了，在那里玩嗨了简直不想回家。陈彩说我好苦命我还在工作，我再忙就忙傻了家都不能回了。

Bebe顿觉心疼，啧啧问他："你这个工作行不行啊，我还以为你干这个就是为了气气许焕呢。要太累就赶紧换个。"

陈彩是在和许焕闹掰后才入的这一行，他脑子聪明，很快考了经纪人证，又找了现在的公司。因为公司小，没什么人，所以他只做了一个月的执行经纪就升了职。到现在虽然还没干出什么成绩，但干得有模有样的。

对于陈彩的新工作，许焕的确害怕过一阵子，觉得他此举有些诡异，后来还找朋友从中说和让陈彩放弃，只不过没人站在他那一边。

陈彩轻啐一口，十分上火："许焕？可别提了，我今天差点没被气死。"

Bebe诧异："怎么了？"

"我找他要了个副导演的电话，你猜怎么了？他今天特意打电话给我，叮嘱我不要跟人说是他给的。"陈彩气不打一处来，"可气死我了，你说要是陌生人也就算了，我跟他认识多少年了他说这句话，跟我要占他便宜似的，你说他还是不是人了？"

"必须不是，"Bebe道，"畜生！"

"对，畜生！"陈彩怒道，"不！是牲畜。"

说完两人又被戳中笑点，一阵哈哈。只是这次哈哈完，陈彩长长地叹了口气。

他跟许焕的关系，搁古代得是八拜之交。谁承想会成现在这样。

"许焕这人……"陈彩叹气道，"我以前怎么就没发现这人不行呢。"

Bebe不以为然："他就是势利眼，拜高踩低的，以前看你家条件好就占便宜没够，遇到事儿只知道缩起来，让你替他出头。也就你拿他当兄弟。现在知道了吧？不是我说他，这人心就是黑的，以后找对象肯定也得高攀有钱有势的，什么老板闺女之类的。"

"你怎么知道的？"陈彩震惊，"他拍第一部戏的时候就跟女主谈过，后来自己火了就跟人分了，又掉头去追老板千金去了，不过没谈多久，被老板千金踹了。"

"真畜生啊，"Bebe风中凌乱了，"陆渐行的闺女，成年了吗？"

"……"

陈彩无语："陆渐行哪来的闺女，陆渐行他爹的闺女好不好……"

Bebe这才明白，哦了一声。

陈彩狠狠地"哼"了一声，咬牙切齿道："我跟你讲，我目标就定了！以后我也捧个影帝出来，还要双料的！让许焕这个势利眼后悔去吧！"

他越说越解气，甚至因为这个志向明确又远大，觉得心胸开阔了不少。

一阵小风迎面吹来，栏杆下微波粼粼，周遭浮着阵阵花香。

陈彩自我感动得不行，深吸一口气，还要往下说，就听耳边有人阴森森地问："……你说谁势利眼呢！"

走廊前后无人，陈彩被这一声吓得汗毛倒竖，嗷一嗓子抱着包跳了起来。

他动作太快，脚腕又磕到一旁的柱子，顿时疼得小腿都麻了。陈彩疼得泪汪汪了好一会儿，等冷静下来抬头，这才发现声音是从旁边传出来的。他刚刚以为走廊没人，却没发现走廊另一侧不是墙，而是一处落地长窗。

那长窗下面是木栏杆，上面是挂帘，而此时许焕就把帘子卷了起来，露出个脑袋，阴晴不定地盯着他。

陈彩有些傻眼，抬头瞅瞅，又隐约看到那包厢内影影绰绰还有别人的样子，只是模样模糊，看不出男女。

他头一次碰上这种事，脑子飞快运转，琢磨着对策。

比如不好意思啊许影帝，我朋友跟你重名……可是刚刚他都提到陆渐行了，跟许焕重名重公司的，谁都知道不存在。

要么大喊不好意思我刚刚都是胡编乱造的，我不认识你？

这个思路倒是可以……就是需要夸张点，努力表现出心虚和害怕。

陈彩眨眨眼，正准备施展演技糊弄过去，给彼此一个台阶下，就见许焕咬牙切齿，怒斥道："你是哪里来的什么东西！我压根儿都不认识你！"

思路完全一致！

陈彩脑子清楚，想着"退下退下，道歉就走"，却不妨心里突地一下，蹿起了一股火气。

还什么东西？

"装什么装呢,人五人六的,"陈彩把包一抱指着许焕就骂,"就说的你,言字旁的许,火字旁的焕,来自城东区姚家村的!"

"说你势利眼还是收着的呢!你全家都是势利眼!"陈彩状如撒泼,声如洪钟,"你还好意思吼我?以前你那表演培训班是我给你报的,你跑组是我陪着的,你穿的新衣服还是我买的!我受苦受累倒贴钱帮扶你,你倒好,出了名翻脸不认人还骂我是什么东西。你说我是什么东西?"

许焕脸色铁青,腾地一下站起来。

陈彩又叉腰喊道:"我是你升天后忘在凡间的鸡犬!"

包厢里丁零哐啷一阵响,挂帘那儿很快探出另一只手,手腕上戴串佛珠,一看就是别人的。陈彩这次没管住自己,祸也闯了,人也骂了,怎么可能等着许焕出来再对着干。他眼睛一溜,脚底抹油飞快地跑走了。

陆渐行脑袋都探出去了,愣是没能见着那个"吵架中的战斗机"。

他听着声音有些熟悉,想了好一会儿也没想起来是谁。对面的许焕却已经坐不住了,陆渐行还是头一次见他气得浑身发抖。

室内茶香阵阵,室外风景怡人,陆渐行低头喝茶,因为听到八卦眼睛兴奋地发亮。

许焕死活要出去,被助理拦了下来。

助理劝道:"许老师,不生气不生气,那就是个人疯子,不要跟他一般见识。"

许焕一腔怒火没处发,压着又难受,俊脸顿时涨成了猪肝色。

助理看他攥着拳头,浑身发抖,又提醒了句:"再说外面试戏的人那么多,别闹不好看,而且王导他们也都在呢。"

许焕一听顿觉抓到了重点,恶狠狠地拿食指冲着他:"对,王导!我现在就去找王导,把他们给踢了!还想去试戏……"

"试戏怎么碍着你了?"助理劝不住,一旁的经纪人发话了,"人家线已经搭上了,你为了这点事去搅局,是想逼他狗急跳墙吗?光脚的不怕穿鞋的,闹起来你俩谁倒霉?"

许焕怒道:"他造谣,胡扯!"

"行了行了,是不是大家心里都清楚,"经纪人瞪了他一眼,又拿眼神示意陆渐行还在,"你跟可萌出去玩的那几天我不也在吗?网上造的谣比这难听多了,说什么的都有,快忍了吧。"

她挥了挥手,许焕只得忍气吞声坐回去。不一会儿微信响,他点开,经纪人说:你对面坐的是新老板!你以为你心虚他看不出来吗?

许焕抬头,陆渐行正优哉游哉地看风景,小水池里那儿不知道什么时候冒出来两只鸭子,他看得津津有味的。

许焕说:他好像……挺开心的。

经纪人大怒:你傻啊!那是怒极反笑!

陈彩还不知道许焕被人吓住了,一溜烟地跑回大厅,还担心后面有人追过来。

大厅里王成君都等急了,陈彩冲进来,他也飞快地奔过去,一把拉着陈彩的胳膊喊:"我过了!陈哥!王导让你过去呢!"

陈彩心脏怦怦直跳,脑子里还在琢磨得罪许焕的后果,直到王成君晃了他三四下,才回过神来。

"什么?"

王成君激动得四方大脸通红,时刻准备喜极而泣:"我成了!我过了!"

"成……成了啊,"陈彩一怔,随后又大喜,一把反拽住王成君的胳膊,"男几?六还是七?"

王成君抽抽鼻子没说话,眼睛忽地一下冒了泪。

陈彩着急,催他:"几啊?你倒是快说啊!"

"三,"王成君边哭边笑,"男三,戏份可多了……导演都说我会捡漏,制片人让你上去谈合同。"

陈彩眨眨眼,身体反应比脑子还快:"你哭啥哭啊!稳住!快走快走!免得他们再变卦了。"他说完拉着人朝大包间跑,一迈步却觉得腿发软。

王成君哭完反倒镇静了一些,又赶紧拽住他:"错了错了,不是大的,是旁边那个小包厢。"

小包厢里坐着四五个人,正中是导演和制片主任。陈彩在门口深吸一口气,这才推门进去,带着王成君挨个给人鞠躬。

制片主任是个五十多岁的老先生,小光头,大肚子,看见陈彩,笑呵呵地指了指沙发:"小王的经纪人是吧,挺俊的小伙子啊,坐。"

陈彩忙跟人道谢,在沙发上坐下了。

包厢里的一圈人都在各忙各的，要么看剧本，要么玩手机，制片主任则正慢悠悠地喝着茶。

陈彩暗自数数缓解紧张。其实这次王成君试戏他心里也不是特别有底，因为正常试戏的时候演员都会提前拿到剧本做准备，可是王成君时间仓促，什么都没来得及谈就上了，完全靠的是眼缘和现场表现。

不过他虽然紧张，但没忘观察在座几人的表情。他发现导演王琦看王成君的眼神似乎很满意，心里便猜着要么王成君超水平发挥了，要么是人物角色正好撞上合适的了。

茶桌上放着一份剧本，制片主任先跟陈彩闲聊了几句，问问王成君是哪里人，什么公司的，过了会儿才示意陈彩可以看看剧本聊一聊。

陈彩拿起来粗略一看，心里顿时有了底。果然，这里男三的设定最大的特点是个高儿、眼大、爱说方言……而王成君不管是形象、气质、年龄，甚至口音上，几乎跟角色设定一模一样，简直让人怀疑这是为他量身定做的。

看完剧本，陈彩心里多少有了底，开始跟人谈合同。因王成君现在没什么名气，合同的条款又大同小异，所以他干脆先奔着片酬去。

制片主任笑吟吟地端起茶杯，吹了下浮沫，示意陈彩先说。

陈彩知道现在相当于菜市场砍价阶段，买方怕价高了，卖方怕要低了，就看两人怎么扯。

他虽然年轻，但姿态倒是挺稳。

"十万一集，"陈彩笑道，"赵主任您看怎么样？"

他这话一说，别说制片主任，连导演都往这儿看了一眼。

制片主任一脸惊讶，似乎对他的要求感到不可思议。他先是看了陈彩一会儿，沉默片刻，才收起了笑，摇了摇头说："其实呢，我们男三的人选已经定了。"

王成君一听这话，心里咯噔一下，立刻紧张地转头去看陈彩。

谁想陈彩还是那样，唇角翘着，一脸倾听状。

制片主任说："……但是看这小伙子很认真，又努力，刚刚试戏的时候，急得都要哭了。我们这才想着是不是给他一个机会。"他慢条斯理地说完，转头去看王琦。

王琦导演也点了点头："的确是早就谈好了，就差签合同了。"不过他说完又笑着替王成君说了句，"小伙子挺不错。"

制片主任"嗯"了声:"所以你看这个价格,是不是高了点儿?"

陈彩没直接回答,歪着脑袋犹豫了会儿,问:"那赵主任,我们演员全程跟组,不请假,一切全看剧组安排呢?"

制片主任:"……"剧组里的小透明本来就没有假期,这个让陈彩主动说出来,搞得像是在让步一样。

他不说话,陈彩也不慌,又继续道:"而且咱剧组五月开机,而成君参演的电影《老街》正好五一档上映,提前的点映宣传时间,我们会重点包装他,届时势必会提到他的新作品……等到后期,公司也有计划请专业团队重点宣传他,几十万的宣传经费,宣传的作品肯定就是我们的新剧了……这样一算,咱剧组也是很划算的呀。"

他声音轻柔悦耳,吐字清晰,语速也慢,叫人十分有好感。

制片主任不觉暗暗看他一眼,对他留了意。但在片酬方面仍不退步,只摇头:"你这话我是不同意的,毕竟电影还没出,你们的演员又是男配,未必会出名。而且那电影……"他说到这儿,略显轻蔑地笑了笑。

陈彩也不觉得是被奚落,笑吟吟地示意他继续说。

主任靠向椅背:"不说那个了,不如你看看外面排队的人,对不对?随便哪个不比你家有名气?他们都诚心诚意等着跟王导合作的,甚至有小鲜肉表示不要片酬,只要能有个机会……"

不要片酬的自然不可能,但陈彩也知道在人气上他们的确没优势。

他心里也怕对方一恼,不要王成君了,但又不敢轻易退步,因为几句话谈下来,对方的意思竟然是照着对半砍。

时间一分一秒过去,陈彩耐着性子全程笑脸,人气上吃亏,就照着角色说。

制片主任也是老油条,话里话外角色都可以改,又不是非你不可。

双方拉锯战整整谈了三四个小时。

最后制片主任厕所都去了三趟,见陈彩就是个笑面虎,面善嘴甜性子倔,说他什么都不急眼,只得叹了口气让步:"那要不然,就八万,图个吉利数,怎么样?这次价格这样,下次有合作再给你们补回来。"

陈彩赶紧站起来跟人握手:"赵主任就是爽快,这样,咱就一口定下八万八,你发我也发,两本都讨个喜庆,行不行?"说罢又学对方的口吻,半开玩笑道,"当然这次这么定了,下次您要给个男一,咱酬金肯定也便宜。"

八万八的价格其实在可接受范围内,因为剧组之前谈的那个男三一集是三十万。

制片主任实在无法,只得叹口气,摇头道:"要不是王导喜欢这小孩,你这样我肯定是不合作的。太难说话了。"

说罢把合同一丢,哼了声:"那就这样,签了吧?"

酬劳谈好,其他的条件陈彩能争取的都笑嘻嘻地提一句,看着对方的脸色办事。制片主任一急,他就哎呀哎呀说好听的话,对方毕竟是长辈,看他长相可爱讨喜,又能逗趣,气也生不起来。

等到最后,陈彩竟然还给王成君争取了几天假。导演王琦在一旁看热闹看得直拍巴掌。

双方合同签完,定好之后的联系事宜,这才握手告别。陈彩手里也多了几个人的电话。

等人走了,王琦才幸灾乐祸道:"今天服气了吧!这小孩厉害啊!"这制片主任是出了名的铁公鸡,一二线演员见着他都会被扒三层皮。

主任有些恼火:"还不是因为你,就看好那个傻大个了!"说完哼了声,又忍不住笑,"小家伙是有两把刷子,初生牛犊不怕虎啊!"

他们在后面议论得起劲,这边不怕虎的牛犊一出茶馆,顿时就蔫了,头晕目眩腿也软。

王成君也一直憋着,强忍着表情闭着嘴巴去打车。等到上了出租车,这才扭过身抱着陈彩疯了似的嗷嗷叫。

王成君满脸崇拜道:"陈哥,你太牛了!制片主任你也敢抬杠!"

陈彩摆摆手:"教你一句,嫌货才是买货人。这卖东西不怕别人挑毛病砍价,就怕他问一句直接走。"

王成君立刻露出佩服的表情。

陈彩由衷道:"君儿啊,哥尽力了。"

他知道的许多三线一集也就十几二十万,如果遇到王琦这样的导演,价格还会降一些。今天这八万八的确是他的能力范围内,能谈下的最高价了。

陈彩摸了摸自己的心脏位置,这一下午谈判时刻处在谈崩的边缘,他表面淡定,心里却跟坐了一趟过山车似的,又紧张又刺激。

王成君还处在幸福突然来敲门的兴奋中，坐都不知道怎么坐了，朝这儿看看朝那儿扭扭。

陈彩看他好笑，干脆瘫坐在座椅上，指了指腿："酸了。"

王成君立刻握着拳头给他敲腿。

陈彩又点点肩："这儿有点疼。"

后者又立马给他捏捏肩。

两人笑笑闹闹，出租车遇到红灯停下，路边的灯光也唰地一下亮了起来。

陈彩露出个脑袋朝外瞅，成功的喜悦让他忍不住感动，戏多地想，这就是人生啊！路灯齐亮，莫不是暗示我的舞台马上要来了？

陶醉了一会儿，脑子里才突然"叮"地一下，想起了正事。

王成君看陈彩突然傻愣愣地瞪圆了眼睛张着嘴，吓了一跳："陈哥，你咋啦？"

"我完了，完了完了完了，"陈彩惨叫一声，"我错过飞机了！"

陈彩的飞机定的是下午四点多的，按照原计划，这边试完戏他直接去机场完全来得及。可是没想到今天剧组能直接签约，更没想到双方一谈就是几个小时。

市政路灯亮起的时间是晚上六点，再过一会儿，人飞机都要落地了。

陈彩捂着脸，简直要崩溃。飞机票废了，预付了房费的酒店肯定也废了。这些钱公司又不给报，自己原本是抢了张特价机票，这下便宜没占上还得再倒贴一部分。

王成君倒是知道他是为了自己才耽误的，飞快地拿出手机看了看，见去H市的九点半还有一趟飞机，只剩商务舱了，立刻表态："陈哥别急，今天你是为了我，这钱我给你出。"

陈彩忙道："不用，我自己来就行。七点多有趟高铁。"

"师傅师傅，掉头！！"陈彩边订票边喊，"我去火车站！火车南站！"

王成君难得机灵一把，从口袋摸出了一百块钱塞过去："小费给您，师傅麻烦开快点。"

陈彩飞快地在手机上点点点，二等座没票了，只得奢侈一把买了一等座，选座付钱，一手检查随身的包包一手捏好身份证。

四十五分钟后出租车停在火车站门口，陈彩抱着包一路狂冲，"啊啊啊"叫着直奔自动取票机去取票，又呼哧呼哧跑去检票口。检票口已经没人了，工作人员正准备关阀门，看见他嗷嗷叫着冲过来，好歹缓了缓。

成功上车找到座位的时候，王成君正好发来信息，很担心地问："陈哥，你上车了吗？"

陈彩坐在座椅上大喘气，外套脱下来放一边，里面的衬衫已经汗湿了。

他口渴，手边没水，只得咽了口唾沫，回道："上车了，放心。"

王成君道："好的。"

旁边座位的人回来了，是个三十来岁的男士，手腕上戴着块精致的机械表，衬衫西裤，气味好闻，此时正戴着蓝牙耳机跟客户讲英语。

陈彩这才恍惚记起自己也是外语专业的，原本打算做同传（同声传译），报了班，现在同学都拿了证成译员了，时薪上千，不定时休假。自己却中途放弃，一直到现在都在到处跑着跟人谈判。

旁边的商务男打开小桌板，打开笔记本记录东西。陈彩赶紧往座位里缩了缩，避免把人家的袖子蹭脏了。

手机又响了。

微信上，王成君道："谢谢你，陈哥。我现在回到宿舍了，一想还是感觉跟做梦似的，谢谢你。你帮我推开了一扇原本锈住的铁门，我会一直记得的。祝你此行顺利。"

高铁抵达H市东已经是晚上十一点。

陈彩从车站大厅上到二楼，去东宁路上找了就近的一家酒店，开房入住，又跟公司的台柱子联系。

公司的台柱子叫梦圆，原本是选秀出身，因为排名不高，长得漂亮，所以被他们公司的老总给签下，也不唱歌，就仗着漂亮去拍偶像剧。但毕竟公司资源有限，投资也少，粗制滥造的偶像剧一部比一部不像样，后面的也卖不出去。她又转型去拍古装。

到现在，梦圆好歹也算有了点名气，跟一二线没法比，但是在古装剧里也能混个熟脸，属于古装剧中常驻的恶毒女配或者青楼头牌。

陈彩跟梦圆的关系很一般。后者爱摆架子脾气差，助理半年内换了三个，陈彩小心眼护犊子，嘴快不吃亏，所以两人颇有些"王不见王"的样子。

打了两三遍,梦圆那边也没人接。陈彩有些不放心,正打算找个剧组的工作人员电话,她的助理小芸好歹回复了过来,告知他们还没收工,要再等一会儿才行。

陈彩便给手机充着电,又拿出"变脸日记",记录今天的工作。

做笔记是陈彩的习惯,虽然上面的内容看着像是鬼画符,但实际上信息量极大,分门别类地记录着今天所有的工作内容。比如今天几点在哪里见到了谁,双方谈了些什么内容,签了什么合同,哪项条款需要特别注意等等。

除此之外笔记本上还贴着多张粉色便签,便签上写着人物姓名,对应页则是与这人的见面时间,对方穿着,言谈习惯,兴趣爱好,还有最近遇到的问题等等。

这些记录是陈彩维系人际关系的利器,因为他要跟这些人保持联系,要在逢年过节的时候送祝福送礼,还要找到机会替人解决问题,拉近关系。

梦圆来电话的时候,陈彩刚记完今天认识的制片主任和导演王琦,备注分别是"公司管理"和"中年潮男"。听到电话响,犹豫一下,又贴了张"陆渐行"的标签在前面。

梦圆上来就是一通抱怨:"你怎么还没来啊?我今天白白等了你一下午。"

陈彩把笔记本合上,道:"本来订的是下午的飞机,晚上到你那儿,结果下午带着王成君去跑组的时候给堵路上了。"

梦圆没好气道:"王成君那个傻大个,还能干点什么。"

陈彩护犊子,笑了笑:"起码不请假,让我省心。"

梦圆顿时不说话了。

陈彩闭上眼,揉了揉眉心,问她:"你那边现在怎么样了?"

梦圆哼道:"能怎么样啊,我现在才收工呢。人家主演早都吃完饭去做美容了,就我们几个还在这儿。"

陈彩听她声音时高时低不太稳,有些疑惑:"你在哪儿呢?"

"路上,"梦圆声音有些颤,"破剧组!租了村子里一个民宿,刚才回去的车塞不下了,给我们弄了辆破电动车,现在小芸骑车带着我呢……哎哟你给我慢点……磕死我了。"

小芸立刻胆战心惊地道歉。

陈彩怕他们路上不安全，反正没什么好聊的，便嘱咐梦圆回去给自己报个平安即可，另外小芸电话一定要保持畅通，方便明天联系。

他这边安排好，又检查了一遍随身背的双肩包，确定手机有电，充电宝齐全，笔记本没有遗漏，还有数码相机、艺人简历等东西都带着，这才洗了个热水澡躺下。

第二天一早，陈彩便赶了最早的地铁，跑到汽车南站，又转快客，一路马不停蹄朝影视城赶。

他手里有梦圆经纪人给他的工作证，等到了地方，见剧组的人正在忙着拍戏，也不打扰，转身去一家店里买了几箱饮料，又去定了十几杯咖啡，这才返回找剧组的生活制片。

生活制片正忙，见一个帅哥找自己还以为是哪个演员有事，等看到对方的工作证才反应过来。

陈彩笑道："我是梦圆的经纪人，今天来探班就顺道就给大家买了点饮料，孙哥你看可以吗？"

梦圆在剧组的人缘不太好，天天跟个刺猬似的，孙制片没想到她的经纪人倒是挺会来事，长得好看，说话也客气。不过又一想，也就是这种面团似的性格才会给那女的当经纪人，平时肯定被欺负死了。

他心里有些同情陈彩，笑道："可以可以，你们破费了。"说完又吆喝了两个场工，跟着去搬东西，等到饮料送过来一一发到所有人手里，咖啡店的咖啡也送到了。那些是给导演他们的，陈彩买来放着，自己退到一边去，孙制片安排人去发，顺道提了句是谁买的。

过了会儿梦圆的戏过了，后面没她的事，她便赶紧跑出来，伸长了脖子到处看。有人问她在找谁她也不搭理，等瞅见陈彩的影子，这才高兴地踩着内增高鞋嗒嗒嗒跑了过去。

这几天全国降温，周围的工作人员都穿着棉服厚外套，梦圆只穿着两层薄纱做的古装，这会儿冻得抱着胳膊直打哆嗦。

陈彩诧异道："小芸呢？你先披上外套。"

梦圆从鼻子里哼了声："还不知道去哪儿了呢，丫头片子到处跑。"

陈彩看她一眼，把自己的外套脱下来给她披在了肩上。他里面穿的也不多，只有一件衬衫，这会儿挽着袖子，露出来的胳膊上立刻起了一层鸡皮疙瘩。

梦圆吃惊地瞥了他一眼："你干吗啊，你不怕冷啊？"

陈彩伸胳膊给她看。

梦圆哼道："不要想着感动我，你自己乐意的。"

陈彩原本伸着脖子到处找副导演呢，听这话一愣："我感动你干什么？这会儿我是来给你办事的，你求着我才对吧。"

梦圆转过脸瞪他，说不过，伸手就要打他。其实她心里是挺高兴的，尤其是陈彩自掏腰包请剧组喝东西，多少给她长了点面子。她自己的经纪人就从来不会做这些。

剧组的另一个女演员见状凑了过来，边瞅着陈彩边笑道："哟，梦圆姐你男朋友啊？这么体贴，人也好帅。"

梦圆美艳消瘦，这位则比较清纯圆润，两人个头倒是差不多。

陈彩微微留意，朝人笑笑，解释道："我是梦圆的经纪人。"

女演员笑着撇撇嘴："我说呢，看着气质就不搭。"

"是吧，我经纪人喜欢瘦的，"梦圆不客气道，"我这样的超标了，你那样的更不行。"

陈彩："……"

女演员气得脸都绿了，甩着袖子就走了。

陈彩看人走远，好奇道："你俩关系不好啊？"

梦圆摇头："好才怪了呢，天天在戏里处处不如我，肯定嫉妒死我了。"

"你也收着点，"陈彩忍不住道，"一个两个不对付还正常，怎么其他人也不待见你？一个人在剧组里别总是跟刺猬似的，又不是腕儿，没人让着你。"

梦圆还想着他来了后自己倒倒苦水，谁想到上来就是挨一顿批，气得鼻子都歪了。买饮料的好感也没了。

陈彩知道她经纪人不爱得罪人，对着手下艺人也是满嘴的"好好好，是是是"，干脆便管到底，教育道："我在这儿待几天看看，找个机会请你们剧组的人吃个饭。你先自己反思一下这几天都犯什么错误了，到时候该赔礼赔礼，该道歉道歉。现在拍摄才一半，后半段公司还要借机给你宣传，如果剧组关系太紧张，到时候看你找谁哭去。"

"就你管得多，"梦圆被他一通训斥给压住了气势，忍不住小声嘟囔，"快给我请个假才是正事吧。"

"正要问你呢，你请假干什么？"陈彩问，"病假？"

梦圆支吾了一下："嗯……我胃不舒服。"

陈彩低头盯着她瞧了一会儿，忽然笑了笑："那我先争取三个小时的假，陪着你去看病抓药，应该够了。"

"三个小时？你开玩笑吧？"梦圆难以置信地抬头看他，"三个小时我用得着你过来啊！"

陈彩挑挑眉，看着她不说话。

"两天行不行？"梦圆问，"……实在不行就一天。"

陈彩转回头看手机。

梦圆咬咬牙，又退了一步："半天行不行？就半天？我中午走，晚上回来。"

"那你得跟我说你去干什么。"陈彩看着她道，"我得对你负责，也得对剧组负责。你别想着糊弄我。"

"……去见我男朋友……哦不，是前男友。"梦圆低了低头，眼眶有些发红，口气恨恨的，"前几天他刚给我发了分手短信，我就想当面问个清楚。"

陈彩吃惊道："你谈恋爱了？"

梦圆点了点头。

"你经纪人知道吗？"

"不知道，"梦圆说，"反正她也没问过，我怕麻烦，再说公司知道了肯定逼我分手，所以就一直瞒着了……我平时挺注意的，反正也没几个粉丝。我男友比我还注意……"

陈彩听这话越听越不对，打断道："他也是圈里人？"

梦圆愣了愣，抿嘴算是默认。陈彩再问是谁，她倒是打死也不说了。

陈彩第一反应想骂她，可是又一想，姑娘签约的时候二十岁了，年轻漂亮，条件也不错，本来就不会没男孩子追。做演员虽然要注意恋情，但是也不能一竿子打倒一片，真去棒打鸳鸯了。

可是娱乐圈这行不比其他，艺人谈恋爱，总体来说并不是什么好事。

虽然梦圆现在还不是腕儿，但陈彩却不得不考虑她的以后，如果哪天她出名了,那位神秘的男朋友会不会突然爆料?对方人品如何?手里有没有把柄?这种事上女孩子总是要吃亏一些,也幸好梦圆一直走的是妖艳奔放的路线,否则的话,这种事万一摊上人渣,就是个随时会引爆的炸弹了。

他想到这儿,忽然想到了许焕。虽然从感情来讲,他极其不待见那人,但不得不说对经纪人而言,许焕那样的挺省心,他自己就会自动扫除所有障碍。

陈彩稍稍走神,心里叹了口气,又转回念头考虑梦圆以后可能遇到的麻烦,怎么防患于未然,比如留存证据,又或者在什么地方做点铺垫,没事就还好,万一以后有事,她能拿出来自保甚至反击。

梦圆还不清楚陈彩的内心活动,此刻见他眉头微锁,目光盯着一处,似是着恼又思考事情的样子,忍不住抱怨了句:"演员也是人啊,干什么要管那么多,恋爱也不能谈。"

陈彩回神,看了她两眼,却一言不发。

梦圆自知做错事,又想着得指望陈彩帮忙,只得道:"而且公司签我的时候,我俩已经好一年了。"

"你的经纪人不是我,我不会管太多,"陈彩转开脸,摇了摇头道,"你自己为你的以后负责。"

"行了行了,反正已经分了,"梦圆看他不追究,叹了口气,"再说现在是他踹了我,他可比我红多了。"

梦圆坚信她能把那男的给约出来,因为对方也在这边拍戏,所以便托陈彩请半天假,到时候她去对方住的酒店就行。

影视城里的好酒店一共就那么几家,陈彩没想到那人住在名气最大的那家里。

这么看来,那男的至少也得是个二线了,住在那种地方,要么自己有钱,要么剧组有钱。他知道打听不出什么来,只得等到中午大家休息的时候,去找剧组的负责人请假。

那负责人听完陈彩说明来意,态度却很差。

"怎么就你们家事多?三天两头请假。剧组里这么多人,演员上百个,今天你请假明天我请假,到底还要不要拍了?"

陈彩忙赔笑脸:"梦圆她这不是胃疼犯了吗,小姑娘进组一直挺配合的，这还是头一次请假，就去看个病打个吊瓶，一天就回来了。我到时候跟着她，保证把人准时送回来，不耽误您发通告。"

负责人直摇头。

陈彩又道："我也不情愿来给她请假的，但这不也是怕耽误剧组的进度吗。她的时间不值钱，但她跟主演的对手戏还挺多，这万一因病延误进度……主演可都是按小时算钱……"

"如果她真出问题了，我自然有办法，"负责人道，"你也别跟我来这套，合同上怎么写咱们怎么办，别的没商量。"

他说完把手边的饮料罐子一捏，从兜里掏出十块钱，打发人似的丢陈彩怀里，道："饮料钱给你，不占你们便宜。"

陈彩再好的脾气这会儿也上火了，心里简直想骂人。他接触过的剧组不少，虽然难说话的也有，但是这么冲说话这么难听的还少见。

他深吸一口气，正准备叉腰来硬的，冷不防被人从后面抱住了。

陈彩吓了一跳，回头去看，是之前认识的一位统筹。

统筹姑娘激动地啊啊大叫，喊他："陈哥，我刚刚看着就是你！你怎么来了！"

陈彩表情酝酿一半，被人打断，脾气发不出来，无奈地解释了一遍。

统筹跟负责人很熟，立刻笑着介绍："这是阿正，我男朋友。这是陈哥，我之前跟你说过的，那次多亏他背我去看病，人特好。"

统筹姑娘之前在那个《老街》剧组里，陈彩原本是去探班王成君，正好遇到这姑娘感冒发烧，于是等剧组收工后背着她去了诊所，又守着她输液。虽然诊所离着当时的剧组并不远，但小姑娘一人在外，受到陌生人的照顾便格外感恩。

两人加了微信，偶尔聊起天很是投缘，无奈平时工作都忙，也不是时时能联系。

陈彩跟阿正对视一眼，都有些尴尬。

阿正跟他握手，不好意思地笑了笑，又道："刚刚我脾气有点冲，陈哥别介意。"

陈彩忙双手握过去递台阶："哪里哪里，你那是认真负责，有空请你俩吃饭。"

两人寒暄片刻，这下请假倒不是事了，统筹姑娘正好要回宿舍一趟取东西,又有好多话跟陈彩聊,干脆拉着陈彩给自己当劳力,让他去开外面的小电驴。

两人边走边聊。

统筹道:"梦圆的经纪人是你啊!没少挨骂吧,她脾气是真大,为了排戏跟我吵吵过好几次,阿正给她批假才怪了呢……"

陈彩听梦圆的经纪人说过,这个剧组的统筹排戏不合理,经常让梦圆上完大夜戏接着又是日戏夜戏,连着三十多个小时没时间睡觉。梦圆有些吃不消,让经纪人去跟剧组说,但经纪人怕得罪人,糊弄了一下就走了。

没想到梦圆自己跟剧组闹了。

陈彩心想怪不得这姑娘在剧组人缘这么差,不过说到底还是因为没后台,"小透明"没权利改变。

当然"小透明"的经纪人……也没权利。

陈彩笑着给人赔礼道歉,又道:"……你看这样行不行,回头你稍微照顾照顾她,她给你招惹的麻烦就算我头上,等回去了我请你吃饭,多少顿都行。"

统筹感叹了一声:"对她够好的啊!"

陈彩苦笑着说道:"能有什么办法,她要闹腾就闹腾我,我这次为了她可上火了,嘴里还起了个包。"

"行吧行吧,"统筹很好说话,见他伏低做小,忍不住道,"你可真不容易。"

陈彩没觉得自己不容易,他相信一分耕耘一分收获这种鸡汤,干了好事被人照顾的时候更是幸福感爆棚。而另一边的陆渐行却不这样想。

陆渐行觉得自己不容易极了。

他十分讨厌今天见的那个导演,人丑,脑袋秃,脾气差,嘴巴臭。两年前两人闹了点不愉快,当时陆渐行刚刚当上公司老总,发火要撤资撤不成,只得暗暗忍下一口气。谁想到两年后再见面,老家伙还是胆大包天。

不过这次陆渐行没忍着。

导演说他:"两年没见,小陆总的气质是越来越好了,在我们剧组里能当男一。你说这江城的水土就是不一样啊,才两年,小陆总这气质就跟山旮旯里不一样了。"

陆渐行坐那儿喝茶，不耐烦地跟他寒暄，听这话当即黑脸，慢吞吞道："就长相这一点，我一直很感激我的父母，尤其是发量，基因好，不秃头，从小不操心。"

导演是"地中海"，一直细心打理额前的几根毛发，平时就格外听不得跟秃有关的词语。

陆渐行仗势欺人，专门往人痛处踩。

两人开头谁也不让谁，后半截便一直冷场。

秘书原本还担任着提醒陆渐行谈合作的任务，这下哪敢再提，等到探班完成，陆渐行黑着脸上车，他连忙开车往外跑，盼着这位散散心，别耽误正事。

秘书劝道："陆总，你别跟他一般见识，他这人就这样。才子嘛，都有些怪脾气。"

陆渐行不听："管他呢，我是他金主！惹恼了我就撤资！"

秘书好心提醒："陆总，咱投的钱不多……剧组的金主是别人。"

"……"陆渐行一滞，随后有理有据道，"那也是他小金主！"

秘书："……"

他这会儿气还没消，但是早上开车往这儿赶，也没怎么吃东西，话一说完肚子就开始咕咕叫了。

秘书听到两声动静，灵机一动，提醒道："陆总中午吃点什么？那家酒店的飞奴竹林鸟听说很不错，还有你最爱吃的红烧肉，做得也是一绝。咱来了还没吃呢！"

"吃什么吃？说了不回去了。"陆渐行不悦地从后视镜瞥他一眼，教育道，"不过你饿了就直接说，我是不体谅下属的人吗？掉头吧，去酒店。"

秘书："……"虽然习惯了，但是还是觉得好幼稚。

他松了口气，正要掉头，突然又听陆渐行道："等等！"

前面有个人影，是一个男的骑着电动车，后座带着一个女的。

男的边骑边说笑，时不时侧过头，看着挺帅气。

秘书有些惊讶，偷偷从后视镜里看自家老板。

果然，陆渐行好像很感兴趣，哼了声催促道："给脚油门，去打个招呼。"

陈彩正跟统筹哈哈哈地聊天。

统筹大声道:"其实我们剧组挺好的,别看小,但特别有爱……你什么时候走?一块儿来吃大锅菜啊!"

陈彩还不放心王成君那边,便道:"我还不知道呢,老板催着办完就回去,要不然多余的住宿费不给报了。"

统筹"哦"了一声:"那假就先不批了,过几天再给你。"

陈彩:"……"

统筹哈哈大笑:"没办法了吧,县官不如现管!"

路上空气清新,冷风徐徐,小电驴跑起来耳边呼呼地响。陈彩套着阿正的外套,敞着怀,衣衫鼓鼓,十分威风。

陈彩扭头威胁道:"你看到前面那个坑了没?"

统筹警惕:"你要干吗?"

陈彩报复性地哈哈大笑,嘴里"嘚嘚嘚"直奔着小坑而去。

统筹大喊:"你试试……我要给你们家梦圆穿小鞋!"

气氛正欢乐,两人也没注意旁边,直到黑色小轿车从后面追上来。

是辆迈巴赫……

陈彩下意识往一旁躲了躲,跟统筹一块儿朝车里看。

陆渐行适时地露出了一张笑脸。

陈彩吓了一跳,瞪大眼看。

"哎?陆陆陆……"统筹比他还意外,已经夸张地大喊了,"陆渐……陆总!"

陆渐行靠窗而坐,微微侧脸朝人笑笑,十分矜持。

陈彩的大脑倒是空白了一秒。

小电驴进坑出坑,车把晃动,眼看着要摔。陈彩手忙脚乱地稳住,又扭头去看。

"陆总干吗呢?"统筹十分外向,招手大喊,"你这是去哪儿啊?"

"就随便转转,"陆渐行笑得十分亲切,笑了笑,"你们要去哪儿啊?"

统筹回复:"回宿舍!拿东西!"

"哦。"陆渐行点点头,一脸我懂的表情。

陈彩还是忍不住回头看他,心想:这人干吗呢?怎么还往这小土路上开了?

陆渐行忽然冲他笑了笑:"好好开车,注意安全。"

陈彩简直不知道陆渐行在想什么。

陈彩回过头去好好开车,前方路段越来越不好走,坑坑洼洼居多,还有小石子儿。大部分的道路都让陆渐行的车占着,他绕不开这些坑坑洼洼,咕咚咕咚屁股都要被颠散架了。

陆渐行坐车里优哉游哉地玩手机。

一大一小两辆车持续并行在并不算宽敞的马路上,陈彩又往前开了一会儿,越开越觉得不得劲。要说巧遇很有可能,毕竟这里就是影视城。可是巧遇后还一块儿走……这人怕不是有毛病吧?他要走快走啊!

陈彩故意减速,等着那边快点离开,谁知道陆渐行的车也越来越慢,龟速行驶。

陈彩简直想骂人了。

他又开了一段,实在憋不住,回头叮嘱统筹:"哎,前面不好走,你抓紧了啊,别给你甩下去。"

统筹正痴迷于陆渐行的侧脸,小脸红扑扑地犯花痴。听这话没多想,干脆往前一抱,搂住了陈彩的腰。

陈彩被吓了一跳,低头一看这姑娘好歹抱挺得挺紧,二话不说开始加速。

小电驴是跟村民借的,被人改装过,动力还不错。陈彩铆足了劲拧车把,小电驴发出轰轰的怒吼,速度顿时提了上去。

耳旁的微风顿时成了疾风,小电驴开出了摩的的气势,在马路上像脱缰的野马一样放纵奔驰,陈彩看一眼远远被甩在后面的豪车,暗暗在心里"耶"了一声。

统筹吓得啊啊大喊,这才反应过来,在后面喊他:"怎么了?开太快了!"

小电驴自重太轻,开快了车子有些开始发飘。陈彩紧紧地把住车把手,高兴道:"马上马上,甩开那个神经病。"

"什么神经病啊,那不是陆渐行吗!"统筹还没理解,"你该不会不认识吧,大老总!阿正他偶像呢!"

她话音刚落,就觉得后侧有个黑影靠近,扭头一看,大老总的车又慢吞吞追上来了。

统筹简直难以置信。

陈彩："……"

"阿正是谁？"陆渐行从车窗里探出个脑袋，好奇地问，"我是他偶像吗？"

两分钟后，统筹和陈彩被邀请上了迈巴赫。

电动车被锁在路边，陈彩被撵去前座，统筹跟陆渐行在后面坐着。

统筹扭着身子，脸色因为激动而发红，双手合十，一脸崇拜道："……陆总你好，我男朋友……啊他叫阿正，他是你的忠实粉丝，我们都看过你的访谈，他专门把和你有关的报道做了剪贴报，他说你太成功、太成熟、太太太魅力了！"

陆渐行环臂坐着，微微侧脸，看起来听得很认真。

陈彩从后视镜里看着后面那两人，心想姑娘你醒醒，适当夸一夸就行了，再大的老总也不是明星，正常人谁受得了这种追捧啊，还搞剪贴报……

他记得之前看过一篇报道，说陆渐行是低调、内敛、精致又随和的新时代精英代表。显然统筹的热情有些过度了。

果然，陆渐行微微摇头，笑道："你男朋友这样不太好。"

陈彩心想，我说吧，就是嘛。他小心地往后看看，既觉得尴尬，不知道怎么面对陆渐行，又觉得得做做准备，一会儿给统筹救场。

陆渐行道："他不知道我有一本专访吗？EA的十月刊。当然《精英男士》第04期也不错，那一期里有我拍的封面和杂志内页。这两本是目前我接受的采访中，问的问题不那么低级的，有些小报纸不会问，文笔也不行，不能很好地表达我的意思。"

陈彩："陆总竟是这样的？"

统筹开心道："是的是的，阿正也这么说，这两本杂志他都有，买了双份，一份看，一份做收藏。他说顶级杂志写得都有深度，那种小道消息他从来不看的。"

"那你男朋友就很优秀了，"陆渐行看起来很高兴，"我这人比较低调，一年也就接受两三次采访，买杂志不贵的。你男朋友很有眼光，品位不俗。"

统筹一脸害羞："对的对的，是这样。"

陈彩："……"他有些蒙，竟然拿不准现在是什么情况了。

统筹现在纯粹是少女心爆发的捧场模式，一脸崇拜地看着偶像。陆渐行表现得可比明星爱豆敬业多了，聊两句还会抽出两张纸，示意统筹可以擦擦汗。

统筹又道："……还有红酒，因为陆总爱喝红酒，我男友平时收工了也买会买点回来喝……当然我们没钱，就买超市的那种随便喝喝啦哈哈哈哈，不像陆总那么懂。"

陆渐行仍是先前做派，眉头微扬："其实对红酒我并没有研究，只是比较喜欢这个……当然了，你男友那么关注我，应该知道我这个人不喜欢盲从……毕竟做人嘛，要有内涵。"

陈彩："……"

"所以我喜欢的红酒，都是自己一口口品出来的，有几年我什么都不做，专程飞去法国，去意大利，去澳大利亚，去各个国家的不同酒庄……酒庄名气大小我从来不在意，我只去找适合自己的。"陆渐行说完，还从后视镜里看了陈彩一眼，礼貌地笑笑，"所以有钱没钱不重要，你们说呢？"

陈彩心想没钱你是游泳去的法国、澳大利亚、意大利吗？装就装，还非得这么虚伪。他算是明白了，什么低调内敛全是"人设"，也亏那些杂志写的是有板有眼的，自己差点都信了。

他虽然心里吐槽，却丝毫不敢表露出来，毕竟这位是业内大佬，不能得罪。

陈彩笑中带着十足的奉承："……对对对，陆总果然见识深刻。"

陆渐行满意地点点头，却突然转向他，问道："你什么时候过来的？"

"昨天，"陈彩冷不丁地被他点名，忙道，"过来探班。"

"……你们也追星？"陆渐行略感惊讶。

陈彩："……"他觉得这问题很奇怪，想了想说，"我是过来工作的。"

陆渐行顿时神色复杂起来。

统筹也跟着吃惊，问陈彩："哎陈哥，你跟陆总认识啊？"

"就一面之缘，"陈彩委婉道，"匆匆一别，还没来得及深入了解。"

他说完见陆渐行一直盯着自己，忙自我介绍道："不好意思陆总，我还没正式自我介绍，我叫陈彩，是鱼猫娱乐的经纪人。"

陆渐行有一瞬间的工夫觉得自己可能认错人了，不过很快他又反应过来，自己没认错，就是那个人。

鱼猫娱乐？什么公司？

还经纪人？

不是名校毕业想出来历练一下长见识的大学生吗？敢情是找了个假身份来接近自己，想搞好关系好推荐他的艺人？

陆渐行整个人都不好了。

秘书正好把车开到了村头，统筹觉得气氛怪异，满脸八卦地来回看。

陈彩发觉事情不太好，眼珠子转了转，忙催她："你快去取东西，我在这儿等你。"

统筹眨眨眼，不得不下车去办事了。

陈彩觉得在前面拧着身子说话不得劲，他觉得陆渐行肯定是误会什么了，毕竟那天还蹭了他的房间休息。不过幸好自己溜得早，这会儿解释也好说。

陈彩跳下车，准备换到后座。

谁知道他刚推车门下去，突然听车里有人大喊："关门！"

陈彩一脸蒙。

前车门被人砰地一下关上了。

陆渐行暴躁地喊："快快快！开走开走！"

迈巴赫突然倒车掉头，轰隆隆地朝来路开过去。

陈彩一直等车屁股都没影了还没反应过来。陆渐行有毛病？怎么突然就跑了啊？让自己吓跑的？

他本来就不太喜欢这个人，再想他今天的做派很傻，没好气地腹诽两句便在村头等人了。不过很快，他想起来一件事。

"我的包！"陈彩忍不住嗷嗷叫着朝来路跑去，他的包，他的笔记本、手机、合同和证书……所有的东西都在包里呢！

而另一旁，陆渐行已经开始翻包了。

手机、合同、经纪人证等东西都被扔在一边，只有一个厚重的笔记本被他翻开，郑重其事地放在膝盖上。

而翻开了那页纸，赫然贴着一个粉色标签——陆渐行。

下面是几笔重而大的关键字——高、帅、有钱。

陆渐行觉得作为经纪人而言，陈同学还是挺有道行的，毕竟总结起人来精准正确，言简意赅。

起码对他的评价不偏不倚，陆渐行觉得还算满意。

但是！越是这样的人越可怕，尤其是他前后翻着见其他页面多是鬼画符，密密麻麻一张又一张，便猜着那些大概是某种密码——这个经纪人，还有较强的反侦察能力。

因为这件小意外，陆渐行中午饭都吃不好了，红烧肉剩了一半，鸽子就吃了一点点。

他回到自己的套房，又不知道怎么处置那个包，于是叫来秘书商量。

秘书心想我哪知道怎么办啊，你当时跟被疯狗咬了似的嗷嗷乱叫，吓得我回来了都没缓过神。

可是总裁问话，不得不答。

秘书想了想，问："要不然，我去问问，给他送过去？"

"你问谁啊？他在哪个剧组你都不知道。"陆渐行眉头紧皱，觉得此事不简单，"这事你一出面，大家不就都知道他跟我认识了吗，岂不是正好如了他的愿……不去！"

这个大包原本还以为有秘密情报，没想到成了烫手山芋。

陆渐行微微惆怅。

秘书沉吟片刻，又问："那要不然直接寄到他们公司？这样既不用跟他直接接触，也不怕东西丢失。"

"这个主意倒不错，"陆渐行想了想，又否决，"不过他的身份证还在这儿呢，没有身份证和钱包他怎么回去？"

秘书："……那还不行的话，就等他自己来找？"

陆渐行眯了眯眼。

秘书说："他如果过来了，陆总有什么问题还可以当面向他问清楚，谈谈话。而且担心以后有麻烦的话，陆总可以留存证据。"

陆渐行："……"还是要面对面啊，早知道这样刚刚跑什么跑，把他押回来不就是了。

他这会儿琢磨，也觉得自己刚才有些太冲动，考虑不够周全，挥了挥手让秘书出去了。

而一旁的陈彩这会儿简直哭都没地儿去。

他跟统筹的电动车被扔在了半路,两人回去又没车,走了好一段才重新骑上小电驴,加足马力疯狂往剧组奔。

然而即便这样,统筹还是迟到了。

好在现场还没做好布景,导演虽然把人逮过去好一顿训斥,但统筹自己心虚,吐着舌头赶紧就认错了,也不敢提起偶遇陆渐行这事。等导演说一半去喝水,她又悄悄抱着本子溜到了一边。

陈彩见状也不好立刻离开,他等统筹挨完训,见后者没事,干脆也留下来帮忙干活,来回找人搬搬东西。

这个剧组本来就小,满打满算百来号人,很多工作都是兼着做的,副导演兼职干生活制片,美术组同时也管着道具。陈彩加入后还挺好使,一下午忙得脚不沾地。可是干活归干活,他心里还是挺着急的,那个包对他来说等于全部身家,但现在的情况走不开,他一时半会儿也不知道上哪儿去找。

梦圆下午没什么戏,换了衣服便一直跟在他身边磨蹭。大概是因为请到了假心情好,竟然主动问道:"你什么时候请吃饭啊?我可提前准备准备。"

剧组其实是个等级森严的地方,除了男女主一二线之外,闲杂人等并不能随便请剧组吃饭,因为这会显得"小透明"事太多,找存在感,没眼力见儿……陈彩原本计划着今晚找个借口请吃饭,但是行李包没了,统筹也挨训了,显然不是好时机,做不好就弄巧成拙了。

"等我找回包吧,"陈彩有些丧,问她,"你是哪天的生日?"

梦圆瞥他:"十月份啊,天蝎座,怎么了?"

"这次先改改,"陈彩琢磨,"等我找回东西来安排一下,看看哪天请客就改到哪天过生日,这样请剧组吃饭有个说法。你这两天也别声张,一切表现得跟之前一样就行,就当不知道。等回头我再联系下你的粉丝,看看能不能搞个探班活动。"

梦圆大吃一惊,看了看左右,忙把陈彩拉到一边问:"你疯了?弄这些干什么啊?"

"公司打算投入一部分资金宣传你,到时候需要剧组配合,原本这事不该我管，"陈彩摊开手，颇为无奈地看了她一眼，"但你这人际关系也太差了。"

统筹跟他关系算还好，但刚才一路闲谈他也听出了大家对梦圆很是不满。陈彩来不及管到底是谁的问题，而且即便知道了也没办法解决，只能趁自己在这儿的时候尽量给她打点一下。至于以后，他也管不了那么多。

不过这样请吃饭的钱八成是要自己掏的。

梦圆张了张嘴想反驳，最后又没话说，只鼓着腮不服气道："请就请，他们一个个的都瞧不起人，我知道自己是人在屋檐下行了吧。"

陈彩又好气又好笑："你脑子到底怎么想的，你们现在是一个团队。"

"那我也是团队里的底层小丫鬟，"梦圆翻了个白眼，"这些人势利眼不要太严重哦……哎不跟你说了，反正你也不听。"

陈彩心想我听不听的不重要了，反正要掏钱，可是我的包包在哪儿呢？

梦圆又道："请吃饭的钱我自己掏，到时候微信上转你，用不着你的。探班就别了，弄来大家也都知道是假的。"

陈彩给她联系粉丝探班不是为了她面子好看，而是想打点一下几位主演。他知道梦圆的脾气，又对她的嘴巴不太放心，干脆绕开这个话题不再讨论。

等到晚上收工，大家收拾了东西开始坐车回村子，陈彩这才找出了空，打算去碰碰运气找下陆渐行。

统筹姑娘下午忙得够呛，一收工赶紧跑过来喊他："你晚上有住的地方了吗？不行就住我们剧组吧，吃饭一块儿吃，怎么样？"

陈彩忙摆手拒绝："没事没事，我找到住处了。"

"你不用这么客气啊，"统筹笑道，"剧组也不差你一个人的经费，别人都不会这么讲究的。"

"那等明天吧，再跟着你们蹭顿饭，我今天得先去拿包，手机身份证都在里面，我还不知道陆大老板住哪儿。"陈彩中午那会儿也没跟统筹解释明白怎么回事，就说陆总可能有事，着急走了，然后自己把包忘在车上了。

统筹当时着急回来没多想，这会儿才诧异道："你不知道他住哪个酒店啊？"

"不知道啊，"陈彩说，"他又没说。"

"这个不用他说啊，你是不是没看过他的采访？"统筹笑道，"他之前说过，自己喜欢贵宾楼的套房，能看风景。"

陈彩眼中一亮。

统筹又道："正好晚上导演和监制要去那边吃饭。我去给你问问能不能捎你一程。"

半个小时后陈彩上了导演的车，是一辆七座商务，车上坐着导演、监制、男女主，还有两人的助理。

陈彩自觉在后面缩手缩脚降低存在感。男主好奇，回头看了他好几眼，示意助理打听他去干什么，陈彩只得笑笑，跟人解释说去找朋友。

那助理又问你朋友是谁，陈彩心想总不能说是去找陆渐行，干脆胡诌道："我朋友是来玩的，不演戏。住在那儿纯粹是为了带着孩子方便。"

他撒谎的段位高，说起来有板有眼，不一会儿连朋友孩子多高多大爱吃什么脾气多差，家庭矛盾多复杂全都编出来了。

那助理信以为真，这才放了他一马。

不多会儿到达目的地，陈彩下车跟众人分开，正想着再怎么办，冷不丁抬头就撞见了陆渐行的秘书。

秘书原本是来取车里东西的，他出门的时候还见陆渐行在那儿戳弄陈彩的包，哪想到一下楼就撞见了包的主人。

两人迎头撞上愣了两秒，又同时打招呼。

陈彩还有些忐忑，忙跟人解释："我的包……"

秘书对他印象很好，笑道："你的包在陆总房间呢，正好我带你上去。"

陈彩松了口气。他跟着秘书往酒店里走，正好遇到刚刚的导演一行也在等电梯，只得笑了笑算是打招呼。

别人不关心他，那个助理跟他聊了几句，倒是留意了一点，总往秘书身上看，看来看去，怎么都觉得这秘书眼熟。

秘书还没察觉异常，正打电话跟陆渐行报备。

"陆总，"秘书道，"陈先生来拿东西了，我现在带他上去吗？"

助理瞬间想通，陆总？陆渐行！

"可以，"陆渐行问，"他身边有没有可疑人员？"

秘书："啊？"

"……就是一看就化过妆精心打扮过的、长相挺好看的那种。"陆渐行问,"有吗?"

秘书抬眼看了看,眼前六个人,两个老的两个丑的,剩下一男一女……

秘书迟疑了一下:"貌似有俩……"

"哼!"陆渐行心里冷笑一声,心想没想到这人这么沉不住气,才一下午,就拖家带口上门了。

"不要坐电梯,带他走楼梯上来,"陆渐行说,"强调,只能带他一个人。"

秘书挂掉电话,转身回来,笑着问陈彩:"陈先生,咱走楼梯可以吗?"

酒店不高,陈彩也不怕累,忙点头:"可以可以。"

秘书笑笑,带着往旁边走,又警惕地看了看后面好看点的一男一女。

还好,那两人没有跟过来的意思。

助理一直目送陈彩走远,这才悄悄拍了拍胸口

男主皱眉,问他:"你干什么呢?鬼鬼祟祟的。"

"大消息,"助理凑过去,一脸震惊道,"刚刚那个姓陈的经纪人,不是来找已婚带孩的朋友吗?"

"啊,怎么了?"

助理有些激动,使劲咽了口水,才爆料道:"他那个带孩儿的朋友,是陆渐行!"

第2章

助理表现得很激动,男主比较谨慎,警告他:"你不要乱说话。"

助理有些着急:"真没乱说!刚刚可是亲眼看见,亲耳听见的,陆渐行的秘书专门下来接他,还为了保密单独从楼梯走了。"

他为了让自己说话可信,神情格外认真,就差举手发誓了。

男主一看他这样,也有些犹豫,迟疑道:"听说陆渐行这人平时特别洁身自好的,怎么可能有孩子?"

助理有理有据:"可能正因为有了孩子才不会乱来吧,要不然周围那么多诱惑,是个男人怎么能忍得住?"

男主想了想,好像也有道理。他这人也爱八卦,嘀嘀咕咕半天,见导演回头看,等吃饭的时候便悄悄凑过去讲:"导演,咱组里的那个姓陈的经纪人大有来头啊。"

导演十分惊讶。男主示意助理跟导演解释,助理于是又小声讲了一遍,这次还组织了一下语言:"那个陈彩跟陆渐行是好朋友,刚刚跟我们一块儿过来的,陆渐行的秘书还专门下来接他,刚刚走楼梯上去了……"

他这次说得挺详细,连路上陈彩说朋友的小孩如何奢侈浪费,脾气怪难教育都讲得一清二楚。他觉得自己说的是事实,神情认真,言辞恳切,却不知道其中种种巧合。

导演也是大吃一惊,又一想,那个梦圆的经纪人原本是个拎不清的,梦圆这人说话本来就有些冲,那个经纪人也不办事儿,闹得剧组里大部分人都不喜欢她们。倒是突然间换来的这个，行事风格大不一样，知道给剧组买水，不给剧组添麻烦，待人接物都客客气气，十分有礼貌，怎么看都不像是小公司出来的。

几个人都心照不宣地留了意，暗暗把陈彩划为了陆渐行的朋友。

陈彩还不知道这边几人的揣测脑补，他跟着秘书上楼刷卡，一进门差点就被雷翻在了地上——陆渐行竟然在看《梦想花园》。

《梦想花园》是梦圆刚签约的时候，他们公司斥"巨资"拍的一部偶像剧，剧本是专门找人给梦圆写的，主要剧情是穷家女为了给病母筹集医药费，被逼无奈踏入娱乐圈的故事……

陈彩的老板当年仗着有点钱就往娱乐圈里奔，自己就是一瓶水不满半瓶水咣当的货，请来的编剧也是个二把刀，最后成品让人没眼看。而且设定的女主原本是个清纯普通的穷人家姑娘，但梦圆锥子脸大长腿，愣是给演成了心机女上位。

当年这剧收视率差得一塌糊涂，这两年观众审美疲劳口味改变，反倒是又有人翻出来看了，某地方台也搞了一次重播。

陈彩没想到霸总本总也会看偶像剧，此时往沙发上一坐，神情很是尴尬。

秘书把他送到后就离开了，陆渐行又看了一会儿，这才慢吞吞把电视关掉，转回头来。

两人沉默着对视，陈彩一脸茫然，不知道陆渐行是什么意思。陆渐行则暗中观察，戒备全开，决定敌不动我也不动。

又过了两分钟，陈彩才发觉不太对，他想了想，试探着问："陆总，您好。"

陆渐行点了点头，依旧眯眼打量他。

陈彩："……"这人莫不是真有毛病？

陈彩被看得发毛，只得直奔主题："我今天把包忘在你们车上了，现在来取一下。"

那包就在陆渐行的身侧，陈彩说完抬手指了指。陆渐行这才淡淡看了包包一眼，开了口："东西是可以给你的。"

陈彩"嗯"了一声，脸上微笑，心里骂，心想我拿自个的东西怎么还有条件了？

陆渐行问："你对我了解多少？"

陈彩："哎？"

陈彩对陆渐行了解得还真不多，杂志访谈他也看过，娱乐八卦也听过，但因为他基本接触不到这位老总，所以并没有往心里去，就记得这位一直是什么低调内敛的精英"人设"。

陆渐行用一种审视的目光看着他。

陈彩想了想中午这位的表现，心里便猜着，陆渐行可能是有偶像包袱，需要自己夸一夸。

"我对陆总的了解仅限于杂志访谈，"陈彩双手交握，身体微微前倾，微笑着胡说八道，"您低调、内敛、富有才华，对时尚有着自己独到的见解，是一位时代的引领者，而不是追随者。"

陆渐行微微挑眉，略微有些得意地哼了一声："还有呢？"

陈彩一愣，心想没有了，这些都是胡诌的呢。

陆渐行现在心里简直双重得意，见陈彩嘴巴还挺严，便调整了一下坐姿，笑了笑，诱导对方："都招了吧，我知道你对我的了解不只有这一点。"

陈彩："……"他眨眨眼，心道你笑得是挺好看，可是真没了，要不……就夸夸你的外表。

"其他的……都不太好意思说了，"陈彩低头揉了揉鼻子，不好意思地说道，"我最佩服的还是陆总的长相，您不仅天生长得好看，有贵族气质，身材还特别好……"

陈彩套路式夸人没过脑子，话到嘴边发觉不对，一机灵，赶紧改口："一看就跟我们这种瘦弱的不一样，结实健壮，简直就是创世纪里的亚当。"

陆渐行白天刚被那导演说了一通，十分不适，现在被陈彩一夸，顿时通体舒畅了很多。

陈彩一直悄悄看着他的表情，这会儿见陆渐行嘴角直翘，忍不住松了一口气，知道自己挠对痒处了。

陆渐行还没听够，随口问他："亚当的身材什么样？我怎么没注意过，好看吗？"

陈彩拍马屁不嫌肉麻，忙道："好看，亚当那是神的审美，必须好看。"

陆渐行想了想:"中国的呢,西方审美体系不一样。"

"……"陈彩脑子里飞快转着各种神话传说,"中国啊,那必须就是二郎神了,仪容清俊貌堂堂……二郎神这个郎字,就是帅哥的意思。你看历史上的美男都是这么称呼,周瑜周郎,潘安潘郎。陆总要是搁古代,肯定也得称呼陆郎了。有句话怎么说来着,金鞍美少年,去跃青骢马……"

陈彩的声音清亮好听,陆渐行心情大好。

他心里美滋滋,脸上却强行淡定,挥了挥手,云淡风轻地装腔作势道:"哎,美少年不敢当,我都一把年纪了。不过青骢马我还是有几匹的,我有个马场……"

"哇哦!陆总还有马场啊?"陈彩夸张道,"一匹马就要好多钱的哦……"

"还行,看你买什么样的了。我去年在法国阿卡纳秋季拍卖会上买了两匹纯血赛马,不过都留在法国参加比赛了。"陆渐行得意道,"当然除了马,我也喜欢玩别的,摩托车和快艇都不错,那种征服的感觉比较爽……你呢?"

陈彩笑了笑,如实道:"……除了电动车,我什么都没骑过。"

陆渐行颇为同情地看了陈彩一眼。

陈彩见气氛正好,便趁机道:"陆总,我今晚还得回去,要不就不打扰您休息了?"

陆渐行"哦"了一声,似乎有些惊讶他现在就走,不过还是把包给陈彩递了过去。

陈彩不敢当面查看有没有少东西,悄悄掂了掂分量,觉得好像没轻。

陆渐行这才想起自己的本意,陈彩的表现比他预想的要老实一些,没有上来就推荐他手下的艺人,这一点还不错。就是还需要敲打敲打。

"你这人其实挺不错,"陆渐行跷着腿,用一种长者的口吻道,"但是工作是工作,不要去想乱七八糟的,成功没有捷径的。"

刚道别完的陈彩一脸蒙,怎么,鞠躬还有错了?

"好的,"陈彩道,"谢谢陆总。陆总您休息,陆总我走了。"

陆渐行挥了挥手。

陈彩背着包逃出去,等到房门一关上,这才忍不住先蹲下检查起了包里的东西。钱包、证件、记事本都在,就是几个手机都亮着,常用的一个多出上百条信息,不少是剧组的招聘交流,另一个显示有未接来电,看着标注是推销号码。

陈彩担心王成君那边,先开了微信看他的,没想到一解锁,许焕的信息先跳了出来。

许焕:"你在哪儿?我找你谈谈。"

陈彩猜着没好事,蹲地上给他发语音:"我在哪儿关你什么事?我们没什么好谈的。"

他说完把手机扔回包里,转身走人。

等出了酒店,拿手机想要打个车,才发现许焕立刻回复他了。

"你傍上了我们老板,是不是?"许焕在语音里冷笑,"不用否认,我们都知道了。"

许焕作为影帝,一线男演员,即便过来给某剧组打个酱油友情客串,也是必须享受五星级的待遇——他跟陆渐行住得不远,同一酒店,同一层。

陆渐行的秘书带陈彩上来的时候,许焕刚好要出门,所以看了个一清二楚。

他心里大吃一惊,心中暗自揣测:陈彩竟然认识陆渐行?他俩什么关系?怪不得那天陈彩骂自己的时候陆渐行露出那样的表情,这莫非是他默许的?这事他想来想去没有头绪,也没地方打听,所以一直开着门小心留意,等陈彩背着包走了,心里这才放松了一些,心想两人没聊多久,看来也没有那么熟。

陈彩拒绝跟他见面他倒不算意外。这人就是这样,跟你要好的时候心肝肺都要掏给你,如果说翻脸了也是能立马说不见就不见,一点儿不会怀旧感伤,看着人挺温暖,其实是个硬心肠。

最新的语音发出去后再也没了回复,许焕等了会儿,知道估计没后续了,只得起身出门,跟导演他们去吃饭。

陈彩果然对于他怎么误会的一点兴趣都没有,他找了家宾馆住下,先跟王成君联系了一番,叮嘱后者定时交日记,好好背剧本,又跟梦圆的一个粉丝站发私信,看看有没有人能来探班。送给主演的礼物他自己选好了,都是品牌的围巾和香薰、蜡烛以及靠枕、眼罩这些，根据咖位不同搭配不一样，主要是给男女主。等忙完这些，还没等写工作计划，又收到了霍兵的短信。

霍兵问："陈哥，最近没什么好剧本吗？我这都闲得长毛了。"

上个月陈彩刚得了一个剧组信息，看着剧本不错便拿给了霍兵。但霍兵嫌弃对方制作班底小，想也没想就给拒绝了。这个月他又催，陈彩也没办法，只得回："最近没有。"

霍兵很不高兴："陈哥不能太偏心啊，王成君怎么就那么好，给王琦导演当男三。我跟了你后可还没接到过好剧本呢。"

过了会儿见陈彩没回，又问："王成君那个角色是硬汉吧？为什么他行我不行？"

虽然提前叮嘱过王成君要保密，但是霍兵这人小心思向来多，不知道从哪儿探听来的消息。此时他问，陈彩也不能装傻，便直接道："成君是导演看中的。原本是想去试个小角色。如果我给你找的本子你不挑剔，或许早就有这样的机遇了。"

这话说得不太客气，霍兵大概不高兴，也没再回复。

陈彩原本还想着给他关注着最近的剧组信息，这下想来想去，觉得自己注定没法一碗水端平，又给公司老总去了电话，希望霍兵能够换个经纪人带。

公司老总叫孙玉茂，因此当初注册公司时候取了个谐音，定名为鱼猫。当然对这个名字，老总还有另一番解释，就是希望公司里的人能记得从小听过的"小猫钓鱼"的故事，做事不要三心二意。

这次陈彩打电话说明来意，孙玉茂也还是那套说辞。

"你手下不就是两个人吗，这个还带不过来啊？"孙总道，"做事不要三心二意，你好好培养一下，霍兵也不差的。"

陈彩无奈，知道这事不好办，只得明说："不是我不想好好带，但显然我的业务能力跟他的要求匹配不上啊。我找来的剧本他都不喜欢，他喜欢的我也找不着。再说他和王成君的类型是一样的，在我手里肯定有冲突，不如给他们分开。"

孙玉茂犹豫不决，陈彩这事提了好几次了，但现在公司里能干的经纪人不多，霍兵放别人手里更压不住。

"他要不听话你就随意点，晾晾他，"孙玉茂道，"公司现在有转型计划,人员方面会有变动,现在就先这样,如果实在不行,就再等两个月,到时候统一重新安排。"

陈彩不得不答应。等挂了电话,却也不能真晾着霍兵,只得把微信群里的建组信息都看了一遍,挨个跟人联系问有没有缺的男演员。

现在这几个月剧组信息虽然多,但是适合霍兵的还真没有。陈彩一连看了两天,也没找出个头绪。等到周五,梦圆得了假,他陪梦圆去酒店,后者也嘀咕了两句。

"还不是腕儿呢,就挑剧本,这什么毛病啊?那剧本可都是你求的,又不是自动找上门的,他可真有意思。"梦圆穿着条火红的裙子,脚踩七厘米的高跟鞋,打扮得像是要去走红毯。

陈彩听到她这人吐槽别人不走脑子,也不跟她讨论,笑了笑问:"你今天不是去谈分手吗?"

梦圆掀了下眼皮:"对啊,怎么了?"

"这妆太浓了。"陈彩道,"你这打扮一点儿都激不起男人的保护欲,倒是看着比较有斗志。"

梦圆笑了笑:"要的就是这效果。男人都是这样,你越柔弱他越得意。我今儿先好好谈,谈不好就算。气场先开起来,到时候'输人不输阵'。"

陈彩一听顿时激灵了一下,警惕道:"你要干什么啊?这节骨眼儿上可别闹什么新闻出来。"

梦圆哼了声不说话。

陈彩不放心,想了想道:"不行,我得跟着。你们定的是在哪儿见面?"

梦圆也不拒绝,说了个地址。同样是影视城里最好的酒店之一,那餐厅有几道菜还挺出名。

"跟着就跟着,你做好心理准备哈。"梦圆看他一眼,忽然笑了笑,"他可是真出名。"

见面地点在饭店的一处包厢里。这几天天气还没升温,梦圆穿着收腰大长裙,戴一墨镜,走路带风袅袅娜娜,顿时吸引了不少人的目光。陈彩在后面给她拎着包抱着外套,活像是伺候娘娘回宫的小太监。

两人一路直奔包厢,包厢里已经坐了个人,见梦圆进来眼皮也没抬一下。

陈彩贴着墙在墙角处找了个位置坐下，打量那个正在玩手机的男士，眼生，身高不到一米八，瘦瘦的，看着应该不是很能打。衣服穿得跟自己差不多，估计不是经纪人就是小助理……一二线的经纪人不会这么随意，陈彩用了下排除法，猜这人应该是个助理。

助理架子都这么大，可见正主也不是个好打发的。

陈彩心里犯嘀咕，心里简直比去谈合同都紧张，他不清楚梦圆跟那渣男的交往细节，既怕这姑娘外强中干，到时候苦苦挽留渣男被人再次伤害……也怕她暴脾气上来，到时候说干就干场面闹大不好收场。

梦圆没搭理那个助理，自己往桌上一坐，就开始叫服务员。

助理却突然道："菜已经点完了，许老师不住这边，一会儿才能过来。他来了直接上菜。"

他说话时嘴里像是含了个地瓜，态度轻蔑，陈彩听成了"萧老师"。琢磨了一圈，姓萧的？有名的？不是吧……那几位可都步入中老年了……

他目瞪口呆看着梦圆，梦圆一脸惊讶地看着助理。

"点完了？"梦圆缓缓转过脸，隔着墨镜打量那助理一会儿，"你点的？"

助理不太礼貌地上下看她两眼，"嗯"了一声。

梦圆笑道："都点什么了？我瞧瞧。"

陈彩把服务员喊进来，后者报了下菜单。

手抓羊排、葱油小鲍鱼、香辣梭子蟹、粉丝大龙虾……一共八个菜，六个海鲜，两个肉菜。

陈彩注意力收回来，听着菜名有些饿，心想这渣男胃口还挺大。

梦圆却叹了口气，十分做作地一摆手："都退了吧，重新点。"

服务员一愣，看看她又看看那助理，解释道："不好意思，菜都已经做上了，现在就等着上桌了。"

"可是我海鲜过敏哎，如果吃了出问题怎么办？"梦圆摘下墨镜，嗲声嗲气道，"那不然就点两桌吧，账都记一块儿，海鲜就不用上了。"

她说完随口报了几个菜名，都是绿叶蔬菜，果然一点海鲜都没有。等点完又催促服务员快点上菜，自己肚子都饿了。

那助理的脸色很难看，等服务员关上门出去，他才皱眉道："你故意的吧？这里就是海鲜楼，你来了不吃海鲜吃什么？"

梦圆却完全不看他，自顾自地倒水喝水，亲身示范什么叫"目中无人"。

陈彩也觉得这助理有些仗势欺人了，正主还没来，他在这儿啰唆个没完，满脸写着"瞧不上"，得亏梦圆这姑娘演技不咋样，气人是一流，压根儿都不搭理他。

助理脸黑成了锅底，也没处发泄。

陈彩还在努力猜着是哪个"萧老师"。一会儿那助理出去接电话，梦圆才悄悄凑过来，对陈彩道："看见没？故意给我下马威呢，真不是个好东西。"

陈彩怕她搞事，忙安慰说："没事，谁还没有眼瞎的时候，一会儿问清楚了，远离这种人就是了。"

梦圆却摇了摇头，有些受伤："你不知道，他一开始不是这样的……他以前特别单纯，对我很好。"

陈彩心道一老男人怎么可能单纯，单纯的是你吧。

"那就看在他以前单纯，对你好的分上，一会儿好聚好散，有商有量的，"陈彩双手合十，拜托道，"一定别'撕'他，闹大了不好，反正都这样了。"

梦圆看了他一眼，陈彩觉得这姑娘心里应该也不想闹太难看，那天说起分手的时候还差点哭了呢。估计还是有感情的。

"走到这一步，可能他跟你都不想，"陈彩又劝道，"但是爱情嘛，它就像一阵龙卷风，来来去去都没道理，你这次跟人谈个恋爱都谈这么久了，总不能最后谈成仇人，是不是？"

梦圆咬了咬嘴唇，叹气道："可是好憋屈。"

"胸怀都是被委屈撑大的，"陈彩做人生导师状，拍了拍她的胳膊，"好好说，谈完了我请你吃好吃的，加油！"

梦圆不情不愿地点了点头。

很快服务员开始传菜，又过了会儿，那助理从外面进来，这次规矩了一点，道："老师说他马上上来了，那个……我跟他……"他指了指陈彩，示意道，"出去回避一下。"

陈彩知道这种事可能的确不适合在场,想了想,偷偷把自己的手机拿出来,点开录音键,塞给了梦圆。

梦圆从桌下接过来瞧了眼,有些惊讶,抬头看陈彩。

陈彩叮嘱:"好好谈,不要急眼,保护好自己。"

梦圆犹豫着点了点头。

陈彩跟着那助理出去,后者比较谨慎,一直领着他往前走,转了一圈去大堂,又觉得大堂里旅游团太多,于是绕路转了回来,继续去楼梯间。

陈彩转了一圈转累了,拉了下那个助理,道:"我不转了,就在包厢门口等着,你想走自己走吧。"

助理前后看看,皱眉道:"不能在这里啊,我在这儿周围的人一看都知道是许老师来了,这不是添乱吗。"

陈彩好笑道:"至于吗,你夸张了吧。"说完觉得刚刚那发音有些怪,又问他,"你刚刚说谁?什么老师?"

助理莫名其妙地瞅他:"许老师啊,还能是谁?"

陈彩脑子嗡了一下,突然有种不好的预感。

他慢动作转过脸,尽量平静地问:"哪个许老师?"

助理看他的表情像是看神经病土包子。

陈彩问:"姓徐还是姓许?该不会是许焕吧?"

"要不然呢,"助理无语道,"过来见谁你们自己还不知道吗?许老师要不是正……哎你去哪儿?"

陈彩身体反应前所未有地快,在助理喊出声之前直奔着刚才的包厢门就冲过去了。

包厢里梦圆正在拍桌子。

"我告诉你姓许的!"她气得浑身发抖,"你少来这一套,好的时候夸我省心懂事不给你添麻烦,现在要分了就成我不关心你,我跟别人暧昧了是不是?你怎么不直接说我出轨呢?分手还分这么恶心,你良心让狗吃了!"

"出没出轨我不知道,"许焕皱眉道,"但是风言风语我可是听了不少,你自己想想,我跟你交往这几年什么时候勾搭过别人?倒是你整天这个过生日那个合照的,网上传的是不是真的,你自己心里有数吧!"

"我有什么数!"梦圆快被气蒙了,"你把话说清楚!"

梦圆因为长相美艳,所以外人编了不少谣传。这些事别人不清楚,许焕不可能不知道,她可是连酒局饭局都极少参加的。

这次过来谈谈,她本来还多少抱着点残余的情谊,想要问问到底是为什么,哪能料到许焕一上来就这么羞辱他。

梦圆气得语无伦次,伸手就抄起手边的杯子,杯子里有没喝完的半杯水,早都凉了。梦圆气急无处可发,抬手就泼了过去,许焕早有防备,见状往包厢门口躲了躲。

谁想他刚躲过去,包厢门就被人猛地一下推开了。

许焕一惊,刚一回头,没等看清来人脸上就挨了一拳。

陈彩进来二话不说,兜头照着许焕就开揍。他之前跟王成君学了两招来防身,这会儿可算派上了用场,拳拳到肉。

许焕完全没有防备,被一路捶着踉跄着摔倒在椅子上。陈彩咬牙憋劲儿不说话,攥住他的衣领又薅起来往墙上撞。许焕被弄得头晕目眩,后背哐地一下撞墙上,没等缓口气,又被人拽着领子朝下一扯……陈彩闷不吭声地猛抬膝盖,照着许焕的肚子就顶上去。

"许焕你可真不是人!"陈彩这才恶狠狠地骂了句。

许焕一听这声音,整个人都傻了。

梦圆也吓傻了。她从来没见过陈彩这么狠的一面,这会心里又感动又觉得过瘾,还有些害怕,怕陈彩把人给打死了。

许焕的助理来晚了一步,梦圆还没等感动完,那小子推开门进来,一看这阵仗就冲上去了。

陈彩刚松开许焕,听到后面有风下意识地躲了下,脑袋躲开了,腿上挨了一脚。

他这下心里恼火,再回头,梦圆已经冲过来"劝架"了。

"不要打!你们不要打了!"梦圆着急大喊,手里牢牢拉住助理两根胳膊,朝着人耳朵尖叫,"不要打呀!有话好好说!"

陈彩在好好说之前毫不客气地趁机给小助理也来了两脚。

"要替人出气前最好先问问,"陈彩喘着粗气,看着那助理冷笑道,"看看他敢不敢让你动手。"

"你这下……打够了吧……"许焕刚刚叫都没叫出来,眼前黑了一会儿,肚子疼得直犯恶心。他本来想还击的,后来看是陈彩,这才犯了怵,知道他老底的人来了。

那助理挨了两下不服气，还想推开梦圆继续过来干仗。这会儿看了眼许焕，谁知道许焕却挥了挥手，皱眉道："你先出去。"

助理一脸疑惑。

梦圆把他松开了，他还站在原地有些傻眼。

"叫你出去听见没？"许焕怒道，"在外面等着，不喊你别进来！"

"凶什么呢许影帝，"陈彩整了整衣服，示意梦圆坐好不用管，自己也拖过来一把椅子，似笑非笑道，"够厉害啊！不是单身吗，原来还有这一出呢？"

许焕这会儿也有些憋屈。

他的确在很早之前跟梦圆谈过一段，那时候他就没想长久，后来两人各自拍戏，梦圆不缠人，他也偶有寂寞的时候，于是便干脆留着联系方式，时不时地聊几句。反正一年见不了几次面，许焕便不觉得是个事。直到前阵子经纪人暗示他把以前杂七杂八的关系都断一断，许焕这才联系了梦圆。

他从心里不把这段恋情当回事，觉得梦圆的风评差、谣言多，刚刚聊天的时候留了录音笔把话题往歪路上一带，以后梦圆如果作妖，这录音就有用武之地了，真闹起来"吃瓜群众"也会认为是她的错。

哪想到半路杀出了一个程咬金。陈彩这一闹，把计划都给打乱了。

许焕缓了好一会儿，这才扶着桌子坐下，挨揍的地方有些疼，但是让他更难以忍受的是丢脸。

"你打也打了，气也出了，能好好说了吗？"许焕道，"你要是再动手，我就报警了。"

陈彩冷笑道："报报报，赶紧的，要不我替你拨一下号？"

许焕脸色青一阵白一阵，很是难看。他对陈彩不敢真来硬的，一来他知道陈彩的脾气，这人心软骨头硬，从来不受人威胁。如果真闹起来，自己肯定受影响更大。二来……陈彩身后有靠山，陆渐行还是自己老板呢。

"你什么意思？"许焕冷笑道，"你有什么好清高的，你跟陆渐行认识不也没告诉我吗？"

陈彩抬头，用看蠢材的眼神怜悯地瞅着他，心里却犹豫着要不要临时狐假虎威一把。

一旁的梦圆已经激动了："……你认识陆渐行？"

"别听他胡说，"陈彩故意含糊其词，余光瞄着许焕。

许焕看他闪烁其词的样子更加确信了，忍不住道："你以为我什么都不知道？VV姐挖你的事情我可知道得一清二楚。我当时还想，天颐怎么可能会注意到一个才工作的经纪人。在正经公司的话你现在还给人当着助理呢。"

陈彩："你说什么？"

"VV姐……天颐要挖我？"这下换成陈彩激动了，他腾地一下站起来，心想不可能啊？这孙子撒谎呢吧！

可是看上去不像啊。

陈彩脑子里灵光一现，眼珠子一转立刻怒道："你胡说八道，这等的机密也能透露给你？"

"什么机密，"许焕轻哼一口，"艺人经纪部一半儿的人都知道。"

他说完见陈彩神色奇怪，皱了皱眉，觉得哪里有些别扭，又说不上来。

陈彩现在已经做不了面部表情管理了。心想天颐要挖我？为什么要挖我？是因为我太优秀了吗？

可是为什么没人跟我联系啊？工资高不高？哎呀妈呀，大公司机遇多小公司里时间多，孙玉茂还指望着我当骨干呢，我抛他而去是不是不太好？

天颐要挖我哎，可是为什么要挖我？

莫非是因为陆渐行？

陈彩忽然想起昨天陆渐行一副世外高人状的几句指点，好像说他"你这人其实挺不错"……

对对对，很不错的！

陈彩大惊大喜，嘴角抽搐，坐在椅子上发了会儿呆。

还好残余的理智把他喊了回来。

梦圆还化着大浓妆等着他呢！

"我的事情不重要，"陈彩搓搓脸，强忍着内心的激动，对许焕道，"先解决现在的问题吧。"

"我承认我做得不对，"许焕知道现在没法抵赖了，干脆直接道，"现在公司要求我跟她说清楚，我以后不可能有恋情曝光的，你说要怎么办吧？"

陈彩看他那样，渐渐冷静了下来。

他刚刚还真没想过怎么办，进来打人纯粹是冲动行事。但是许焕这人是个伪君子，陈彩不考虑自己也得考虑梦圆。

跳槽的事情先放一边吧，现在天颐还是敌对呢。

陈彩这下是彻底冷静了。

"你是不是带了录音笔？"陈彩问，"把之前的内容删了。"

许焕微微一愣，果然伸手从兜里拿出来一支录音笔，扔在了桌子上。那笔看着挺新，看着是刚买的。

陈彩按下回放听了一遍，把文件给删了，又把笔给他扔了过去，想了想道："今天你说的是两码事，所以我们不要混在一块儿解决。"

许焕没明白："什么意思？"

"意思是一码归一码，"陈彩神色严肃起来，换上了公事公办的态度，"现在你的问题有两点。一是你主动向梦圆示好，断断续续谈了好几年，这是你俩的私人问题。其二，是你的公司要求你跟梦圆断掉联系，这是双方公司的问题，现在我作为梦圆的经纪人，只处理第二点。"

许焕没接茬，等着他的下文。

"我的目的只有一个，"陈彩道，"就是保护我家艺人的形象。所以，现在你俩确认要分手了吗？"

这话主要是问梦圆。

"我同意分手，"梦圆道，"以后跟他没关系了，大家拉黑不见。"

许焕松了口气，往椅背上一靠："我也是。"他其实巴不得这样，梦圆毕竟还是个十八线，这事最好的结果就是互相拉黑，谁也别理谁。

许焕以为事情就这样过去了，欠了欠身子，打算说两句就走。

谁知道陈彩却点了点头，冲他笑道："那既然都表态分手了，不如就发个分手公告吧。"

许焕刚站起来，顿时就愣了。

"我会找人发一下通稿，爆料你俩疑似在交往，"陈彩拿出自己的手机，已经开始策划了，"等事情稍微发酵之后，许焕你再发条澄清微博，解释你们曾经交往过，但因为聚少离多，现已和平分手。"

许焕愣愣地看着陈彩，好一会儿才消化完毕，难以置信道："你竟然拿我炒作？！"

"炒作是一项高智商的艰苦的运动，"陈彩眨眨眼，笑道，"而且这跟你之前的虚假炒作不一样，这次是澄清事实，对你的粉丝你的观众负责，也对我家艺人负责。反正和平分手嘛，你也可以立个'人设'呀，什么分手见人品，怒斥营销号，有担当，真爷们……正好还能转型呢，毕竟你都三十来岁了，皮都兜不住肉了还在'鲜肉'里晃荡，丢不丢人……"

许焕被他一顿损，鼻子都要被气歪了。

"……思路都给你们提供好了，你们自由发挥，"陈彩笑吟吟地抬头看他，像是只狐狸露出了獠牙，"怎么样，想好了没？"

"不可能的，"许焕盯着他，拒绝道，"我不可能发这个。"

陈彩也抬头看着他，两人对视了一会儿。

"OK，"陈彩慢慢收起笑，把手机往桌上一丢，"那就谈崩了。"

许焕："……"他很想直接走，但是却又顾忌陈彩和他鱼死网破。

的确是光脚的不怕穿鞋的。现在他才是弱势方。

许焕知道陈彩也是认定了这一点，所以才敢跟自己抬杠。

"你什么意思？"许焕慢慢坐了回去，小心了许多。

陈彩却摇了摇头，道："让你经纪人过来，我俩谈。"

陈彩来之前并没有借恋情炒作的打算，如果换成其他人，他倒是宁愿梦圆跟对方说清楚后大家各回各家。毕竟他在圈里还太嫩，没有跟人抗衡的资本，但谁能想到渣男是许焕呢。这个时候不利用一把就太可惜了。

许焕显然不乐意，但是没等他给出回复，外面就有人敲门了。

许焕的经纪人风风火火地闯了进来，一看包厢内的模样先是一愣，随后目光掠过陈彩和梦圆，这才问许焕："怎么回事？这种事怎么不告诉我？"

那个助理在后面探头探脑往里瞧。

"你怎么来了？"许焕惊讶地问她，等回头看到助理的样子，顿时就明白了，"又是他通风报信？"

"不是他报信的话，你现在让人坑了也不知道。"经纪人挥手让助理进来，把门一关，大马金刀地坐了下来，又一抬下巴，"渴死我了，在那边陪陆总聊了半天。"

助理立刻去给她倒水，许焕一听陆渐行，忍不住看了陈彩一眼。

陈彩不动声色地瞧着他俩，心里顿时有了数。他知道眼前这人——杨雪，挺有名的艺人经纪，以前做宣传工作出身，擅长话题运营和品牌营销，

055

之前还得了个金牌推手的称号。他之前没关注过许焕的经纪人,没想到竟然会是她。

杨雪除了刚进门的时候,再也没正眼瞧过来,显然是传递着不把他们放眼里的信号。这会儿那小助理殷勤地倒茶送水,杨雪也只跟许焕闲谈,包厢里的形势又被扭转,现在成她的主战场了。

梦圆显然有些害怕杨雪,这会儿被人忽视,又有些尴尬,下意识地看向陈彩。

陈彩回头朝她笑笑,见自己的手机录音键还亮着,示意她放包里收好,随后从兜里摸出了一小盒口香糖,晃了晃,抖出了两颗给梦圆。

梦圆接过来放嘴里,心里这才稍稍放松了一些。她其实不傻,知道这种情况下谁着急谁吃亏,无奈杨雪气场太强,后面靠山也硬,她才止不住地有些惧怕,又忍不住开始担心陈彩。

杨雪显然是有备而来,她喝了口水便开始吩咐许焕:"你下午还有通告,让小周跟你先去处理一下伤口,不要误事。车子已经等在外面了。"

许焕没想到她一来就让自己离开,微微有些犹豫。

"怎么了,"杨雪脸色顿时一沉,口气不善,"你还有问题?"

许焕看了看陈彩,问道:"他们怎么办?"

"动手打人当然是找警察,这种事情太恶劣了,"杨雪道,"你也是荒唐,随便合作过的女演员约你你就出来?刚刚他们打你你还手没有?"

这意思是不问前因后果就给事件定性了。

梦圆脑子嗡的一声,顿时明白了杨雪的企图。

果然,许焕摇头:"没还手。"

"那就可以了,虽然吃点亏,但是作为公众人物这点委屈是应该受的。"杨雪这才看向陈彩两人,像是看碰瓷团伙,"走廊里有监控,一会儿我配合警察调查做笔录,你不要耽误工作。有些事情我们本着善意想解决,但是面对这么恶劣的态度,公司绝不会姑息退让。"

她堂而皇之地说完,朝助理使眼色,示意他先让许焕离开。

陈彩也看明白这人的打算了,许焕跟梦圆瞎聊的时候估计很谨慎,没留下什么证据,而自己从走廊冲过来打人可是有视频没声音的。一会儿只要许焕一走,杨雪一口咬定他们俩闹事骗人,到时候有口也说不清了。

倒打一耙玩得可是真好。

杨雪的确是这么计划的，反正监控一调，前情后续全凭一张嘴，即便以后女方急眼了，想要爆料也得看消息能不能发得出去。更何况即便她能发出去什么，一个一线一个十八线，谁捆绑谁一目了然。不过事情不用闹那么大，只要这两人明白形势，一着急，她便会先硬后软，拉着女孩子说两句场面话，事情也就不了了之。

前提是许焕不可以在这儿。这样她才可以随便抵赖。

许焕也明白了经纪人的用意，他犹豫了一下，就要往门口走。

陈彩心里也气，不过他知道这时候不能急，见许焕要走，他干脆也站起身，回头轻轻拍了下梦圆，笑道：“走吧，说好的请你去吃饭。”

梦圆有些蒙，不过还是听话地站了起来。

陈彩拿过她的包，也干脆无视杨雪，挡在了许焕的前面：“那这事就随便吧，我无所谓。”

“你不能走，”杨雪这才冷笑着，伸手指着陈彩道，"是你打的人吧，你必须留下。”

陈彩"哦"了一声，却笑笑："你要报警抓我啊，无所谓啊，你报吧。"

杨雪看他气焰嚣张，觉出事情不简单，眉头立刻锁了起来。

陈彩又低头掏手机："要报就快点，许焕知道我这人的脾气，最烦等人。"

杨雪警惕地看着他，有些疑惑："你俩认识？"

陈彩点头，道："认识啊，光屁股合照过好多张呢。"

杨雪反应快，一把又将站在门口的许焕拉了回来。

陈彩继续道："我俩打小就是邻居，以前是我罩着他。他刚入行的时候是我给他跑的剧组，打点关系，他签到你们公司后天天忙，他爸妈家里窗帘坏了水管爆了都去找我。现在发达了不认识也就算了，结果我才知道他一直勾搭着我手底下的艺人，现在想撇清关系就要泼女孩子脏水。敢情这事太好看了，我要把这个巧合发网上，他不同意，正闹着呢，这不你就进来了。"

杨雪这才想起来这声音为什么听着耳熟，那天在茶馆外面骂人的估计就是这位。当时许焕还说要去搅黄了他的戏，自己没当回事。怎么就这么冤家路窄？

许焕也是，干什么不好，祸害熟人手下的女艺人，脑子让驴踢了吗？

事情有些棘手,杨雪今年才接手许焕不久,这会儿不敢轻举妄动,立刻又换了态度,"哎"了一声,笑道:"既然是熟人就早说嘛,许焕可是我们公司的宝儿,可把我给吓死了。"

陈彩看她一眼,没搭话,转头对梦圆道:"走吧。"

两人这就往门口走,杨雪忙使眼色,让那助理拦了一下。

"有问题咱就解决,"杨雪单手支在桌子上,另一只手飞快地给许焕发信息问情况,同时软硬兼施道,"与其闹笑话,两边都不落好,不如商量个共赢的对策。你以后也是要生活的吧,我也是有诚意的,有什么问题不能谈谈呢?"

陈彩这才回头笑了笑:"不如我们先做个笔录?"

杨雪收起手机,尴尬地笑了下。

许焕知道自己是躲不开了,左右看了眼,趁机说:"我的经纪人也来了,你不是有条件吗?炒绯闻我不可能答应,其他的可以商量。"

他知道陈彩挺会偷换概念糊弄人,转身又对杨雪把刚才的事情复述了一遍。

杨雪眉头一挑,却只笑着递台阶:"公事一会儿再谈,刚刚是我弄错了,咱先吃饭,正好借这顿该道个歉。"

陈彩也没想弄得太僵,心里一边暗叹这人果然不一般,变脸毫无压力,一边又顺着台阶坐了回去。

先后点的两桌菜很快被端了上来,杨雪挺能放得下,自己热场聊天,自己控制话题,等饭局过半,她才对陈彩道:"炒绯闻是不可能的,许焕对外一直宣称单身。"

陈彩也道:"我们梦圆也不想的,可是有什么办法呢?这么单纯的一个小姑娘,说被骗就被骗了,她出道的时候才二十出头。结果一时不察,被骗了这么多年……"他说到这儿顿了顿,叹气道,"值得吐槽的地方太多了,都不知从何说起。"

杨雪笑道:"年轻人嘛,爱情方面容易冲动,我们外人说不来的。"

陈彩点头:"对啊对啊,要是真谈恋爱也就认了,偏偏是骗人……"

杨雪笑笑:"不过事情都已经过去了,我们还是要往前看。"

陈彩问:"杨总的意思是?"

"这个不好操作,网络舆情不确定性强、传播速度快,谁都不知道事情会不会以讹传讹走了样。这一点不仅是考虑许焕,主要是为了你们家梦圆着想,毕竟女孩子嘛,在这方面比较吃亏。"杨雪温和道,"以后梦圆儿也是得嫁人的,绯闻有一个就有两个,多了之后真真假假也说不清了。形象受到损害,以后想要接个商业代言也难……梦圆你还没有过代言吧?"

梦圆摇了摇头:"没有。"

杨雪笑了笑,心里已经有了几分把握。

谁知道梦圆却继续道:"我没想过接代言,我就想把演员的本职工作做好。跟许焕谈恋爱这事我也没想过去炒作,要不然这么多年,我何必等到今天。"她垂下眼,姿态放得低,语气也委屈,"原本我来也只是想说清楚,但是刚刚许焕一进来的时候,就羞辱我,说我跟别人不清不楚。杨姐,你也是女人,换你你会怎么想?你怕我担心绯闻的影响,那我也表态,我不怕的。"

陈彩见她重点抓得很准,倍感欣慰,也正色道:"梦圆是个好女孩,人单纯,也善良,可是许影帝刚刚却故意误导她并录音,幸亏我发现及时。所以要求许影帝公开这事,我们家不是要炒作,而是求自保。"

杨雪倒吸一口气,半天都没说话。她这会儿宰了许焕的念头都有了。

双方陷入僵局,杨雪原本觉得小公司小姑娘好打发,可是几次抛出诱饵置换,对方都不上钩。不上钩也就罢了,那个叫陈彩的还毫不掩饰自己对天颐的羡慕,夸张大喊。

"哎呀,大公司就是好啊,我们家接不到杂志封面呢。"

"这部剧也要开拍了,好期待哦!大公司的制作就是不一样,我们家梦圆要是也能当个主演就好了。"

可是问他角色给他行不行时,他又拒绝。

陈彩一脸遗憾:"主要是刚刚许影帝太离谱了,说实话我们家梦圆风评这么好,在网上可是零差评的小仙女呢,再出这种人为'黑料'怎么办?"

"我保证,"杨雪简直让他给烦透了,最后只得让步,举起单手严肃道,"之后我们家不会发出任何对梦圆不利的消息。你就说信不信吧?"

陈彩见火候差不多了,看了她一会儿,慢慢笑了起来:"杨总这么说了,我不得不信了。"

杨雪问:"还有呢?"

陈彩道:"惜梦家纺的代言。"

杨雪不得不打起精神，拿着杯子慢吞吞地喝了口水。

思索了好一会儿，她才下了决心。

"惜梦是我们合作多年的老客户，而且老牌公司品牌的考察都比较严，这个做不到，"杨雪把水杯一放，"我这有个胶原蛋白的，原本看好的是雪儿，但她因为拍戏受伤了所以一直搁着还没签约，如果可以，这个给你。费用比惜梦家高多了。"

一般来说医药美容和酒水饮料的价格都比其他的要高，但同样风险也大，即便厂家批文齐全，也难保后续不会有负面消息。

因此虽然价格让人心动，陈彩也不敢接。他给梦圆要代言，不单是为了费用，也是想找借大厂家的广告投入，提高一下梦圆的知名度。毕竟他们公司在这一块的资源为零，梦圆接个正经代言的机会不多。

双方接着扯皮，也好在杨雪手里关系的确多，最后终于谈妥了一家羽绒服公司的广告，也是老牌大厂，定位不高，但覆盖面广，在推广方面舍得砸钱。梦圆是跟杨雪手下的另两个女明星打包在一块儿，操作难度也低。

等两边最后谈妥，已经是下午三点多了。助理提前去结了账，陈彩跟杨雪互相存了电话和微信，后来握手言和，又都成了彬彬有礼的文明人。

许焕一直在一旁低头玩手机，一直等回到车上，他才郁郁地暗骂了一句。

杨雪也累得够呛，坐在车里出神，听他骂脏话才皱了皱眉，但没说什么。

许焕却觉得自己今天丢人丢大了，他想给自己挽回些面子，又不想表现得太蠢，只得冷笑道："要不是看在老板的面子上，今天不可能让他这么得逞的！"

杨雪心里暗骂蠢货，扭头看他："哪个老板？"

许焕这才半遮半掩道："还能是哪个老板，陆总啊。"

杨雪愣住，难以置信地看着他。

许焕道："要不然我能忍着他吗，就这事还没来得及跟你说呢。昨天晚上，陆总的秘书亲自去接的他，我当时要出门，亲眼看见的。"

"你没看错？"

"我当时也吓到了，打了电话确认，"许焕道，"他当时就接了，是他没错。而且今天他那意思，公司里挖他本来是想秘密进行的，不过VV姐没把你当外人，所以我们才知道了。"

"那他怎么……"杨雪皱着眉，这才想起自己之前的谎报军情。当时许焕给陈彩打电话没打通，她便告诉VV姐，陈彩给拒绝了。

现在看来，陈彩竟然认识高层？不过这样的话，那何必通过自己问呢？

她有些想不通，但是转念一想，又觉得也有可能。

"这人聪明，也够冷静，是个好苗子，"杨雪揉了揉眉心，叹气道，"或许以后他会直接带着人一块儿跳槽到我们这儿……不管怎么样，这人不是个好欺负的角色，你以后别去招惹他。"

许焕也不敢招惹，但心里又不痛快，只得暗暗咽下这口气，先去检查脸上的伤。

另一边的梦圆和陈彩已经打车回村了。梦圆就请了一天的假，晚上剧组又安排夜戏，她来不及庆祝便匆匆回去换下衣服去做准备。

陈彩联系的粉丝也有了回信，那些都是梦圆的老粉，虽然对于探班活动很感兴趣，但无奈多数都已工作成家，能来的还不到十个。陈彩一想他们过来的话，还要先跟外联制片再沟通，外加几人的路费住宿，自己自掏腰包买的礼物……算来算去投入太多，实在不划算，最后只得暂时把这个计划取消，先去沟通请剧组吃饭的事情。

他去找导演和制片主任的时候还做好了对方打官腔的准备，谁想他一提请吃饭，还没等编瞎话说梦圆过生日如何如何，导演就答应了。

陈彩觉得自己今天大概应该买注彩票，这运气有点旺啊！

"什么时候方便？"陈彩趁热打铁，"明天行不行？我去预订下包间，咱吃中餐还是海鲜？"

"海鲜就太破费了，就吃个炒菜就行，"导演笑呵呵看了周围人一眼，又拉着陈彩往一旁走了两步，悄声问，"问你个事。"

陈彩受宠若惊，弯腰眨巴眼看他："什么事？"

导演问："陆总来不来？"

陈彩这下有经验了，问："陆渐行？"

"对啊对啊。"

陈彩心想怎么又是他，不过这虎威挺好使，要不我就再借用一下吧。

"他……最近有点忙，"陈彩为难状，"要不咱先吃饭，他那边……等回头我看情况再安排安排。"

由于导演和男主的态度突然转变，不仅对陈彩比之前热情了许多，连梦圆都混上了梦圆老师的称呼，于是剧组的其他人也迅速跟着转向，虽然对梦圆不喜欢的还是不喜欢，但不会像之前那样明显排挤了。

第二天吃饭的时候剧组提前收了工，陈彩早已经联系了饭店，其他人安排在大堂，主要人员进包厢。大家一到地方就开始上菜，一点儿都不耽误事。

梦圆脾气虽然大但脑子不笨，陈彩这么为她忙活她心里感激，也知道收着脾气，拣着好听的话说了不少。陈彩先在包厢陪酒，等到饭局过半，他又到外面跟其他人喝了几杯，加了几个好友，拜托大家照顾他们家梦圆。

统筹在一旁打趣道："陈哥你太尽心尽力了，这架势都快赶上别家的助理了。小芸这一个多月也没你这么操心。"

陈彩也发现了，梦圆的那个助理虽然看着憨厚，但经常在片场找不到人，有时候是去别的剧组玩，有时候是趁机闲逛，买零食买东西。他知道蹲剧组的感觉不好受，一个破地方一待就是几个月，住民宿吃盒饭，天天开工从早到晚，也不能去别处玩。演员拍戏还能挣钱，场务他们闲着的时候也可以玩手机，就助理得一直守着伺候人。小芸的工资又不高，跟着梦圆一个月就三千……

但不管怎样，这些也不应该成为她翘班"摸鱼"的借口。他的观点是工作能干就好好干，不能干就走人，可是梦圆的经纪人毕竟不是他，这些事也不能由他来管。

大家吃完饭已经入夜，陈彩来这里一趟耽误了几天，好歹也算圆满完成了任务。等到其他人都坐车回了宿舍，陈彩又留下梦圆单独打车送她，顺道叮嘱了几句，无非是平日要与人为善，进退有度，要紧的东西自己留意好，对助理脾气好点，但该管的地方也不能太随便。

梦圆这才知道他明天就要回去了。

"你不能在这儿多待几天吗？"梦圆没想到自己原本跟陈彩还不太对付，这才几天的工夫，自己就忍不住依赖上了，"你再留几天，也不用管我，自己在影视城里玩玩，我这还挺舍不得你走呢。"

陈彩看她有些伤感，笑着打趣道："有什么舍不得的，不能因为一块儿'战斗'过就要引为知己吧，姐姐……"

梦圆一听这茬，也有些忍不住乐。她对许焕的迷恋很大程度上也是迷这个人的"人设"，毕竟高大英俊皮相好，在娱乐圈有些地位，长年累月地包装下来，身上也有了明星的气场。其实如果去掉明星光环，也没什么好留恋的。

"谢谢你为我出头，"梦圆慨叹道，"我这都混了多少年了，没想到还有接代言的这一天。"

"你资质不差，如果想发展好的话，听我一句话。"陈彩苦口婆心像个老妈子，嘱咐道，"虽然都说是娱乐圈，但其实说白了，这就是一个行业。圈子这东西你要理解的话，可以把它当成人脉。不管你的起点在哪里，你不去经营，不去下功夫，人脉是搭不起来的。"

梦圆这次没抬杠，点了点头问他："怎么搭人脉呢？我也不认识什么人。"

"认识一个人不难，难的是你先明白你对别人来说，有什么用处。而在这之前……"陈彩觉得自己喝的酒有点多，后面的那句话不太好听，他犹豫着想说，却又觉得不是很有必要。

梦圆看他突然止住，忍不住道："什么？"

陈彩回头看了她一眼，过了会儿，才认真说道："你得先改掉一个毛病。剧组的每一个人，不管是导演、制片，还是摄影、美术，大家只是工种不同，你并没有什么资格去鄙视他们……我一直理解不了你的优越感。"

这话太直接，说出来面子也不太好看。

"……好吧，"梦圆的脸色红了红，撇开脸，过了会儿才哼哼两声，道，"我注意。"

陈彩没想到她竟然能听进去。

梦圆的确脸上有些挂不住，鼓着腮缓解尴尬，不自在地问："还有吗？"

"没了，"陈彩笑道，"佳丽羽绒服的签约时间差不多是四月下旬，我回去后会把工作交接给你经纪人，你到时候可能还需要请几天假，自己提前协调打点好……到时候不管有什么问题，我不可能再过来了。"四月下旬王成君要进组，他得忙自家的孩子。

梦圆连连点头。出租车很快到了村头的民宿，小芸正在那儿等着。

陈彩还要返回宾馆，也没下车，只降下车窗朝两人挥了挥手。

梦圆走出两步，忽然又折回来，吞吞吐吐道："那个，我也想……嘱咐你来着。"

陈彩有些惊讶，挑眉看她："嘱咐我什么？"

"就那个陆总……"梦圆轻轻蹭了下鼻子，小声道，"我听朋友说，他们那些人都挺能玩的。组局的时候有些乱，你跟他们来往多个心眼。"

陈彩一愣，从车窗探出脑袋，一脸八卦道："啊？展开说说！"

"你先回去休息吧，"梦圆看出租车不耐烦了，忙挥手道，"回头再跟你说。"

陈彩才不管陆渐行是什么样的人，他只是有些头疼自己这几天稍稍借了对方的名头，以后万一穿帮露馅怎么办。不过梦圆给了他一个好思路，能玩的霸道总裁，肯定去过很多场子，自己完全可以是个跟老总一起喝过酒的不熟悉的朋友。

陈彩很快收拾了行囊，这次高高兴兴从义乌出发，回到了自己的根据地。

王成君乐呵呵地来接他，并高兴地打报告："陈哥，我找到地方住了。你猜在哪儿？"

王成君原本跟霍兵住同一宿舍，但宿舍条件不好，霍兵这人又不太好相处。陈彩做事谨慎，总怕两人闹出点不好的事情，于是早早叮嘱了王成君出来找房子。反正他也打算住得离公司近一点，于是提出来可以与王成君合租，费用平摊。

不过市区的房租都不便宜，两人基本租不起。陈彩看他一脸求表扬的样子，想了想，问："该不会在云南路那儿吧？"

云南路的房租均价六千，算是他的上限了。

谁知道王成君哈哈笑着摇头："不是！是广澳路。"

他自己憋不住秘密，竹筒倒豆子似的往外说："我大学舍友的房子，他要出国，房子又不想往外租，怕麻烦。一听说我在找地方就找我了，家具家电现成的，让我们过去给他看着房子。你猜房租跟我们要多少。"

陈彩要吓傻了，广澳路上都是豪宅，除了别墅就是大平层，阳台能比他家客厅大。

再怎么着都得好几万一个月吧……

"多少?"陈彩摸了摸口袋,"你先等下,我找颗速效救心丸备着。"

王成君哈哈大笑:"当当当当,四千!"

陈彩:"……车库?"

"怎么可能,"王成君从口袋里摸出钥匙,兴奋地在他跟前晃了晃,道,"我今天才拿了钥匙,走走走,一块儿带你去看看。"

他来的时候开了公司的车,这会儿拉着陈彩直奔广澳路,最后进了一处绿树森森的低密度小区,一直开到了楼底下。因为一会儿还要回去搬东西,两人便把东西放车里,空着手先上去瞅瞅。

陈彩不是没见过好房子,但是看跟住的感觉到底是不一样,两个土包子一间屋一间屋地参观,胡乱规划着你睡这儿我睡那儿,那个要干什么,这边以后能怎么样……等意犹未尽地下楼时,已经是一个小时之后了。

王成君还要回去搬东西,一下楼,这才发现自己的车被一辆迈巴赫给堵了,后面通道窄,他倒车都没法倒。

陈彩却看着那车有些眼熟,他想了想,突然想起在哪儿见过,赶紧低头去看车牌。

可是不等他确认完,头顶上就有人冷冷地说话了。

"你的情报工作,做得很到位啊。"陆渐行把车窗降下一条缝,眯着眼瞅着陈彩,"在机场我就发现你了,我想知道你们是怎么跟着我绕了市区一圈后,还能到这儿的?"

陈彩把陆渐行的这句话,在脑子里反复过了好几遍,才算是听明白。

他不知道陆渐行是怎么得出自己跟踪他这种结论的,只得指了指王成君,解释道:"纯粹巧合吧陆总,我们俩住这儿,而且早来一个多小时了。"

王成君在后面一直没说话,这会儿陈彩让了下位置,他忙往前走了走,吃惊地跟陆渐行打招呼。

因为今天去接机,所以王成君特意换上了之前被霍兵借走的那件版型好的衬衫,以免挨骂。陈彩没注意,陆渐行却瞅出这人打扮过了,顿时暗暗冷笑一声,心想,这就是了,型男一号。

他之前查过陈彩手底下的艺人情况,知道有两个型男,一个阳光帅气,另一个成熟稳重,而陈彩偏爱前者。这下一看,立刻对上号了。

不过……住在这儿?

陆渐行觉得事情有点严重了。他把窗降下,露出整张俊脸,高深莫测地看了这两人一眼。

"王成君是吧?"陆渐行觉得那个傻大个比较容易套话,转头冲他笑了下,问,"你们住这儿?什么时候的事儿啊,我以前怎么没发现?"

王成君没想到别家的大老总竟然认识自己,顿时受宠若惊,往前走了一步。

"陆总好,我们才来,"王成君实诚道,"东西都还没搬过来呢。今天就来看看。"

好一个就来看看,陆渐行心里冷笑,敢情这不是跟踪啊,这是故意混脸熟呢。

步步为营,好有心机!

陆渐行点点头,发现傻大个挺好糊弄,笑着问:"你们以前住哪儿啊?"

王成君道:"罗庄那儿。"

"那怎么想到来这边了?"陆渐行疑惑,"罗庄跟这儿一南一北,差太远了吧?"

王成君想了想,他跟霍兵的小矛盾属于家丑,不可外扬,便含蓄道:"住以前的地方太不方便了。"

果然,陆渐行心道,住得离我那么远,这得多难才能碰一次面啊。不过搬过来也白搭,我是不会让你们得逞的。

他心里想着事,嘴上便有一搭没一搭地拉着王成君问话,随口想到哪儿就问到哪儿。王成君这人又实在,有啥说啥,不一会儿的工夫他个人爱好、作息时间、几点出门习惯去哪儿……都被问出来了。

陈彩一直在旁边当背景板,越听越不对味,脑子里忽然想起了梦圆的提醒。

陆总他们那些人都挺能玩的。他们出去聚会开派对,但里面太乱了,不要接近。

陈彩内心一阵惊呼。

王成君虽然是傻大个,但那也是电影学院出来的帅哥啊!

这要是认识了陆渐行还能学点好?

陆渐行正对王成君道:"小区的东西两边各有一家健身会所,建议你去东边那边,游泳池够大,环境更好一点。西边的又贵又小,不要去。"

王成君跟大型犬受训一样乖乖点头,刚要说话,被陈彩给拦住了。

陈彩的神色警惕,严肃地对王成君道:"你去开车,我们得马上回去了。"

王成君聊天聊得意犹未尽,红着脸露着大白牙看过来,陈彩心里暗骂傻瓜,没好气地干脆给推一边去了。

他把王成君塞车里,又回走了两步对陆渐行致歉:"陆总,不好意思,我们得赶着回公司报到,这马上迟到了。"

陆渐行十分夸张地惊讶道:"你们还要去公司啊?我以为君君时间挺轻松的呢。"

陈彩:"……"谁跟你是君君。

"他很忙,平时工作都排得很满的,"陈彩想了想,补了句,"而且他女友时不时会来找他,私人时间就更少了。"

"哦那行,"陆渐行善解人意地点了点头,告诉前面的秘书,"现在给他们让个道。"

他这边慢吞吞地挪出位置,王成君小心倒车,出来后又伸出头跟他挥手招呼,被陈彩一把给拽回去了。

"你傻啊!"陈彩回头看了后面一眼,压低声道,"你怎么别人问什么就说什么,万一这人别有用心呢!"

"能有什么用心啊?"王成君高兴道,"那可是陆渐行啊。"

陈彩心想,正因为是陆渐行,所以才要格外小心啊!你不知道这种人长了多少个心眼?

他这边着急,后面的陆渐行却十分得意。

"看见了没有,我就说这经纪人别有用心吧,"陆渐行长腿一搭,点评道,"现在他的一举一动,都在我的意料中。"

秘书有些难以理解,其实这事除了有点巧合外,陈彩明明表现得挺客气挺正常啊。

一共也没说几句话。

"可是看着……他也不是很热情啊,"秘书小心地瞅了老板一眼,虚心请教道,"而且还催着手下回去呢。"

"这你都看不出来?"陆渐行斜眼看他,"没看出这是一种独占欲吗?"

秘书:"啊?"

"我跟他手下的人多聊了几句,他就紧张成那样,还不是怕我把型男给挖走了。"陆渐行摇头叹了口气,"这人野心大着呢。"

秘书:"……"是这样吗?

他半信半疑,也不好表现出来,干巴巴地拍了两句马屁。

陆渐行推门下车,让他把车开走,又叮嘱下次过来接他不要开这辆了,换那辆埃尔法过来。

秘书点头应下,正要开走,又听陆渐行招呼。

"回头你去西区再帮我办一张健身卡。"陆渐行道,"东区那张就送你了,还有七八个月呢。"

秘书以为自己听错了,诧异道:"西区?您不是觉得那边又贵又小吗?"

"小就小吧,"陆渐行十分无奈地叹了口气,"在那边不会被打扰。他们可是要搬家了。"

因为事先并没有跟家人商量,因此陈彩搬家时受到了一点阻拦。陈妈妈怕他在外面不注意,熬夜无节制,吃外卖不健康,当然最担心的还是私生活。

"别以为我不知道你们那圈有多乱啊,"陈妈妈拿出了老教师的劲头,戴着老花镜仔细审核陈彩交上来的《变更住所申请表》,边看边点评,"我了解的东西比你以为的多多了。"

陈彩一听她这口气,忍不住嘿了声在一边解释:"别人乱传就算了,你怎么也这么想呢。"

虽然圈子里争斗是小事,抢夺资源也常有,但其实剧组里潜规则这些并没有外间传得那么乱,尤其是正规的剧组大家都很忙,每天累死累活都是在工作。陈彩从陪着许焕跑组到现在,还没真遇到过跟导演夜里聊天聊出角色的。而且这种情况即便有那也上的都是小角色。

毕竟说白了,做项目就是为了挣钱,里面每一个角色的安排多半都牵扯着各方利益……而至于男人女人之间的情感纠葛，那也是哪一行都差不多。

陈妈妈却道："无空穴不来风，你怎么不想想大家为什么这么传！就之前曝光的那个谁谁谁，不是跟他经纪人一块儿出去参加派对的吗？"

陈彩一听这话题就尴尬，抬手捂脸："我不会的，我工作那么忙没时间谈恋爱。"

陈妈妈瞥他："谈恋爱还好呢，伴侣比较固定。"

"……那我一定洁身自好。"

"那你记得了，在这里给我按一个手印，"陈妈妈在申请书后面添了几页纸，这才算放过他，"还有啊，要定期回家。"

陈彩终于松了口气，保证书写了一张又一张，最后还在几张空白纸上按了手印作为补充条款备用，这才得到允许搬出家门。

搬家这天是周末，王成君的东西早就收拾好了，一直特意等着他。

王成君老实道："咱俩东西都少，打出租过去太不好看了，所以我叫了个搬家公司。这样一辆车就拉完了。钱我出，活儿都是他们干。陈哥你就看着就行。"

陈彩心里高兴，心想小子没白疼，嘴上却嫌弃道："你怎么还计较这点钱呢，以后也是要成巨星的人了！"

王成君嘿嘿傻笑。

陈彩跟看亲弟弟似的倍感欣慰，又想起正事，叮嘱道："等过去后你不能就跑跑步锻炼身体了，我看了，你的腹肌有点偏，练得不够好看，去健身房办张卡吧，找教练好好教一教。"

王成君也这么想的，点头问："去东边那个是吧？正好我想好好练练游泳，你要不要一块儿来？"

陈彩点了点头，又觉得不对——东边可是陆渐行推荐的……

他心里警报直响，却不好明说，怕给王成君压力，只道："不去东边那个，去西边。"

王成君"啊"了一声："不是说东边的好吗？"

"声东击西，听过没？"陈彩脑瓜转得快，一本正经地胡编道，"西边吉利。"

搬家花了半天的时间,等两人东西都弄过去,各自收拾布置,买盆子买碗,再去西区办健身卡,三五天就过去了。

陈彩起初还担心住别人家里会不自在,等开始布置新家,他才发现这处房子虽然东西齐全,但好像一直没什么人住。厨房、客厅,甚至书房到处可见过期物品,比如长毛的咖啡豆、过期的药片、四五年前的电影票根……空调外挂机的小洞里还有一小堆建筑垃圾。

王成君笑呵呵道:"我哥们说这房子空置好几年了,他觉得往外租太麻烦,不想跟外人打交道,所以就一直放着。但是房子老空着也不好,又得定期找人来打扫又得白交物业费。咱俩在这儿住住看,如果觉得行的话就在这儿住着,那房租就当替他分担物业费了。"

陈彩问他:"这边物业费怎么算?"

王成君想了想:"好像十八块一平。"

十八一平的豪宅,看面积差不多快三百平了,物业费一个月四千肯定打不住。这便宜捡得真不是一般的大。

王成君也有些不好意思,笑道:"他心意我明白,以后有机会再报答就是了。"

他一毕业就留在这儿,几年省吃俭用的所有积蓄还不够买这里的一平方米。好在哥们俩情比金坚,钱又不是一切,王成君做人坦荡荡不矫情,朋友帮他也不必瞻前顾后。

陈彩听得明白,心里十分赞同,鼓励他:"你好好把握机会,说不一定以后也能买个这样的。"

王成君傻笑:"那怎么可能,中五百万彩票都不够。我就盼着以后挣多了在这个城市买套房,将来有了女朋友结婚不啃老就行。"

陈彩忽然想起陆渐行,心道这么想就对了。

陈彩:"还有,在健身房离那些有钱又爱主动搭话的远点。"

王成君:"好的。"

陈彩左右叮嘱,就差给王成君写出"陆渐行"三个大字了。但他不敢提这三字,怕王成君本来没觉得有什么,被他一提醒反而再留意上了。

带一个傻孩子就这点不好,处处让人操心,还好这次他机智地选了西区健身房,应该跟陆渐行撞不上。

陈彩安顿好王成君，转而再操心自己的工作。

那天许焕说天颐想挖他的时候，陈彩很是激动了一阵子，晚上睡觉翻来覆去地想，琢磨着要不要主动跟天颐那边联系一下。不过他很快又冷静下来——他自己的实力和经验都不够，如果去了天颐，估计是不能给艺人做经纪人的，多半还是从助理开始做起。

陈彩其实之前了解过天颐，当初找工作，自然想着以大公司大平台为主。只不过大公司的岗位要求都比较苛刻，所有职位均要求有经验——经纪人需要有一年以上的执行经纪的经验，执行经纪要求一年以上经纪助理或艺人宣传的经验，艺人宣传还分新媒体宣传和传统媒体宣传，同样要求繁多。

陈彩这种完全跨专业的两眼一抹黑进去，只能先给艺人当助理，等一步步熬过去，两三年后再往上升。而现在娱乐圈里分工越发职业化，以助理为跳板的上升通道也越来越窄，大部分人一做助理好多年，并没有转型的机会。

陈彩不想在这上面耽误，最后左右衡量，这才进了鱼猫娱乐。

小公司的坏处是没什么资源，经纪人依旧是保姆式服务，面面俱到大包大揽。但好处是自由度高，可以边摸索边试错，也更能锻炼人。陈彩做了这一年觉得越发顺手，老总对他又不错，于是又打消了跳槽的念头。

不过这些他并没有跟老总讲，安顿好后陈彩去公司汇报工作，先把梦圆相关的部分工作交接了，又趁着孙玉茂高兴，提了王成君的剧本。

孙玉茂知道他在活动《大江山》的事情，但没料到能抓住这么好的角色，当即表示十分重视。

陈彩有意给王成君争取点条件，便道："这事好是好，就是也有些麻烦的地方。"

孙玉茂也觉得事情不能那么顺利，关心道："什么事？都到这关节了，公司能出力的肯定不含糊。"

陈彩神色有些为难，搓了搓手："剧组的意思是，希望他至少有三个助理。因为王导组的团队要求很严格，主演必须带助理，负责跟剧组对接沟通的事情。王成君这次可是三号，戏份重，更要全身心地投入进去，要不然对方看他状态不好，随时会换人的。"

孙玉茂在请助理这种事上一向小气，一听这话"嘶"了一声，有些肉疼："那这样，一个就行了吧，怎么还得仨呢？"

陈彩道："一个生活助理，负责饮食起居叫起床这些，另一个工作助理，专门跟剧组对接沟通陪着对台词，还得有个替补人员，万一有人生病或请假，替补要跟上。而且剧组说了，请的人得干活，要是咱自己配不上，剧组就给安排，工资按他们的标准来，直接从片酬里扣。"

孙玉茂抠门，给梦媛的助理一个月才三千多。陈彩来之前跟王成君商量过，这次一定要有两个助理跟着，公司如果不给出他就自己掏钱请。

陈彩原本猜着孙玉茂这脾气，顶多也就同意一个，谁知道他这次狠狠心咬咬牙，竟然道："那行，就招两个吧。"不过同时强调，"你亲自去招，工资稍微高点没事，一定不能太高了，我看他们什么助理七八千的，搞笑吗！第三个……不行你就顶上吧，咱公司小，都勤快点辛苦点，你说是不是？"

"是的，"陈彩心里窃喜，不好表现出来，假模假样地叹了口气，"不行我就再辛苦点。"

孙玉茂十分欣慰。

陈彩趁机道："那这样我时间是真不够了，霍兵那边……"

"霍兵你要是实在不想管，那我就给他另安排人带。"孙玉茂笑道，"这事本来不太好办，但梦圆的事情你解决得好，王成君那儿现在又有重要工作，这几天我看着安排安排，回头让他去找你交接。"

话是说得很为难，陈彩回家后没两天，就接到了霍兵的电话。对方表示公司对他有了新的安排，以后不能跟着陈彩混了，言语之中竟然十分开心。

陈彩不知道老总怎么安排的，诧异地问了句，这才知道霍兵被安排到了梦圆经纪人的手下。梦圆刚接代言的事情公司的人已经知道了，但没有人清楚其中原委，只知道梦圆有了个代言，还是跟另两位二线的女演员一块儿。这种资源别人未必多激动，搁在"小透明"身上却等于是飞来的红运。

孙玉茂也会忽悠人，对霍兵说那经纪人手里还有机会，想着推一推公司的男艺人，想来想去感觉就他最好。这才悄悄把他挪过去。

霍兵信以为真，高高兴兴给陈彩打了电话，又约好时间来取一下东西——陈彩给他们制作的简历是请专业人士帮忙做的，从个人简介到媒体热度、电视剧照宣传照都十分齐全，信息更新快，排版也好看。

双方约着见面，霍兵又表示要请陈彩吃饭，到时候叫上王成君一块儿，地方他们定。

陈彩对于吃饭这种事情不太热衷，又把这事抛给了王成君。当然这种事宜早不宜晚，他希望周末就搞定。

王成君却正愁着跟他说另一件事——陆渐行也要请他吃饭。

这事说起来有些长，最初是王成君搬家的头两天因为兴奋又认床，所以晚上一直睡不好觉，日夜颠倒得十分严重。等到三五天后情况稍稍有所缓解，但仍是一大早就醒，四点之后就睡不着了。

陈彩那个点儿睡得正香，王成君刚跟他合住，怕自己起来活动发出动静，于是便拿着手机去小区跑步，顺道带早餐回来。第一天的时候还正常，小区房屋密度低，住的人少，他自己跑来跑去也自在，等到第二天，撞上陆渐行后就不太一样了。

王成君越来越觉得陆渐行的态度……有些防备。

这叫他有些受伤。他这人自来熟，属于四海之内皆兄弟的性格，上次陆渐行跟他相谈甚欢，他几乎要将人列为知己。哪能想到才几天的工夫，知己就翻脸不认人了。

第一天的时候王成君还特意跑上去打招呼，陆渐行一脸震惊地盯着他看，他跟人介绍："是我啊，王成君。"

陆渐行神色古怪地问："你不是早上七点半才跑步的吗？"

王成君没多想，如实道："我刚搬来，睡不好。就起得早了点。"

小区的人行道挺宽，两人并行跑步也绰绰有余。王成君乐呵呵地跟着，又看陆渐行早上只穿一件运动衫，露出精壮结实的胳膊，比自己的肌肉线条漂亮很多，便恭维了几句，想着跟对方学一学。

陆渐行跑快了，他也跟着加速，陆渐行过会儿气喘吁吁慢下来，他也深呼吸换气，在一旁有样学样。

这样学了两天，陆渐行就不来了。

王成君心想老总估计忙于事业，日理万机，心里还默默心疼了这位大兄弟两秒。等他早起锻炼了几天，活动量加大，起床时间也开始恢复正常。

周六这天他七点自然醒，换上衣服戴上耳机，刚一出门，就跟跑路经过的陆渐行又撞上了。王成君再次高兴地跟人打招呼，哪想到陆渐行像是见了鬼一样，开始拔腿狂奔。王成君跟着追了两条道，话都没说完，那人就跑回自己的楼了。

这下再傻也看出来了，陆渐行是在躲他。要么说有钱人翻脸如翻书呢,王成君心里郁闷,不明白这才几天的工夫啊,君君就不是君君,改成细菌了。

他心里别扭,想起了自己的健身卡,心想不就是肌肉吗,自己练练比他的还好看。他兴冲冲拿着健身卡直奔西区健身房,先去做热身,转头就见这个不大的健身房里,站着个熟人。

陆渐行的嘴角像是挂了两个秤砣一样,朝下弯着。

王成君人穷志不穷,转头当作没看见,也不搭理他。谁知道过了会儿,陆渐行朝他走过来了。

"兄弟,"陆渐行挡在他跟前,一脸深沉道,"问你个事。"

王成君面皮薄,心里不高兴,不过还是搭茬问:"你说。"

"我不是跟你说东区的健身房好吗,你怎么来这边了?"

王成君心道,你说东边好你怎么自己不去?忽悠人呢是吧,多亏我陈哥英明。他喷了一声,有些骄傲:"我陈哥说的,让我来西区。"

陆渐行眉毛一挑:"陈彩?"

"是啊。"

"他说什么了吗?"

王成君想了想:"陈哥说声东击西,西边……"

他还想把前后的句子补充上,谁知道陆渐行脸色一变,伸手打断了他。

"高,实在是高,"陆渐行锁着眉头沉思了会儿,最后下决心道,"这个周末,让他来找我一趟。"

王成君一愣:"找你?找你干什么?"

"就……一块儿吃个饭吧,"陆渐行忧心忡忡道,"我得跟他谈谈。"

第3章

陆渐行给人下了通知后，回家很是消沉了一会儿。

他没想到自己深思熟虑的计谋竟然这么快就被人看穿了，太可怕了，这幸亏不是竞争对手。

总裁的早餐是煮鸡蛋。陆渐行心思飘忽，剥鸡蛋皮的时候不小心还烫了下手，更觉得这事不吉利，他想来想去，决定自己也做做准备，掌握点对方的详细资料。

VV姐一早接到陆渐行的电话十分惊讶，她正约了去产检，老公开车，她便把手机开了免提。

陆渐行问："有个叫陈彩的经纪人，你认识吗？"

VV姐记得这个名字，道："不认识啊。之前我不是想挖他嘛，没联系上。"

"你要挖他？"陆渐行咦了声，"什么时候的事儿？"

VV姐道："就老太太生日那几天，当时杨雪给我回复的时候你不正好就在一边吗。"

老太太是指的陆渐行他姥姥，当时陆渐行就是因为去给姥姥过生日，这才喝多了，稀里糊涂跟陈彩撞一块儿的。他第二天去公司的时候在VV办公室里的确待了一会儿，听她说要挖几个"拼命三郎"过来，刺激刺激经纪部的老干部。

没想到竟然有陈彩！

这就有些复杂了……

陆渐行陷入了沉思。陈彩到底是什么意思？到底是想拖家带口来求照顾，还是知道自己要被挖，所以提前来找自己打点打点？

陆渐行有些迷乱，觉得自己之前的判断可能会有点偏差，竟然漏了这么关键的情节，半天没再出声。

VV听他没头没尾地打听一个人，诧异地问了句："怎么了？你怎么想起来问他了？"

陆渐行回过神，没想好怎么解释，随口道："没事，就随便一问。"

他那边匆忙挂了电话，VV觉得奇怪，忍不住嘀咕："好奇怪，他问这个干什么？"

倒是她老公一脸明了的表情，笑着问："他问的陈彩多大了，长得怎么样。"

"长得挺好的，眉清目秀都能出道了，"VV把手机搁回包里，想了想陈彩的信息，琢磨道，"我记得好像是二十七八，跟渐行差不多大。"

"那就是了，"她老公笑道，"不是有关工作就是有关生活。还能是有关什么。"

VV忍不住笑了笑："也是。"

两口子有一句没一句地聊了会儿天，她老公又转回了正题上。

"你这次要不要考虑请个假，好好在家养着？这次孩子怀得不容易，我跟爸妈都挺担心的……"

VV之前怀过两次，但不知是习惯性流产还是其他，都是早早停了胎心。这次好不容易怀上，她也比较谨慎。

"我也有这个打算，这个孩子再保不住，以后我真没勇气生了。"VV叹了口气，手指钩住皮包的带子扯了扯，"但是公司现在有点情况，我原本打算挖几个人过来的，一共问了四五个，只有俩表示考虑考虑。"

"还有天颐请不动的人？"她老公惊讶道，"大公司挖人一向很顺利吧，人们都挤破脑袋想进来。"

"我们艺人经纪的跟你们不一样，"VV失笑，叹了口气，"小公司里工作多样，这几个人能力突出又拼命，很快就能在公司独当一面，做个一把手。可是如果到了天颐，他们的优势就不大了，天颐的影视部门和宣传部门都是独立的，艺人也是分组管理，共享平台资源。他们这种全才在专项上没优势，只能先从经纪助理开始做起。"

虽然从公司角度，现在的管理更为高效，但作为部门副总，VV却不得不考虑目前暴露出来的问题——工作人员在当前制度下只能专不能全，新艺人现在接不了班，老艺人又对原经纪人依赖性过强。现在正是关键的过渡期。如果这个时候公司的老经纪人出现变动，那麻烦就大了。

其实去年她就发现了这一点，公司有个老经纪人离职，手下几个三线艺人便跟着蠢蠢欲动。今年年初VV又听有人透露说有人来挖杨雪她们，这便叫她不得不警惕。

虽然目前看起来公司一切如常，但她不得不考虑到最坏情形——万一杨雪她们带着手下艺人一块儿出走的话，届时天颐最缺的是什么……

她老公看她眉头又锁起来，宽慰道："你可能多虑了，杨雪她们离开了天颐还怎么混。"

VV不以为然："现在不同以往了，以前我们公司把着影视资源，她们离了公司接不到剧。可是现在视频网站新媒体这么多，网播剧的流量就几个亿，影视资源已经不缺了。"

她放低声音，大概自己察觉情绪低落，又振作地笑了笑："不过再怎么样，瘦死的骆驼比马大，他们不至于现在就走。即便真出现坏情况了，我也留意了几个新人重点培养。"

"依我看你还是早点请假吧，"说话间医院已经到了，她老公绕过来，小心翼翼地扶她下车，笑道，"你孕期反应有点大，看事情比较悲观，请假歇歇，我陪你去玩玩。我看渐行这老总就天天很开心吗，没心没肺的。"

"各司其职而已，"VV摇头笑笑，"下级的事情本就不该他操心，他也有自己的安排。"

这边两口子讨论表弟，另一边王成君也正跟陈彩坦白。

"陆总他可能有自己的安排吧，"王成君小心地瞅着陈彩道，"毕竟是一大老总呢，不会无缘无故找你的。"

陈彩也一头雾水，想不明白为什么陆渐行要跟自己吃饭，但事出反常必有妖，多半不是好事。

不过他现在倒不担心这个，他比较生气王成君竟然不听话。

"我怎么跟你说的，你就不听呢？"陈彩生气道，"我让你远离献殷勤主动搭话的。"

王成君有些委屈:"可是他不殷勤,没主动啊?"

"那你俩是怎么聊上的?!"

"我……"王成君顿了顿,缩了下脑袋,"我殷勤、我主动……"

陈彩:"……"

王成君又解释:"可是我看他爱答不理的,不像是有图谋的样子啊?"

陈彩问:"欲擒故纵啊我的哥,你到底懂不懂?"

王成君不懂,也不敢问,点了点头。

"算了,伸脖子一刀缩脖子也是一刀,"陈彩道,"去哪儿吃?我收拾收拾。"

他没考虑这些的时候两人还一本正经地商量对策,结果想到吃饭的时间地点,陈彩才傻眼——陆渐行说让去找他,可是自己并没有他的手机号啊!

也不知道他住哪儿……

这可怎么联系。

陈彩在小区里溜达了几次没见着人。王成君去健身房蹲守也没遇上,听健身房的小伙伴说,陆渐行去了那一次再也不去了。两人眼巴巴在小区里游荡了几次,只得作罢,先去见霍兵。

那边转头已经开始了正经工作,这边陆渐行却在家里一直等着。

原本他以为说好周末,陈彩就一定会周末来约的。结果在家等了半天,一直到周一了,家里门铃也不响,手机上也无任何来电。

这可气坏陆大总裁了,周末晚上他饿半天肚子,最后叫了外卖,边吃边骂陈彩得寸进尺,尽想些心机手段,并暗暗发誓不管这兔崽子再做什么,自己都绝对不分给他一个眼神。

在生气之余他还不忘自我反思,觉得自己之前之所以被动,就是因为过于关注这个小崽子了,以至于让他摸准了脾气。有人说过,对敌人最大的蔑视就是沉默,陆渐行深觉自己作为一个大人物,必须要有视之若无物的基本功。

他忍住了自己去找王成君对峙的冲动。

第二天又在家里干坐一天后,陆总奋发图强去上班了。

作为天颐的总裁,陆渐行的工作量着实不大,因为他下面有个干杂活的执行总裁——他弟弟陆渐远。

兄弟俩长相相似，性格相反。陆渐行有偶像包袱，天天怕被狂蜂浪蝶惦记，洁身自好得不得了。弟弟陆渐远却属于花花公子，身边的人谈过一个又一个。

陆渐行上班只上半天班，立着精英"人设"，实际是个懒货，只要公司还盈利，许多事情他能不管就不管。

陆渐远却又是个工作狂，不泡妞的时候就泡工作，世界各地旋转跳跃不停歇，公司大大小小的事情他都过问，都操心。

陆渐行这天照例中午才到公司，往自己的老板椅上一坐，便有秘书过来汇报，说陆渐远回来了。

不多会儿办公室的门被人推开，陆渐远果然一路带风地走进来，见陆渐行一本正经地坐着，边把捎上来的热茶递给他边笑问："今天太阳打西边出来了，这才十一点半啊，你怎么就来了？"

陆渐行笑笑："上次任务没完成，这不是过来看看有没有可补救吗。"

他前阵子去影视城出差，有个任务是谈下那个导演，把对方签到天颐来。那导演有才华有门路，之前几大影视公司和他谈都没谈成，天颐也是几次动员，今年对方的口头才有所松动，却又指名让陆渐行去谈。

陆渐行很是生气，道："我看他就是故意的。做生意没诚意，还话里话外硌硬我。"

陆渐远一愣："谈成了？"

"怎么可能？"陆渐行一摊手，"我是那种受气小媳妇吗？第一天就谈掰了。"

"掰了就掰了吧，"陆渐远附和地笑笑，琢磨了一会儿，"不行回头我再去见见另一位，贾导。反正这两人也有点'王不见王'的意思，那边得罪了，干脆就找这边，想办法给拉过来。"

陆渐行听说那贾导是个文化人，点了点头，表示同意。

兄弟俩聊了会儿天，多数话题都是陆渐远提的，这个项目是否要投资，那个公司是否考虑收购。陆渐行回答得慢，给出的答案倒是挺明确，两人的观点常常不谋而合。就是气氛有些沉闷。

等到最后，陆渐远把手边的事情都问过一遍，这才忍不住道："你这是怎么了？感觉兴致不高啊，心情不好？"

陆渐行还在琢磨那个陈彩，这人到底是想干什么？为什么不来找自己？

陆渐远:"哎,要不一起吃个饭吧。我喊两个会来事的一块儿热闹热闹,地方你定。"

陆渐行想了想:"也行,去禾家饭店吧。"

禾家饭店是离着陆渐行家最近的一家老饭店,在一处老牌五星级酒店的三楼。

陆渐行之前去吃过两次,对他家的红烧肉大为赞赏,从此把这儿当成了跟朋友约会聚餐的老地点。然而老饭店的表现却越来越不像样,从去年开始,这里不知道是换了管理还是换了大厨,做饭一次比一次难吃。

饭店里没有包厢,陆渐行让经理给挑了一处僻静的地方,坐下后便开始叹气,跟陆渐远道:"这里是越来越不像样了,地板也不擦干净,做的饭也一般般。小炒肉动不动就炒焦了,臭豆腐跟外面那种五块钱一碗的一个味儿。以前红烧肉不错,现在这个也发酸,吃起来像酸豆角。"

他跟自己弟弟随口吐槽,其实是觉得在这家饭店吃习惯了,随口说说,心里还是喜欢的。谁知道陆渐远还没作声,旁边就有人误会了。

"我知道小江南的红烧肉不错,"对面的一个小帅哥热情地说道,"那家也有招牌菜,水平比较稳定,陆总可以去那边。"

桌旁围坐着的另外两男两女,陆渐行刚刚在楼下就见过了,但没有结识的打算。这会儿有人出声,他忍不住抬头多看了一眼。

陆渐远立刻介绍道:"这位是CICI。E大毕业的研究生。就是上次跟你提过的那个……"

陆渐行有些惊讶,再看对面,恍然明白过来:"叫什么……西西?"

"不是西西,是'seisei',"CICI倒是淡定得很,在一旁笑道,"这是我妈妈给我取的小名,因为她说这样念起来,嘴角弯起好像在微笑。"

他说完熟练地歪头咧嘴,露出了标准的八颗牙齿。

冷不丁他来这一手,陆渐行被惊得一激灵。

CICI在来之前,曾做过充分的功课。知道陆渐行在被某杂志采访的时候曾透露过自己招助理的偏好,大意就是身边的强人已经很多,所以在生活和工作上,更希望多认识单纯一些的年轻人。

至于对方的背景,陆渐行则表示不在乎,只要合眼缘,年轻聪明,充满朝气,一切都ok。

CICI原本也不怎么活泼可爱,他的下颌偏方,眼睛略小,以前跟人打交道一直都是成熟的知识分子调调。但是基于陆渐行审美口味如此,他才不得不改变策略,对症下药。

比如来之前找理发师做了下头发,将头发剪短吹高,营造少年感,然后穿白衬衫七分裤……偶尔还会来点俏皮的有设计感的小动作。

CICI从来没有这么努力地讨好过一个人。

陆渐行的神色有些微妙,对他的态度也不太积极。

陆渐远倒是觉得不错,CICI年纪轻,会来事,嘴巴特别甜。如果放在公司重要岗位上他难当大任,但当个随身的秘书或者小助理,调节下气氛,或者酒桌上挡挡酒挺合适的。

他跟CICI闲聊了几句,正好服务员过来上菜,便顺道给陆渐行介绍另外三位。

"这位蓝衣服的小孩是CICI的好朋友,刚深造回国。黄衣服的是可可,现在是名主播,今儿一块儿出来玩一下。"陆渐远道,"红衣服的是我之前认识的美女,姓吴,CICI就是她介绍的。"

前两人见陆渐远介绍自己,都一脸堆笑地看着陆渐行,样子有些局促。唯独那红衣小吴泼辣点,立刻笑道:"小陆总真是会开玩笑,您二位老总身边什么人没有啊。我还得感谢您提供这个机会给我们呢,CICI也仰慕陆总很久了,一直念着想见一面。"

她说到这儿自然而然地稍稍侧身,朝陆渐行笑道:"陆总,上次CICI听说您在酒店大堂,特意等着想见你一面,结果中途有点事给耽搁了一下,就这么错过了。他回来后一直很后悔,又不敢向您道歉。"

陆渐行没想到还有这件事,疑惑地"哦"了一声:"被什么事耽误了?"

小吴扭过头,示意CICI自己说。

CICI犹豫了一下,如实道:"那天小陆总跟我说让我过去,我就早早在那儿等着了。结果后来您快出来的时候,有个熟人跟我打招呼,一错身的工夫您就上楼了,我也没好意思再问小陆总。"

陆渐行下意识想到了陈彩,心想该不会是陈彩吧,故意支开CICI,然后自己来套近乎?

他问:"什么熟人?"

CICI道:"我的一位学弟,现在在酒吧驻场,还没毕业。我看他进酒店有些纳闷,所以看他打招呼就多聊了两句。"

说是学弟,其实都不是一个学校的,只不过是在酒吧里聊过天而已。那个小驻场的追求者众多,不是明星胜似明星,"高冷"得不得了。CICI那天看到后一时激动迎了过去,却没想到就这么一转身的工夫,陆渐行就走了。

"我那天特别难过,回来后就一直很后悔。"CICI说完见饭菜酒水已经上齐,干脆端起服务员刚倒好酒的小酒杯,朝陆渐行道,"陆总,今天能见到您我特别荣幸,这杯我先干了。"

他一仰头,十分干脆地喝了下去,其他人顿时拍手叫好。

陆渐行今天却没有喝酒的打算,对这种喝酒赔罪也不以为意。等这位喝完后,他端着酒杯抿了一口,问CICI:"你那个学弟在酒吧打工?"

CICI看他难得有感兴趣的话题,有意讨好他,于是道:"是的,在酒吧驻场,刚来的时候就有人来挖他要帮他出道了。他觉得在酒吧挣钱多又自由,给拒绝了。人长得特别特别帅,人气也高……"

陆渐行好奇:"特别帅是多帅?"

CICI想了想,忽然发现学弟跟陆渐行的身高模样都有一点点像,但是他傻也知道这话不能说。

CICI道:"鼻梁挺高,眼睛是那种桃花眼,在学校里就是个万人迷。"

"身材呢,"陆渐行问,"跟亚当比的话,他身材怎么样?"

"亚当?"CICI有些意外,心想亚当长什么样我也不知道啊?不过他倒明白一点,既然说了自己认识,那当然是越帅越好了。

"……比亚当好一点点,"CICI道,"应该是有专门练过吧,他有私教的。"

陆渐行眉头皱起,低头看了看自己的大腿,心道我也有私教。

他自己在一边瞎琢磨,老弟陆渐远却没多想,在一旁配合了一下CICI,笑着把话题扯了回去:"你跟学弟关系挺好吧?"

CICI感激地看他一样,忙道:"我跟他三观不同,也就是点头之交。我更喜欢跟有内涵的人来往,学弟有些太幼稚了。而且我这人比较单纯,平时不怎么出门的,学弟却很热衷于聚会啊泡吧啊。另外他品位也不行,除了唱歌喝酒也不懂别的,我个人比较喜欢红酒和马术,想跟他聊一聊,他都不知道怎么接话。"

他来之前早已经做过功课,详细了解过陆渐行的各项爱好,等到后半段便是恭维居多:"毕竟像陆总这样的成功人士真的太少了,别人美丽的皮囊和有趣的灵魂有一样已经是万里挑一了,陆总年轻有为,长相英俊,爱好高雅,那就是千万分之一,打着灯笼都难找呢。不行,我得再敬陆总一杯,今天能见到陆总我实在太高兴了。"

陆渐行兴致不高,拿着酒杯跟他喝了一个,便开始低头吃菜。

他情绪不怎么好,另外三个"背景板"也不高兴。尤其是蓝衣服的男孩子,一直蠢蠢欲动地准备了好多话要说,没想到整顿饭下来一句话都没插上。

虽说是CICI带他来的,但他心里难免也有些怨气。毕竟见陆渐行一面可太难了。CICI要去下洗手间,刚一站起来,蓝衣服的也赶紧跟了过去。

这俩一走,两个女士便也要告辞。陆渐远饭后还有其他安排,今天找两位女士过来也是为了凑人数好看,当即安排司机送她俩回去。等人都走了,只剩下他们兄弟两个,陆渐远才嘿嘿笑着,对陆渐行道:"哎哥,这两人你觉得怎么样?"

陆渐行皱皱眉头没说话。

陆渐远又劝他:"你别看CICI外表普通,挺懂得变通的。这出去喝酒应付个饭局,搞活个气氛没问题。"

他在这边聊着劝说陆渐行,另一旁的CICI和蓝衣服也在嘀咕。

蓝衣服忍不住吐槽道:"你看你,忙活一晚上有什么用?人老总看不上就是看不上。"

CICI这顿饭说话说得口干舌燥,伸手捧了一把水漱口,又对着镜子整理自己的头发,随口道:"你怎么知道没有用,这时候不表现一下什么时候表现?"

"表现啥啊?"蓝衣服问,"我倒是觉得人家对你那个学弟感兴趣呢?话说什么学弟啊,是不是就那个酒吧唱歌的吗?叫什么?蒋帅?"

"就是他,"CICI没好气地理着头发,忍不住道,"你说他不就是一

083

个驻场吗？我给他送了多少酒水了那态度还爱答不理的，呸，清高什么呢，早晚会跟着那个叫什么？"

蓝衣服想了想："陈彩？"

"对，陈彩，"CICI照了照终于满意，笑道，"你看着，他跟着那个陈彩能有什么出息。那小经纪人自己一年忙到头，屁股在外头的。"

他在前面整理完，跟蓝衣服推着拥着往外走，走到洗手间门口才发现被人拦住了。

挺好看的小帅哥吊儿郎当地靠在门框上，正笑着看他俩。

CICI跟蓝衣服对视一眼，要过去，对方也不让，用长腿蹬住门框。

CICI顿时黑了脸："你谁啊？"

"我？"小帅哥眨眨眼，朝他笑他，"我是蒋帅帅的哥们儿。倒是你，是哪里蹦出来的在这儿咕咕咕？"

陈彩这会儿纯粹是闲的。今天是周三，霍兵那边已经交接好了，王成君也在健身学习为新戏做准备，他难得有点儿空闲了，因此蒋帅约他吃饭，他便顺道答应了。

两人五点到这儿，一直吃到太阳落山。饭店窗外霞光绚烂，楼下长长的树荫道被镀了层淡金色。

蒋帅心情大好，对陈彩邀请道："我们出去走走吧？老板让我编首新歌，我刚做出来，一会儿下去唱给你听听。正好吉他就在车里，你一块儿帮我看看有没有需要改动的地方。"

暮光微风，美景当前，还有新鲜出炉的小歌听，想想也是挺难得的。陈彩这次没犹豫，先答应了。蒋帅去结账，他先过来洗手间。谁想门还没进呢，就听到里面有人说他。

要么怎么说背后说人不好呢，陈彩被抓住过，知道那种滋味，这次正好抓别人，干脆也不客气，拦着门口存心吓唬人。

CICI被他吓了一跳，先下意识地往后瞧，没瞧见蒋帅，这才稍稍放松了点，问陈彩："你有毛病吧，蒋帅又没在这儿。你管那么多干什么？"

陈彩哎了一声，笑道："你猜蒋帅在不在？"

CICI在一步之外看着他。

陈彩道："不过不管蒋帅在不在，陈彩是在的。"他一脸兴趣盎然的样子，瞧着眼前的两人，说，"你们刚刚说什么？"

"你就是那个经纪人？"CICI这才明白过来，脸色变了变。

"聪明，"陈彩笑道，"我就是那个经纪人。"

CICI一时语塞，蓝衣服倒是机灵一点，在一旁解释道："不好意思啊，我们刚刚没有瞧不起你的意思。"

陈彩轻啐一口："那你们是什么意思？"

陈彩闲得慌，在这儿堵着不让人走，CICI和蓝衣服却急得不行，生怕那俩大老总不耐烦先走人了。声张是不行的，硬挤也不敢，CICI只得道歉道："对不起，我不该说你们坏话的。以后一定不会这样了。"

陈彩也没想为难他，这种人前脚道歉后脚就会犯，不过吓唬一下总比不吓唬好。

他低头看着这两人低声笑了一会儿，这才站直了身子，神色郑重道："我这人好说话，所以你道歉了，就可以走了。不过我丑话说在前头，以后要是再让我碰到你们背后说蒋帅闲话，我见一次揍一次，知道吗？"

CICI有些难堪，又不服气，红着脸道："知道了。"

"那行，许个愿就走吧。"陈彩看他不服气，补充道，"在这儿就行，举手说一句'某某某以后再也不说蒋帅的坏话，否则以后都没饭吃'。"

这招有些坏，虽然可以随口起誓，但要说完后完全不信这个的也少。

CICI和蓝衣服对视一眼，不情不愿地各自说了句，这才被放了过去。

他们俩回到位置上，还都没缓过来，脸色有些难看。

陆渐远早都吃饱了，这会儿喝了两口酒正跟陆渐行聊天，扭头看了他俩一眼，有些惊讶："你俩这怎么了？看着情绪不大对啊。"

CICI勉强笑笑，怕陆渐行注意到蒋帅也在这儿，忙摇头道："没事没事，就是刚刚走廊有些绕，差点迷路了。"

他说完趁人不注意，往侧后方的吧台飞快地瞥了一眼，见似乎是蒋帅正在那儿结账，心里稍稍放松一些，琢磨着只要拖着再待一会儿，那两人估计就走了。

蒋帅高高兴兴埋完单，看了看陈彩还没回来，便又让前台给打发票。过了会儿，陈彩好歹甩着胳膊过来了。

蒋帅接过发票看了眼，揣回兜里，回头笑着问："你怎么去这么久？我都打算过去捞你了。"

陈彩没把刚刚的事情告诉他,只打趣道:"没办法,上岁数,尿不利索了。"

蒋帅回头盯着他的侧脸看了会儿,摇头笑了笑。

他觉得自己还是嫩了点,虽然陈彩看着跟自己差不多大,但实际上一相处起来,对方总是能很明显地表现出年龄优势——那是一种从语气神态到气场习惯的成熟味道。

在别人身上大概就是"油",但在陈彩身上,只让人觉得自然老道。

他自己在酒吧驻唱这么久,也算接触了不少人,但仍学不来陈彩的那种气质。

外面微风徐徐,将入夜,温度还是低了不少。蒋帅从车上取下吉他背着,就听后面有人吆喝。

"小帅哥,挪挪车呗,挡道了哎。"

陈彩闻声朝后看,只一眼就愣住了。

陆渐行、陆渐远跟刚刚那俩男的正从台阶上下来朝这儿走。说话的大概是陆渐远,看起来有些吊儿郎当的。

陈彩先是一愣,等看到陆渐行后立刻想起了正事——王成君说陆渐行找自己吃饭,但是这事没下文了,自己正琢磨着找他问问呢。

不过这会儿……陈彩看看陆渐行,又看了看CICI,觉得现在好像不是个好的时机。

陈彩觉得自己装没看见为妙,忙扭头对蒋帅道:"咱先上车,让他们走。"

其实他们的车子规规矩矩停那儿的,一点儿都不碍事。但是陈彩看着那几人好像是喝酒了,觉得多一事不如少一事。

他说完便拉开车门准备进去。谁想一条腿刚迈出去,胳膊就被人拽住了。

陆渐行刚刚就看见陈彩了,他原本是觉得无聊,无意中往楼下瞄了一眼,谁想到正巧看到小经纪人跟朋友相伴而出,直奔停车场。

他也没细究,快速锁定目标,二话不说便要下去找。只是电梯有些不给力,慢吞吞地从一楼爬起,等到陆渐行进电梯,陆渐远都在后面追着结完账了。

那男的的确是长得还行。个头挺高，宽肩长腿，是个模特身材。脸窄，挺鼻，适合上镜。眼尾上扬，嘴唇饱满……的确扮得了清纯男大学生，也扮得来型男。

陆渐行看到的第一个念头是可以签他，等到回神，先前念头立刻被冷笑代替，心想先找人把话问清楚再说。他回头看了看身边的人，吩咐道："渐远你先送他们回去，我一会儿有正事。你们去玩吧。"

陆渐远有些诧异，看了陈彩一眼，笑了笑没多问。带人上了自己的车开走了。

"陆总，"陈彩被他拉着有些心虚，装傻道，"您找我有事啊？"

"是有事，不过我先问个别的。"陆渐行忽然想起那个CICI的八卦，求证道："旁边穿你衣服的这人是谁？"

陈彩愣了下，疑惑地看了眼陆渐行，心想这人问这个干什么。不过还是指了指，确认道："你说蒋帅啊？"

蒋帅在一边当背景板半天，这两人跟猜谜似的话说一半，你看我我看你，忍不住问："怎么了？"

他本来就有些不高兴，好不容易跟陈彩约着吃饭，正经事情还没谈呢就被人横插一脚。蒋帅自然知道陆渐行，这位天颐传媒的老总自打接任公司后就十分有表演欲，别人都说这位是低调优雅的归国精英，可蒋帅看过他的采访，总觉得这人实际装到不行。

他从心里不喜欢这伙儿娱乐圈的，觉得一个个都虚伪俗气得不得了，也就陈彩像是出淤泥的莲花一样，在这种行业里始终勤勤恳恳，毫不做作。

蒋帅见陆渐行还是不说话，干脆道："陆总，你要是没事，我们得先走了。"

陆渐行本来就忍着怒火不知道怎么发，听这话回头看了他一眼："你怎么知道我没事，你们又有什么事要办？"

蒋帅心想这人可真会抬杠。他笑了笑，摊手道："你又不是不知道，我们本来就是要去玩的，衣服换了，吉他也拿了，现在就等着你放人呢。"

陆渐行理亏，反驳不过，干巴巴回了一句："我也有事。"

"有事那你倒快点啊，"蒋帅不耐烦，"你老抓着彩哥胳膊干什么。"

陈彩知道蒋帅年纪小，还有些少年意气，但没想到他对着陆渐行也这么冲。蒋帅不怕陆渐行，他可怕。

"那个我跟陆总有点工作上的事情要谈，"陈彩出来打圆场，决定贯彻"欺软怕硬"的做法，对蒋帅道，"你先回去吧，回头我们再约。"

"什么事？"蒋帅一愣，"你们不是都下班了吗？"

"这不是临时碰上了嘛，一点商务合作的事情。"陈彩心虚又心软，补充道，"要不，这边一忙完我就给你打电话，这样行吗？"

"真的？"蒋帅眼睛亮了，又看了看陆渐行，不忘跟陈彩强调道，"就这样说好了啊，我等着你的信哈。"

陈彩琢磨着这边一会儿就好，满口答应："行，我说话算数。"

蒋帅回身上车，穿着陈彩的衣服走了。他自己还挺有心眼，想着晚上陈彩要是改了主意，他还能借口送衣服再跑一波。

陈彩没想那么远，倒是陆渐行观察细致，看着车屁股冷笑道："他穿着你衣服走了。"

陈彩"哦"了一声："我知道。"

他一直在旁边观察陆渐行的表情，陆渐行神色变化无常，他也拿不准下一步该怎么办。想来想去，决定先问正事。

"陆总，"陈彩道，"王成君说让我周末去找你，我一直等你通知也没等到。"

陆渐行存心找碴，一听就不乐意了："什么叫等我通知，不是说了周末吗？现在都周三了。"

陈彩冤枉，无语道："可是没说去哪儿啊？"

"你不会问？"

"我又没你电话。"

"没电话？"陆渐行还真没想到这一茬，他愣了下，却又冷笑道，"没电话你不会查？你平时就是这么做经纪人的？干坐着等着别人找你？"

陈彩这下不作声了。虽然是抬杠，但不得不承认陆渐行抬得有道理。

他低眉顺眼地挨批，又想起自己假借过陆渐行的名号还办了两件事，等那人说完，立刻道歉："这点是我错了，我以后注意。"

"以后？"陆渐行冷笑道，"你以为我还会被你欺骗吗？"

陈彩心里咯噔一下，心想，这是什么意思？我什么时候骗他了？

又一琢磨，莫非是许焕跟他打小报告了？还是梦圆的导演要找他吃饭，说了自己的名字？

陈彩一共就狐假虎威地干了这么两件事，自以为没给人正面回答，也就不会留下把柄，可是现在被当事人严词拷问，到底还是心虚。

"你眼珠子乱转什么？"陆渐行看他那样，更加坚定了自己的猜测。他深吸一口气，深沉地看了陈彩一会儿，"你最好好好想想，一会儿怎么跟我解释。"

天色已经转暗，停车场显然不是个谈话的地方。

陆渐行的司机早已经把车开过来了，在一旁等候多时。这会儿陆渐行撂下话，转身上车，陈彩在原地看着，见他上车后没关门，显然在等自己，于是忐忑地也跟了上去。

车子缓缓启动。陆渐行喝了酒又生了顿气，这会儿靠在椅背上皱着眉休息。

司机是个陌生面孔，五十岁上下，见陈彩跟着上来，笑呵呵地递了盒加热眼罩过去，叮嘱道："小陆喝酒会头疼，车上没热毛巾，先拆个这个给他吧。"

陈彩听他的称呼微微惊讶，没说什么，默默接过来拆了一个，朝旁边递了过去。半晌那边没动静，只得自己歪着身子给他戴上。

陆渐行看着挺高的个头，没想到脸竟然不大。眼罩挂耳朵的地方有些松。陈彩给他戴上去，确认把他眼遮住了，忍不住悄悄伸开手掌比了比。

比巴掌宽一点点的脸……真是，不去拍戏可惜了。

他飞快地收回动作坐回去，又忍不住琢磨一会儿怎么跟陆渐行解释。许焕那个好说，是他自己误会的。可是梦圆那个导演是怎么回事，陈彩自己也不清楚。

他心里有事，忍不住上身前倾朝窗外看，右手扶额默默琢磨。

司机看他那样倒是笑了笑，关切道："你也喝酒了？不舒服的话就躺一下，座椅上有按钮。"

陈彩看他和气，忙笑道："没事，我喝得不多。"

刚说完，就听陆渐行在旁边莫名其妙地哼了一声。

司机竟然也不在意，从后视镜看了陈彩一眼，忍不住笑笑："看出来了，你酒量大。"

"真的假的，"陈彩惊讶道，"这个怎么能看出来。"

"你下巴那儿有个凹的小窝窝，叫什么承浆穴，这个就是'酒'窝，这个地方有窝的酒量大。"司机笑呵呵道,"你鼻子也长得好,肾气足。精气神儿又棒,常喝酒还能这样的一般都是天生好酒量。"

"您也太会夸了,"陈彩忍不住笑了笑,"我酒量是还行,但都是被逼着练出来的。平时跟人谈事求情,不喝酒不行。喝醉也是常有的事。"

他跟这个司机很聊得来,想要多聊几句,又怕犯了陆渐行的忌讳。好在吃饭的地方离着小区不远,没多会儿司机一路开进小区,七绕八绕,停在了一栋楼前。

虽然天色已暗,但是陈彩打量了一下周围的几幢,发现这楼离着自己住的那栋其实不远,抄个小路几分钟就过来了。

陆渐行在停车的时候才摘了眼罩,他眯着眼看着外面,发了会儿呆,看那样应该是刚才睡着了。

陈彩看他像是睡蒙了的样子有些犹豫。他原本觉得跟着陆渐行上车没什么问题,可是这会儿的工夫外面的天都黑透了……那感觉就不太合适了。他倒是无所谓,但陆渐行应该会讲究一些。

陆渐行还在蒙,前座的司机见状提醒:"小陆,我就送你到这儿了。车给你留下还是我开回去?"

陆渐行这才回过头道:"你开回去吧。"他说完推开车门,又回头叮嘱,"从这里出去,江北路有段在修路。那里常有大货车经过,你开慢点,注意安全。"

司机似是习惯了,"哎"了一声。

陈彩一块儿跟着下车,这会儿站在路边看着,忽然对这两人的关系有些疑惑。之前陆渐行那秘书可比这司机要礼貌稳重得多,他也没见陆渐行对秘书这么和颜悦色过。

虽然他一共也没碰上过几次。

陆渐行一直等车子开出去,这才转身往回走。陈彩在后面隔了两步远跟着,随时准备着被撵,可是一直等跟着进了家门,也没见陆渐远撵人。

五分钟后,陈彩束手束脚地在客厅里坐着。电视开着,声音很大,放的是电影频道。茶几上搁着一盘水果和一杯热茶,是刚刚一个阿姨给他端过来的。不过那阿姨放下后就离开了,看样是只做白班。

现在房间里只剩下了他跟陆渐行。

陆渐行在洗澡，水声隐约从浴室传过来，陈彩觉得渴，又端起杯子抿了一口茶，这才打开手机开始查看消息。

梦圆给他发了条短信，说她的经纪人已经跟杨雪那边联系过了，合同刚签，一开始她的经纪人觉得代言费比另外两人低太多了，要跟杨雪闹，让她拦住了。陈彩跟她经纪人交代的时候并没有提及事情的原委，这种事涉及艺人隐私，虽然经纪人应该知道，但他还是让梦圆自己决定，同时不忘提醒她，做事留一线比较好，有些细节吃点亏没事，不要太计较。

其实杨雪那边并不是非给她们代言不可，这事如果真闹到最坏的情况，许焕可能事业会受点影响，但天颐的公关厉害，他等热度一过该怎样还怎样，但梦圆就不一定了，她也算有点事业基础的，犯不着铤而走险。再者如果这次她趁机能多认识几个人，不管是杨雪、厂家还是拍摄时的工作人员，搞好关系常联系，慢慢地也能拓展人脉。

陈彩自己没多少经验，这样想完全是按照平时的处世态度，难得梦圆能听进去。

他给这姑娘回了短信，又看了看自己带的傻孩子。

王成君不久前打过来电话，他没接，现在看了看留言，竟然是叫他回家吃饭的。

陈彩有些惊讶，回复他："我不是说今晚不回来吃了吗？"

王成君那边回一张皮皮虾的照片过来，看样是已经煮熟了，个顶个的肥。他在那边得意道："我朋友的朋友给送了皮皮虾，特别多！叫你早点回来尝鲜。"

陈彩心想你哪来这么多朋友的朋友，以前怎么没听过。

没等回复，又收到一张新照片，是两个肚子朝上的皮皮虾被拉直了并排放着。

王成君嘿嘿笑着语音："陈哥，你猜猜这俩哪个是公的，哪个是母的？"

陈彩点开看了看，没发现有什么区别。他也没事干，胡乱猜道："左边这个比较大，是公的。"

王成君哈哈大笑："猜错了，大的这个是母的。"

陈彩心想怪无聊的。

王成君又发来一张，是刚刚那张照片用彩笔做了标记。陈彩仔细看了看，这才发现区别左边的肚子中间有个点，右边的那里则长了两根小须。

陈彩："……"

陈彩正想回复他，就听身后有些动静，扭头一看，果真是陆渐行梳洗完毕，穿了身家居服走出来了。

陈彩忙关了手机微信，将手机面朝下扣在了茶几上。

陆渐行的模样本就英挺，但他平时西装革履，又故作深沉，因此本人的气质便掩在了精贵华丽的衣装背后。这会儿他换上棉质睡衣裤，头发大概懒得吹干，踢踢踏踏走出来，气质浑然不一样了。

两人隔着茶几落座，陆渐行拿了罐冰啤酒开了，上来就说："你自己交代吧。"

陈彩愣了下，心想你这么问的话我怎么答，我又不知道你清楚多少。

他"嗯"了一声，磨磨蹭蹭地装傻："陆总，要不你给个提示？我这还不知道你要问什么呢。"

陆渐行往沙发上一靠，侧过脸瞧他："从那天晚上开始吧，你怎么知道我在希尔顿的。"

"我……"陈彩愣住，这下真傻了，"我不知道啊。"

陆渐行脸色一冷，显然不悦。

陈彩冤枉道："我真不知道啊，我那天是请李导吃饭的，《大江山》不是正好在选人吗，我去想看看有没有适合王成君的角色。"

陆渐行眉头一挑："那个傻大个？然后呢？"

"然后我喝多了，送李导出去后想起来东西落那儿了回去拿，就正好碰上陆总你了……我那会儿醉得厉害，看人都重影了，所以认错了人。"

陆渐行却一点儿都不信："你喝多了就认错我了，怎么这么巧？"

陈彩："不然呢？"

陆渐行有板有眼道："你肯定提前就打听到了我在那儿吃饭，并且安排好了见一下西西。"

陈彩下意识道："原来你约了西西啊。那西西呢？"

陆渐行呵呵笑道："西西去哪儿了你不知道？你让你那个朋友蒋帅把他拖住了。"

陈彩："什么？"

"……你们两个分工合作，那边把人拖住，你假扮是西西跟我套近乎……"

"我……"陈彩脸色都黑了,忍不住打断道,"陆总,我都没跟你说话,套什么近乎了……"

"可是你对我很了解,"陆渐行微微摇头,"你这样不过是为了引起我的注意罢了。"

陈彩:"什么?"

"更何况我们隔天就在影视城遇到了,你能说这也是巧合?"陆渐行道,"你不仅了解我的兴趣爱好,还了解了我的行程。几次三番跟我偶遇,从影视城回来,为了刷存在感,你甚至不惜重金搬来了我住的小区,你该不会说这些都是巧合吧。"

"……是的,"陈彩有些尴尬:"虽然听着很离谱,但说实话,这些真的……都是巧合。"

陆渐行脸色沉了沉。他手上没表,扭头看墙上的挂钟,已经八点多了。

事情比他想象的要棘手,明明证据很全,没想到这人竟然死不承认。

陆渐行陷入了沉思。

陈彩继续解释道:"那天去影视城是公司提前安排的,后来跟你偶遇……说实话我也没想到,当时我在前面你在后面,是你追的我。至于搬到这边,租房子的又不是我,是王成君。"

"你要否认,当然多的是借口。"陆渐行渐渐有些失去耐性,他还是第一次这么平心静气地跟一个对不住自己的人聊天,自己明明给他机会,这人却以为自己什么都没看穿,"陈彩,你别得寸进尺了。"

"我得寸进尺?"陈彩说了半天也无语了,没好气道,"我得你什么了?你自己自以为是,以为有人黏着你,我有什么办法!我跟你求资源了,还是从你这儿拿钱了?"他一着急声音不自觉就有些大。

陆渐行被他一喊愣住了:"你冲谁喊呢!"

他被刚刚那通言论震惊了,又问:"谁自以为是?我用得着对你自以为是?你不照照镜子,你做梦呢吧!"

陈彩气性儿也上来了,忍住骂人的冲动道:"我那天就是认错人了,拿你当成了蒋帅。再说我醉不醉你不知道吗?倒是你才有问题。我是喝多了眼神不好,你可没喝多。是不是你图谋不轨,处心积虑接近我呢?"

他骂人狡辩都擅长,战局瞬间扭转。

陆渐行来不及反驳，又听他道："你早就注意我了，知道我在那边吃饭，故意在一边守着，结果我警醒，早早就跑了。你看计划失败，亲自查了我的行程，追到了影视城去。我骑电动车你就开车去追我，故意又拉着我的包跑了，就等我晚上去找你。"

陆渐行一脸震惊。

"你那天一直在等我吧？"陈彩叉腰道，"你好歹毒的心思！"

陆渐行要气疯了："我！"

"恼羞成怒了吧，我跟你讲，我虽然有能力和野心，也想去大平台发展，但我品德高尚，富贵不能淫，威武不能屈，不是你略施伎俩就能招揽的。"陈彩完全占据优势，看陆渐行气得头发都干了，扬扬得意道，"拜拜了您呐，我陈钢豆儿要回家喽，咱以后江湖不见……"

他把包包从地上捡起来，往肩膀一搭，越过陆渐行去门口。

"你站住。"陆渐行缓了缓，等平静下来后，发现自己怎么都说不过他，只得忍着气说，"以前的事情我可以不计较。但是你也记住，我以后再也不想看见你！少来我眼前晃悠！"

陈彩半夜三更，被赶出了总裁家。

虽然从陆渐行这楼往后走几步，穿过小花园拐个弯就到自己的住处了。但陈彩还是被陆渐行的无耻给惊到了。

他气哼哼地刷卡回家，看了眼手机，又是半夜三点。

客厅里王成君给他留了灯，茶几上还放着一盘皮皮虾，用罩子倒扣着，显然是等他回来吃的。

陈彩被气得睡意全无，往茶几前一坐，没好气地把罩子掀开，可是又没胃口，气都气饱了，手下摸索半天，一个虾壳儿也没扒开。

陈彩气鼓鼓地在外面坐了会儿，这才回到自己卧室。不过让他意外的是原本以为自己会失眠，谁想到闷头一倒，竟然立马睡过去了。

第二天陈彩睡到自然醒，看了眼时间，快十点了，王成君也不在。手机被扔在客厅里，他担心有事情给耽误了，起床去拿手机看消息，觉得哪里有点不对劲，左右看看，这才看到了蒋帅的牛仔外套。

坏了，这下竟然放蒋帅鸽子了。

陈彩拿过手机看了眼，果然上面有蒋帅的几个未接来电，两通是昨晚，都是十二点之前，还有一个是凌晨两点半，陈彩想了想，那个时间自己刚被陆渐行赶出家门，估计正郁闷，什么都没听见。

他赶紧先给人打过去，那边果然道："我昨天等了你一晚上。"

"对不起，"陈彩内心十分愧疚，立刻道歉道，"是我给忙忘了。"

蒋帅说："我们这儿昨晚有表演的，请的魔术团。我跟酒吧老板请了假，还跟他要了瓶红酒，给你留了卡座。结果我一直等一直等，一直到两点半酒吧关门了你也没来。我不想听对不起，你就说你在忙什么吧。"

他的语气直接，却又不让人觉得是在指责。

"我昨晚就是……有个商务合作吗，比较麻烦，"陈彩道，"有很多细节需要推敲。"

"商务合作是你直接跟陆渐行谈？"蒋帅有些疑惑，不过没追问，关心了一句，"那最后谈妥了吗？"

"没有，"陈彩叹了口气，"最后谈崩了，浪费了我一晚上。"

蒋帅"哦"了一声，反倒是贴心地不继续问了。陈彩松了口气，正好蒋帅聊起昨晚的魔术表演如何吸引人。陈彩笑着听着，便道："正好要跟你说呢，酒吧这种好玩的活动，以后还是请同龄人玩一玩比较好吧，我不太合适。"

"怎么了？"蒋帅问，"你不是挺喜欢看魔术和杂技的吗？"

"我自己看行，跟别人约着总是时间不合适。"

蒋帅叹气："懂懂懂。你是大忙人。"

"那衣服呢，什么时候给你送过去？"陈彩道，"正好我今天要去公司，要不你看你在哪儿方便，我顺道开车就路过了。"

蒋帅明白他的潜台词是没时间多聊，心里叹气，嘴上却若无其事道："过几天怎么样？我这几天要回学校考试，不大有时间。"

"那行，考试要紧。"陈彩痛快答应，"那到时候再联系。"

他说话的工夫正好走到了洗手间，这会儿挂了电话，正好对上镜子里的自己。帅气逼人，脸色红润，自个先满意地点了点头。

陈彩收拾完毕便开车去了公司。

王成君这天一早也到了，正跟宣传说话，扭头看到他忙迎了过来。

陈彩问："人呢？"

王成君指了指会议室："都进去了。"

陈彩一直在忙着给他找助理，人事部到处发招聘广告网罗人，好歹搜罗了一拨人，开始分批安排面试。今天上午是第一波，有十来个人。陈彩在来的路上打了几份面试材料，这会儿递给别人叮嘱发下去，让他们做着试题，又拉着王成君往旁边走了走。

"招的助理以后是要跟着你的，所以你也看看有没有眼缘，实在不喜欢的不要勉强，给我传递一下信号。再者，一会儿少说话。如果今天能定下来，会尽快让对方上岗，跟你一块儿磨合几天。你跟助理虽然同吃同住，但切记你们是工作关系，掌握好分寸，过多的个人情况，像是家庭背景、经济条件、个人喜好……尤其是不好的习惯，哪怕是当笑话也不要随便讲。注意保护自己的隐私。"

王成君点头，犹豫了下："那他也要住进来吗？"

"看情况，尽量给他们安排宿舍，毕竟又不是只招一个人。"

"嗯，我也觉得这样，"王成君道，"毕竟别人不知道我们租金便宜，还以为咱多有钱呢。"

"对了，不要说你的房子是租的，更不能提自己租金便宜。"陈彩叮嘱道，"没人愿意跟着一个穷鬼混，你自己都混不出头，他们哪来的指望？"

助理的工资是分基本工资和补贴的，基本工资是公司付，补贴是艺人自己出。

王成君心想，故意摆阔不好吧，我就是穷啊……可是陈彩这么要求，他也只得应下。

过来面试的人一共来了十几个，男女都有，但都比较年轻，二十岁上下。陈彩收上来测试题和答卷一看，上来先点了几个名字。

"你们几位先回去等通知吧，"陈彩道，"等出结果我们人事部的同事会再跟你们联系。"

那几人面面相觑，迟疑着站起来往外走，有一个男生个子挺高，瘦瘦的，经过陈彩旁边时冷笑了一下："经理，这意思就是我们没通过呗！"

陈彩依然微笑道："面试结果现在未出，等结果出来会有人电话通知的。"

"什么啊，没通过当场明说呗，装什么装，"另一人也不吃这套，边往外走边没好气地拉开会议室的门，哐的一声，"小破公司还不稀罕来呢！"

那几人晃晃悠悠走出去，会议室内顿时陷入一阵尴尬，王成君在一旁坐着，脸色涨红。陈彩反倒是恍若未闻，等那几人走了，笑吟吟地看向剩余的几位："哪位先来一下自我介绍？"

面试一连进行了好几天。

除了第一场外，剩下的竟然都是稀稀拉拉地单独过来，即便统一通知三点面试，那也有晚到的。陈彩挑得很仔细，去除脾气火暴的、做事马虎的、什么经验都没有的、眼珠子乱转过于活泛的……留来留去，竟然只有三个勉强可以参加复试。

等最后通知时，三个可以复试的又有一个放鸽子，说自己不想来了。于是只得安排剩下的两个立刻上岗，找人培训，安排宿舍。

那两人正好一男一女，女孩子还不错，之前做过艺人宣传，细心爽利，正好可以做工作助理。但另一个男孩就差点事，爱打听八卦闲聊天。陈彩一时半会儿找不到更好的替代，只得费心反复叮嘱立规矩。如此一来他去公司的次数就多了些，起初还没觉得什么，等后来几天公司陆续有人辞职，陈彩才发现哪里似乎不太对劲。

孙玉茂这几天来公司也少了，陈彩找不到靠谱的人打听，想了想打给了梦圆。

谁知道梦圆却道："这个啊……我以为你知道呢。我也听说了一点，但是还不确定。"

陈彩一听心下一沉，问："什么事？严重吗？"

"说严重……也不至于，现在谁也不知道是好是坏呢，"梦圆那边犹豫了一下，压低声道，"好像是咱公司要被别家给收购了。"

"啊？！"陈彩吃了一惊，"你别吓我啊！"

"哎别急，我还没说完呢，"梦圆道，"我听来的是这样，好像那边也是一家小公司，老板跟孙总是朋友。其实你也知道，孙总现在干着有点吃力，这几年他投得多挣得少，现在可能是干不下去了。"

陈彩脑子嗡嗡作响，心想，不想干了？不想干了打招呼啊兄弟，我这还蒙在鼓里呢，以后这是就要失业了？

他自己乱琢磨片刻，又渐渐理出了一点头绪。

"梦圆，说实话，你是不是早就知道了？"陈彩问，"你给我交个底儿。"

梦圆还真是早就知道了，但是也就早了几天而已，因为她这次代言费公司抽成比较多，孙玉茂跟她又熟，所以打电话的时候唠叨着不觉说漏了嘴。梦圆这人嘴巴严，追问了几句，孙玉茂也就说了。

"孙总的意思是，除了换了个老总，对我们来说其实没差别。那边公司也有经纪部，到时候两边合并到一块儿去，还是各忙各的。经纪约也是按照以前的来，这些他都谈好了。只不过是公司换了个头儿，他把股份卖了而已。"

陈彩这才想起他之前给孙玉茂打电话，要求给霍兵换人的时候，孙玉茂乐呵呵地说的那番话。

孙玉茂道："他要不听话你就随意点，晾晾他。公司现在有转型计划，人员方面会有变动，现在就先这样，如果实在不行，就再等两个月，到时候统一重新安排。"

陈彩当时留意了他说的变化，哪想到是这种变化。

不过一想也不意外，孙玉茂这公司是自己的，注册的时候就是个有限责任公司，跟老婆把股份一分，自己当着法人代表，处理什么事情都是家门一关两口子的事。操作起来的确简单得很。

他们经纪部是干活挣钱的，受的影响还小点，如果新公司有资源有门路，说不定还是好事。但是对于行政人事这些部门来说，恐怕就凶多吉少了。

他心里有了数，多少也有些恼火孙玉茂瞒着自己，不过这种事不好随便跟风而动，王成君那边也耽误不得，陈彩便一直假装不知道，接下来的几天依旧该忙什么忙什么。

四月下旬眨眼就到，王成君进组的前夕，陈彩终于等来了孙玉茂的坦白。后者这天早早跟陈彩说了声，让他在楼下等着。等到下班，陈彩提着包出来，这才发现孙玉茂竟然开了自己的保时捷过来。

陈彩上车，又发现这人衣服也换了，西装革履，十分正式。

对于他的来意，陈彩心里隐约猜到一二，却强自镇定不多发一言。

孙玉茂开出一段，这才叹了口气，笑道："你都知道了吧？"

陈彩没说话。

孙玉茂说:"以后鱼猫就不姓孙啦!老哥我不行啊,那点钱扔这里面,响儿都听不到一个,现在撑不下去,不得不卖'孩子'了。"

陈彩原本有些怨气,可是这会儿看老总神情怅然,话里话外透着心酸,又忍不住心软了一点,劝道:"怎么会呢,咱公司现在不是挺好的吗,梦圆也有代言了,成君也拿了个好角色,说不定两人说红就红了呢。"

孙玉茂摇头道:"哪是这么容易的。"

他将车子塞入去往豪华路段的车流,前方堵得厉害,他的心情也不畅快,又过了会儿,才对陈彩道:"不过我得谢谢你,要不是现在公司有点好转的架势,我这砸手里都卖不出去。陈彩,你可别在心里骂我,都说开门容易关门难……要是能让你们继续干下去,我这个门也是想着能不关就不关。"

陈彩心想,卖掉当然比关门好,你也没吃亏。

他分不清孙玉茂此时的感慨是出于对公司的感情,还是仅仅是商人逐利之后的粉饰,一时之间无话可答,只得"嗯"了一声,看向窗外。

车子最终停在了一处豪华会所的外面,有门童过来开门迎宾,另有一人在旁候着代为泊车。陈彩头一次出入这等奢侈场所,低头看了下自己身上的运动服,不觉有些赧然。

孙玉茂已经领头走在了前面,回头等他跟上来之后,这才叮嘱道:"今晚来的都是有头有脸的几位,也有你们的新老总刘总,我向他举荐你,说你原本要升经理的,让这事给耽误了。所以今晚你看着,能喝多少喝多少,要是喝好了,到了新公司里,你好做。"

陈彩一愣,没想到他竟然会为自己考虑,还帮了一把,忍不住惊讶地看着他。

孙玉茂笑笑,转头在前面直奔三楼一处包厢。陈彩收回心思,也立刻调整状态,跟在后面堆笑而入。然而等进门,陈彩抬头往里一瞧就愣了。

冲门而坐的主位上,除了一本正经的陆渐行还能有谁。

那句"我再也不想看到你"像是弹幕一样从陈彩的脑子里飘过……

他看着陆渐行,陆渐行也正看着他,两人默默对视两秒,又都默契地各自撤开了视线。

孙玉茂那边也有些惊讶，他已经早出发了，按理说这样的饭局一般晚上八九点才会开始，哪能想到一推门几位竟然都已到齐。

这里面在座的几位，除了陆渐行和刘总之外，还有两位办事人员，是今晚的主要人物。几人中间另坐了三位女伴，妆容精致，低鬟浅笑，都是电视上见过的女演员。

大家看他进来都没什么反应，但孙玉茂知道规矩，笑呵呵地领着陈彩在下手站定，跟在座各位挨个打过招呼，自觉道："今天衣服让孩子给弄脏了，回家换了一身就给耽误了。劳各位领导久等，我这先自罚三杯。"

他说完便弯下腰去倒酒，却被刘总伸手一拦。

刘总跟他交情不浅，这会儿便笑着问："你先别着急喝啊，旁边这个年轻的是谁？"

"公司的一位人才，"孙玉茂介绍道，"叫陈彩，小伙子长得好，做事也行。"

刘总笑着点头，却问："既然是个人才，酒总会喝的吧。"

陈彩打刚刚进来就没吱声，他知道这不是自己乱说话的地儿，如今刘总开口，他自然也没有拒绝的余地。一听这话，立刻往前稍走一点，笑道："刘总说的是，我嘴拙，讨嫌的话就不说了，先给各位领导赔罪。"

"怎么个赔法？"刘总右边的一位中年人问，"你老板罚三杯，你打算喝几杯？"

陈彩心里骂人，脸色却不变，笑呵呵道："那我给每个人敬三杯，这诚意怎么样？"

众人没料到他敢这么来，顿时拊掌叫好。

孙玉茂面有难色，担忧地看着他，却又不好开口阻拦。

陈彩取过杯子，给自己倒满，双手稳稳地举起来，先朝坐主位的陆渐行笑了笑："陆总，这杯我先敬您。"

陆渐行刚刚一直垂着眼看手机，这会儿却道："不着急。"

其他人都是一愣，陈彩不知道他要做什么，只得端着，等他说下文。

陆渐行道："喝酒前，先给你们讲个笑话。"

刘总最能见风使舵，立刻问："什么笑话？"

"我之前有个朋友，最爱喝酒，尤其爱喝茅台。"陆渐行道，"但是这人老婆又管得严，不让他喝酒，所以一点儿零花钱都不给。你们猜他怎么办。"

陈彩看他说得挺带劲，忍不住也有些好奇。其他人问："那怎么办，不喝了？"

"不喝哪行，酒是粮食精，一顿不喝就要命。"陆渐行呵呵一笑，道，"他呢，脑袋聪明，就想出了一个招，到处蹭酒局。蹭酒局也还不算，最绝的是他每次提前去守着，躲一边，等数着所有人都到齐了，自己再磨磨唧唧地出现。一出现就喊，弟兄们，我迟到了啊，不好意思，先自罚三杯！"

男男女女顿时笑了起来，陈彩心里明白，看他一眼，笑道："陆总，您这笑话讲的，我都不好意思喝了。"

在座诸位都不傻，知道陆渐行此意是给他解围。刘总心中纳罕，却也不敢再为难，立刻打趣道："陆总说半天就是心疼他的茅台酒呢，你还想喝？胆子够大啊。"

陈彩松了口气，腼腆一笑，终于得以落座。

如此一来包间内的气氛活跃不少，陆渐行话不多，大多数时候都是另几人聊天，从热播电视剧聊到最近招商引资土地规划，倒也没什么实质内容。陈彩听来听去倒是猜了个大概，知道孙玉茂这是跟着老友喝酒吃肉了，不仅卖了股份拿了钱，还被拉着参与了什么项目。

就是陆渐行的样子有点奇怪，看着不像是也参与其中的。

他猜得其实没错，陆渐行原本只是出钱办了个小经纪公司玩玩，又顺手并购了几家小买卖。至于其他的这些投资项目，他不懂，所以也不管。

倒是陆渐远这个老弟爱捣鼓这些，去年听说有个好项目，就开始找人牵线搭桥想要参与。前前后后打点半天，最近才知道能拍板的人是自己前女友的爷爷，人人尊称一声吴老的那位。

陆老弟那前女友爱他爱得死去活来，偏偏他又是个花花公子，没分手的时候就闹得两边鸡飞狗跳。后来两人好歹分开，女方家立刻将他列为了拒绝往来户。不过那家人对陆渐行的印象倒是相当好，有时候家里办个什么宴，还会给陆渐行发请帖。

陆老弟这次求财被阻，心有不甘，于是厚着脸皮去求了陆渐行，让后者帮忙说两句好话，哪怕给他个认错的机会都行。

此时这边的人在包厢吃饭，陆老弟便在楼上的棋牌室里等着。

陆渐行此时也有些犯难，他这人扮"高冷"惯了，很少主动迎合恭维其他人，所以并不知道怎么切入话题合适。如果是旁人的话，他可能会开门见山地说两句，让人直接上楼。但是身边这位吴老是长辈，他又一向敬重，反倒是不知道怎么开口好。

酒过三巡，饭菜也早已上齐。吴总身边跟着的中年人大概酒量不行，这会儿便有些醉醺醺的，开始频频看向身边的美女。

那美女丰胸柳腰，原本穿了身薄款的西装套裙，此时大概觉得热，脱去外套，便露出了里面的V领真丝衬衫来。

中年人眼神飘忽黏腻，往美女那边挨过去，又指着螃蟹卖弄道："姑娘，你知道这是什么吗？"

美女倒是毫不介意，笑嘻嘻道："还能是什么，大闸蟹呗。"

中年人赞同似的拍了拍她，又问："你知道这大闸蟹怎么吃？"他说完停顿少许，自顾自道，"这大闸蟹，一是吃母的，母的有黄，这个你知道吧？"

美女笑着哎哟一声，问："二呢？"

中年人便道："二是吃这个蟹钳……"

陈彩之前陪人吃饭喝酒，见过不少，知道接下来中年人的话多半要不正经了。

他想到这儿，忍不住抬头看了陆渐行一眼，正好陆渐行不知道为什么也在看他，两人冷不丁对视上，还没等愣神，就听有人"啪"地一下一拍筷子，怒道："像什么话！"

大家被吓得一愣，纷纷抬眼去看，这才发现吴老拧眉瞪眼，气得手都在抖。

那中年人被这一喝，黄汤顿时下去大半，立刻清醒了过来，再看吴老的神情，几乎要吓尿了。

他知道自己坏事了。别人不说，吴老这人是极正经的一位，以前他在对方手下做事，自己的那点毛病便极力掩饰着，这才换来对方退休后的不少照顾。谁想今天一顿饭，自己得意忘形，竟然失了智。

饭桌上的气氛尴尬到了几点。

吴老虽然忍不住喝止了手下，但发完火，心里也知道实在不妥。毕竟陆渐行还在这儿坐着，他这是喧宾夺主了。老人家不禁觉得脸面无光。等室内寂静片刻，他自觉没脸，便要起身告辞。

刘总见状正要拦住,陈彩灵机一动,倒是冷不丁来句:"吴老您说得对啊!"

他这话没头没尾,其他人纷纷都看了过来。

吴老起身的动作也停了停。

陈彩指着饭桌上的杯盘碗碟道:"我也觉得吃东西都是顺应天时,什么季节吃什么。螃蟹中秋才肥,现在上来的这些算什么?谁知道是哪里来的野路子呢?哎对了,这怕不是死螃蟹,搁在冰箱冻了半年的吧?"

他本来衣着就略显寒酸,一身运动服没型没款,这会儿故意装傻,其他人也不觉得如何。

好在包间里伺候的服务员是见过各种场面的,此时也不恼,笑道:"我们店怎么敢给各位死螃蟹呢,都是空运过来的活螃蟹。"

陈彩笑道:"反正我觉得挺一般,你这菜吃得让人没有季节感。"

刘总也机灵,顺口往下笑道:"这话倒是也有道理,现在人啊,都太浮躁了,连应时的食物有什么都记不得了,现在是吃什么的季节?"

一旁立刻有人猜测:"这季节,吃鱼吧?"

正好桌上有一盘鱼,陈彩点了点头,便指了下,道:"吃母猪壳。"

别人不解,觉得这名字粗俗,倒是陆渐行恍然大悟,哦了一声:"母猪壳啊,川蜀一带的叫法,其实就是鳜鱼。"

他有些疑惑,问陈彩:"你是四川人?"

"我不是,"陈彩冲他笑笑,"但我妈年轻的时候在那边教过书。我小时候不好好学,就那句'桃花流水鳜鱼肥',我总念'撅'鱼,挨了不少鞭子,现在一看这鳜鱼我就屁股疼。"

他故意逗趣,其他人都跟着笑了起来。吴老神色稍缓,也露出一丝笑意。

陆渐行不觉又多看了他几眼,见陈彩瞧自己,眨眼笑了笑。

刘总没想到这陈彩还真有两把刷子,上来敢罚酒,说明酒量行。气氛闹僵了敢出头,说明有胆量。找的话题合适,说明脑子活。

他不觉暗暗留意,倒也找到了合适的方向,借此往吴老感兴趣的方向上引。

"都说这桃花流水鳜鱼肥,听着也挺美的,可怎么没见过画这种美景的画呢?"刘总说到这儿故意停顿,请教吴老,"吴老,您是这方面的专家,这鳜鱼画有没有跟这诗句一样美的。"

吴老眉头舒展，却摇头道："画里还真没有。桃花跟流水画一块儿，美则美矣，但寓意不好。鳜鱼呢，又大嘴兜齿，喜剧意味更重，所以这三样凑一块儿，就不好看了。"

他说到这儿顿了顿，又看到桌上几人用的竹筷，不觉笑起来，捏住筷子举了举："不过鳜鱼图倒是有，扬州八怪你们知道吧？"

众人有意捧场，有人笑着说知道，有人说不知道。最后孙玉茂倒是露了把脸，在一边列出了扬州八怪几人的名字。

吴老笑了笑："这八怪里，边寿民便有一幅《鳜鱼图》，一条大嘴鳜鱼偏离水面，鱼口半张，十分逗趣。更逗趣的是他在下面题字——春涨江南杨柳湾，鳜鱼泼刺绿波间。不知可是湘江种，也带湘妃泪竹斑。所以这店家不错，竟然还给我们配上了。这湘妃竹筷子，跟这大鳜鱼，还算是相配。"

众人这次听得热闹，纷纷笑着赞叹老先生博学多识。

那中年人自知做错事，也不好意思待下去碍眼，趁机找了个借口先走了。

吴老看他出去，淡淡地哼了一声，这才看向陆渐行，沉声道："你弟弟的意思我也知道，论做生意，自然还是你们生意人有头脑。只是他那做派，不瞒你说，我是很不满的。"

陆渐行点了点头："我也很不满，这孩子太不正经了。"恨恨地说完，又立刻往回拉了下，"不过他做事挺认真，干活的话是不会叫人失望的。"

吴老点点头，沉吟片刻，琢磨道："你这儿呢，是给我出了道难题啊。要不这样，你给我出道题，我也给你出道题，你答对了我的题，我就答应你，如何？"

陆渐行一听，知道自己要是答不上来就算是输了。但他知道这是吴老给面子，一时半会没别的办法，干脆痛快道："行，听你的。"

吴老略得意，仍指着那盆鳜鱼道："八怪里，除了边老先生外，还有个人也画了鳜鱼。你要是能说出是谁，画了什么，那这关就算过了。"

陆渐行一听就蒙了，他早把扬州八怪是谁都给忘干净了，哪里知道谁画过什么。

他皱着眉，在那儿一本正经地琢磨对策，忽然瞥见陈彩在对面忙着吃东西，刘总和孙玉茂也是一脸没事人似的，灵光一闪，干脆道："来来来，集思广益，谁能答上来，谁可以跟我要一样东西。"

剩下那几个看热闹的顿时都愣住了。

孙玉茂一听这话先乐了会儿，问陆渐行："陆总，我要是能答上来，跟你要个房要个车行不行？"

陆渐行倒也爽快："行，差不多的，你们敢提，我就敢给。"

他说这话自然是拿准了别人并不会太过分。更何况这么偏的内容，在学校里的学生都未必记得，他们这些人都工作多少年了，肯定都够呛。不过孙玉茂刚刚还知道八怪是谁，也说不定……

陆渐行已经做好了这事不成的准备。谁想他算来算去，偏偏漏了陈彩。

陈彩今晚喝得多吃得少，原本正在那慢条斯理地抽空吃东西呢，一听这话，顿时来了精神。

陆渐行这个自恋的人……他挺想看这人被"打脸"的。当然了，不看他被"打脸"，跟他要个什么资源，或者给个好职位也挺好。

怎么算都是百赚不亏的买卖。

别人还在商量琢磨，陈彩喝了口水，毫不客气地举了手："我知道。"

陆渐行心里咯噔一下，有种不好的预感。

果然，陈彩拿纸巾擦了擦嘴，笑道："陆总您说话算数，吴老可看着呢。"

吴老对他印象好，笑着点头："可以，我给你做证。"

陈彩当时因为鳜鱼挨了不少揍，所以记住了不少偏门知识，这下难得有机会显摆，立刻道："除了边寿民呢，李鱓也画过一幅《鳜鱼图》。"

吴老惊讶，赞许地朝他笑了笑，示意陈彩继续。

陈彩道："那画比较有生活气息，也没画桃花流水，而是有葱有姜，旁边搭着一柳条。这位还题字——大官葱，嫩芽姜，巨口细鳞时新鲜尝……"

陆渐行顿时对陈彩刮目相看，心想，这小经纪人够厉害啊，还是个文化人！

他一脸惊讶，陈彩也显摆上瘾，又接续道："当然除了鳜鱼，他还画过游鱼，不过品种不一样，题字的意境也不一样了……"

等到酒足饭饱，大家出门，吴老才忍不住拍了拍陈彩的肩膀，笑道："你母亲是名教师？不错，这儿子教得真好。"

他倒是说话算数，又对陆渐行道："你这是沾了小陈的光，小陈是个福将啊！渐远那事，今晚我没时间了，回头让他自己去一趟吧。"

陆渐行连忙应下，等看到吴老上车离开，这才回身看了看陈彩。

陈彩喝了不少酒，这会儿有点醉，便一个劲儿地傻笑。

孙玉茂在一旁心疼又欣慰，连忙道："陆总，我先回去了。小陈跟我一块儿。"

陆渐行犹豫了一下，却道："不用了，我捎他一程。"

孙玉茂和刘总大吃一惊，心想这两人什么时候认识了。

"我送他也行，"孙玉茂忍不住道，"陆总您方便吗？"

"方便，"陆渐行心里想着事，一边给陆渐远打电话让他回去，一边随口道，"我们住一个小区。"

他这打完电话，带着陈彩上车。这次开车的是小秘书，对方见陈彩喝了不少，忙过来帮忙搀扶，一个劲儿地问："没事吧，要不要吃点药？"

谁知道陈彩却不看他，只瞅着陆渐行傻乐。

陆渐行被他看得莫名其妙，一直到上了车，陈彩才红着脸，冷不丁问他："陆总，说话算数吧？"

"算数。"

陆渐行没想到他还记得这个，点头答应，心里却好奇这人会要什么，要房要车要巨款，或者说工作上的职位？

陆渐行做好心理准备，点了点头："说吧，你要什么？"

谁知道陈彩却直接道："我要跟陆总做个朋友……"

陆渐行愣了会儿，才反应过来。

陈彩跷着腿，见陆渐行不吭声直接瞪着他："你要食言？！"

"不是我食言。"陆渐行也无语了，心想这算什么事。哪有提这种要求的，是自己魅力太大，还是这人另有所图，有后招等着自己呢？他的心思百转千回，忍不住道，"这没必要，是吧……"

第4章

秘书开车把二人送到了楼底下。

陆渐行一路上跟陈彩斗智斗勇，急得满头是汗。停车之后他条件反射地下车，等秘书一溜烟儿开车跑远了，才想起来送错了——应该先送陈彩到家的。

陈彩一脸醉态地扶着他的胳膊勉强站住。

陆渐行耐着性子问："你家住哪儿啊？"

陈彩一脸迷茫："不知道。"

陆渐行心想不管知不知道，反正不能带他上楼。他琢磨了一下，勉强回忆起上次堵陈彩的地方，往后看了眼："我记得你好像住我家后面。"

陈彩惊叹，这还能记得？他一个激灵，又忙继续装醉，装没听见。

"16号楼是不是？"陆渐行终于记起一点，若有所思道，"一楼那户种了不少绣球。"

"不是啊，"陈彩否认，"你记错了，我不住那儿。"

"……那你住哪儿？"

"不知道。"

两人沉默片刻，陈彩一脸委屈状，低头道："你说话不算数是不是？"

陆渐行觉得冤枉。

陈彩说："其实我以前很佩服你的，虽然对你了解不多，但也知道你这人言出必行，我周围的人都夸你，觉得你这样的特别有魅力。"

陆渐行心想,哎?是这样吗?我在采访的时候还透露过这个优点?

他有点飘飘然,夜色又深,他也不太掩饰,高兴地看向陈彩。

陈彩却拐了弯,叹气道:"我还以为今晚立了个功呢,别人要说那话我就不信了,但你那么说,我就一点儿都没怀疑。原来不是这样的。吴老那么喜欢你,一定是早就答应好了。"

"这个倒没有,你的确立功了。"陆渐行说。

"那你怎么还犹豫?"

陆渐行还是觉得蹊跷,警惕地看着陈彩。

陈彩看着他眨了下眼,一脸失望地说:"我懂了。陆总既然这样看不上我们这种升斗小民,以后就别许诺了。这样吧,之前的事情我既往不咎,但我以后也不想再看到你了。你以后不要在我眼前晃悠了。"

陈彩摇头叹气地走回家,到楼底下的时候鬼使神差地看了眼手机,又是三点!

楼上的灯光已经亮起来了,陈彩心里直乐,心想完了,这下陆大总裁估计睡不着了。这人有偶像包袱,今晚是被自己唬得一愣一愣的那蒙样儿,估计这会儿都没反应过来呢。

那么大的总裁了,还这么单纯,比还是学生的蒋帅都好骗。

陈彩今晚把陆渐行的台词原句奉还,大为痛快。又一想,蒋帅已经好久没联系自己了,现在才四月底,离着期末考试也远,也不知道这孩子在干什么,别的不说,衣服可得早点还了。

他这边惦记蒋帅,陆渐行在他走后也回过味来了,被气得够呛。这个陈彩行事果断,又睚眦必报,陆渐行想探探他的深浅,左右琢磨,也想起了那个蒋帅。

陆渐远半夜正睡得香,被电话吵醒,张口就想骂。等一接通,才发现是自己大哥。

陆渐行上来就安排:"明天,你帮我查查那个蒋帅。"

"蒋帅?"陆老弟一头雾水,"这谁啊,没听说过啊?"

陆渐行道:"就是那天去吃饭的时候,在楼下碰上的那个背吉他的。"

陆渐远对那人有印象,很帅的小伙子,看着特阳光。

"怎么了?"陆渐远这下来了精神。

果然，陆渐行道："你去调查一下他，查下他家里都有什么人，他现在什么情况。"

他心情不佳，几句话交代完就挂了电话。

陆渐远做这个熟门熟路，立刻满口答应。等结束通话，他又精神振奋地立刻打给自己的兄弟，原话叮嘱了一遍。

兄弟办事比较仔细，还不忘问"售后"："然后呢，远哥，调查出来蒋帅的情况后怎么办？"

陆渐远坏笑道："怎么办？看情况办。"

陆老弟找人调查蒋帅的情况和背景，三天后拿到了报告，内容挺全，就是仔细读下来没什么亮点，一路读上来，成绩平平，表现也不突出，一看就是本地家长安排的路数。没出过国，家里条件应该一般般，追求者挺多……综合分析一下，这就是一个脸好看的普通男大学生。

陆渐远心中有了底，开始让手下试探，主要攻击物从低到高分别是衣服和手机，预算都是千元等级，这样既不会让人觉得寒碜，也不会因为出手太阔绰把人吓跑。

当然对方可能很有骨气，陆渐远为此还准备了专为清高人士准备的计划。

谁知道拒绝来是来了，计划却用不上。

送礼物的小弟回来反馈说："那个蒋帅说你送的太低级了。"

陆渐远"啊"了一声，皱眉问："什么意思啊？"

"就字面上的意思，"小弟偷偷觑着他的表情，回复道，"他说咱买的衣服，牌子都是营销出来的，材质版型不好。而且这衬衣还是去年的款。别人送都是送意大利奢侈品品牌。"

"那就送，"陆渐远有些意外，心想这个小东西，胃口还挺大，叮嘱道，"去专柜问问最新款，当然太贵了也不要买，还不知道成不成呢。手机呢？最新款的水果，总满意了吧。"

谁知道小弟道："手机也不满意。"

"……"

"他说现在水果手机都过时了，他现在喜欢国货，尤其是那个限量版的。"

某品牌的限量版，陆老弟要买也不是买不到，但是要找朋友的朋友拿货。而且他之前为了送礼已经拿过两个了，后来自己想要都没好意思再开口，哪能真给他要。

陆老弟从来不做亏本买卖，他虽然也常给身边的朋友送东西，但也是看对方的层次来。对于蒋帅这种普通学生来说，花钱太多就算了，谁知道会不会竹篮打水一场空。

陆渐远心生警惕，决定按兵不动，回头先去提醒一下自己经验不足的大哥。可是接下来几天陆渐行压根儿就没去公司。他业务又忙，好在五一家里会组织家宴，陆渐远把材料准备好，一块儿带在了身上。

五一这天的家庭聚会在陆爸爸的别墅里，老人家住在这边，儿孙们上午陆陆续续到齐，陆渐远等来等去，就是没见到陆渐行。

眼看着快要开饭了，大家都往二楼走，只有陆可萌还在一楼玩游戏，陆渐远打了两遍电话没人接，便忍不住问她："咱哥呢？怎么还没来？"

陆可萌跟陆渐远前后脚出生，因为是个女孩，所以从小在家都是公主待遇，父母偏宠，陆渐远也怕她。谁想后来竟然空降来一个大哥。

她从心里不喜欢这大哥，一听陆渐远问就忍不住翻白眼，冷笑道："什么哥不哥的，你是不是傻？"

"你才傻呢，"陆渐远知道她的毛病，忍不住道，"好歹是亲哥，你干什么老针对他？"

"是不是亲哥谁知道？糊弄外人也就行了，就你整得跟真的似的。"陆可萌嗤笑一声，眼珠子一转，又嘿嘿笑道，"哎不对啊渐远，你这么鬼精鬼精的，现在天天你干活他喝茶你就没意见？我告诉你哦，事出反常必有妖，你要么是太傻，要么就是太精，算计人呢。"

陆渐远黑脸了，起身往外走。

外面正好走进来一个人，挺高挺帅，戴着墨镜。陆渐远觉得眼熟，眯眼一看，才发现是许焕。

许焕今天自己过来的，没带经纪人，看见陆渐远先笑着打了个招呼："陆总好。"

陆渐远笑着点点头，心里却纳闷，之前他听说过陆可萌跟他拍拖，但是两人不是分了吗？怎么，这是又好上了？

在私生活方面他自然不会去管陆可萌,又等了一会儿,还是不见陆渐行来,又看其他人也不问,好像不太在意的样子,只得上楼吃饭去了。

陆渐行这一周过得有点浑浑噩噩。

自打陈彩走后他就头疼腿疼后背疼,等到第二天下午还是浑身酸痛,这才意识到自己可能是感冒了。

病去如抽丝,虽然不是大毛病,也不影响活动,但是要么打喷嚏没完要么流鼻涕,也怪让人烦心的。陆渐行左右一想,反正去了公司也没什么事,干脆在家窝了几天。谁想越窝着病人的矫情劲儿越上来,思来想去,自己好像挺孤单,也没什么地方去没什么朋友玩。

五一这天家庭聚会,他难得早早换了衣服出发,走半道上冷不丁想起来有样孝敬老人的东西一直在办公室,于是又叫秘书掉头去取。谁想到这一掉头,就被人给缠住了。

公司门口站了一个中年人,穿着汗衫长裤,手上拎着一个皮包,见他下车后眼睛一亮,二话不说地冲了过来:"陆总你好,现在能找您谈谈吗?"

因为放假,门口的保安也都不在,陆渐行被这横冲出来的一个人吓了一跳。他回神,觉得这人眼生,又不想太无礼,于是摆摆手:"不好意思,我一会儿还有安排。你如果有事情可以先跟我的秘书预约。"

中年人却道:"我约了,没人受理。他们一直说您忙,不在。"

这种事情挺常见,虽然陆渐行看着清闲,但每天要找他的人也挺多,要么是攀关系的要么是拉投资的。这些不用他亲自处理,秘书室都会问清来人是谁然后进行初步筛选。

家宴十一点半开始,陆渐行看了眼时间,有些着急。正好秘书已经从车上跳下来阻拦,他便想绕开这中年人继续往里走。

中年人见状就有些着急,秘书拦他他不好硬闯,只得在后面大声喊道:"陆总,是陈彩!陈彩您认识吗?是他介绍我来的!"

"谁?"陆渐行一愣,没想到会听到这个名字,有些惊讶地回头看他,"陈彩?"

"是的,陈彩本来说要安排我跟您吃饭,"这人情急之下连走两步台阶追上了,恳切道,"但是我最近联系不上他,所以只能直接来找您了。"

陆渐行:"……"这是什么情况?

"你贵姓?"陆渐行问。

中年人立刻弯腰:"免贵姓陈,陈建华。"

姓陈?陈彩他爸?陆渐行打量他一眼,又觉得不像。

中年人恳切道:"陆总,我就耽误您三分钟,就说一件事,说完就走行不行?我求您了!不瞒您说我在这儿等好多天了。"

秘书还要再拦,陆渐行却又觉得有些不忍,挥了挥手:"那就进来吧。"

他示意秘书在外面等着,带中年人进了大厅。大厅里有个休息区,是平时员工接待朋友和家属的地方,后面有咖啡吧,这会儿公司放假,没什么人在,陆渐行便取了瓶饮料水递过去。

他能看出这中年人很紧张,那个皮包被他放在膝盖上,双手使劲压着,应该是里面装着重要东西。

陆渐行心中大概有了数,只不过有些事情仍需求证,他示意这人稍等,自己在稍远处拨通了陈彩的号码——这号码是那天饭局上陈彩报给刘总听的,不过随口说了一句,声音也不高。陆渐行当时正好听到,觉得数字挺顺的,不自觉就记住了。

铃声响了两秒,那边有人喂了一声,声音挺陌生的。

"你好,"年轻人问,"找哪位?"

"你是谁?"陆渐行微微一怔,下意识问,"陈彩呢?"

"他在换衣服呢,"对方道,"我叫蒋帅,是他朋友。你是?"

陆江行刚要报名,立刻怔住了。

好在那边很快又换了人。

陈彩接过电话,一看是陌生号码,也有些奇怪,不过仍客气问道:"你好,我是陈彩。"

"是我,"陆渐行道,"我有事找你。"

陈彩微微一怔,陆渐行?

白天联系多半是有正事。陈彩看了眼叼着饮料吸管的蒋帅,后者撇嘴笑笑。

陈彩好气又好笑,指了指,自己去了咖啡店门口。

"怎么了陆总?"陈彩觉得有点别扭,尽量平和地问,"什么事?"

陆渐行压低声道:"这里来了个人,说是你安排的,让他来找我吃饭,这是什么情况?"

"我安排他吃饭?"陈彩愣了愣,"谁啊?不可能啊!"

"他说他叫陈建华,"陆渐行说,"我以为是你家人,这才网开一面让他进来的。"

"陈建华?"陈彩一顿,觉得不对,脑子里忽然灵光一闪记起来了——这不是梦圆的导演吗?

上次陈彩过去请剧组吃饭,这导演的确提过一句想见陆渐行。陈彩那会儿狐假虎威,糊弄了一句先办了事,哪想到现在竟然翻了船……

这怎么还有找上门的啊!

"陆总,"陈彩有些蒙,着急道,"这事有些误会。电话里我跟您解释不清……"

"我现在在天一大厦,"陆渐行一听这话,心里明白这中年人不完全是唬人,干脆道,"我今天中午有事,只能留给你们二十分钟的时间。你快过来。"

陈建华今年五十岁了,是个导演,之前签约东影,也曾雄心勃勃做一番大事业,无奈现实教做人,这几年他在东影毫无建树,拍出来的几部电影都没有半点水花,终于在前几年被人解约。然而就在解约之后,有个项目找上了他。

那项目的负责人跟他其实是老同学,手里的剧本也挺好,讲的是家族故事,然而四处找人投资却没人感兴趣。老同学听闻陈建华在东影,满怀希望而来,两人一碰面,这才发现谁过得也不好。

陈建华还是有些艺术情怀的,他直觉那剧本能火,于是拉下脸皮借着之前的一点人脉四处拉投资,前前后后找了十几家公司,终于差不多了,就在去年的时候,其中接近半数的公司竟又突然撤资。

剧本都改了几年了,演员也找了个差不多,甚至个别都签好合同了。投资方一走,陈建华便成了被架在锅上烤的鸭子。他不得不开始找些小活儿自己挣钱往里填补,可是窟窿太大,取景地又多,他实在没办法了。

陈彩赶过来的时候,陆渐行刚听他介绍完剧本在那儿诉苦。

陈彩有些尴尬,先看了看导演,心想这人在片场的时候也有排场脾气也差,现在竟然低声下去地在求人。再看看陆渐行,这人明明晚上被自己欺负得一愣一愣的,现在搭着腿,一脸沉静地坐在那儿,竟也真有霸道总裁那点架势，还带着点威压。

果然人都是多面性的。

不过到底还是尴尬了点儿，陈彩笑着打招呼，找了旁边的位置坐下，满脑子都在琢磨这可怎么破。

他不清楚这人跟陆渐行都说什么了，扯大旗狐假虎威是不对，但是自己也没乱说过话。一会儿先把这人带走，回头再跟陆渐行解释，或许也行？

他这边打定主意，正好那导演过来握手，他便干脆拉着人不放，想要把这人给拖出去。

谁知道那导演看见他只顾着激动，没明白他的意思。陈彩不放手，他还以为是对方在暗示跟他的关系好。

导演更有底气了一点，说话也有些没把门儿的，笑呵呵道："哎，我就知道还是小陈你比较靠谱的。他们都说你吹牛，就我支持你，知道你跟陆总关系是真好。"

陈彩一听头发都要炸了，着急辩解："别乱说，我什么时候说我跟陆总关系好了？"

"就影视城的时候啊，"导演听他声音大，被吓了一跳，"不是你说的吗。"

陆渐行在旁边听着，一直等着问这事呢，这会儿忍不住问："陈导，你刚刚说什么了？"

导演犹豫了一下。

陆渐行笑道："没关系，又没有外人，你就随便说说。"

导演现在就等着巴结他呢，不管陈彩的阻止，立刻交代道："也没什么，就是大家都知道小陈跟陆总你关系比较好……称兄道弟、生死之交的那种。"

陆渐行看了他一眼，点了点头，继续问："这件事是谁说的？都谁知道了？"

导演说："那天我们正好看见了小陈去找您，小陈也承认了。不过这也不算秘密，整个影视城应该都知道了。"

陆渐行："整个影视城？！"

"陆总我错了，你听我解释。"陈彩前所未有地尿，缩在弧形沙发的一角,跟个受气包似的。

导演已经走了,还留下了未完成的剧本和他老同学画的分镜。陆渐行沉着脸看了他一会儿,也不说话,而是拨通了陆渐远的号码。

陆渐远正在家里等着,一接起来电话就问:"哥你到哪儿了?这都马上开始吃饭了。"

陆渐行神色十分凝重:"我这儿遇到点问题,特别严重,需要立即处理一下。"

陆老弟"啊"了一声,不觉也紧张起来:"公司的事情吗?要不要紧?需要我回去吗?"

"不用,是我个人的事情。"陆渐行道,"你跟大家说一声,好好吃饭,不要等我。也不用担心。"

陆渐远回头看了一眼,他身后的人正在嬉笑聊天,厨娘已经一波波地把饭菜都摆上了,并没有人提起他问一句,更别提担心。他觉得有些不是滋味,扭头笑着应道:"行,我跟大家说一声。你安心忙吧。"

陆渐行挂掉电话,心却静不下来。

陈彩心里也很复杂,本来挺简单的一件事,解释一下也就过去了,大不了让人觉得自己这人爱吹牛,也不算什么。

但是他偏偏前两次一直在装……

"你说吧,"陆渐行用怀疑的眼光看着他,"怎么回事?"

"就是个误会,"陈彩耷拉着脑袋道,"就是那天我去你那儿拿书包,让他们给看见了。"

"他们是谁?"陆渐行微微皱眉,很会抓重点,"怎么还有个'们'?"

"就我们剧组的导演、监制、男女主和他们的助理……们,"陈彩道,"可能还有许焕。"

陆渐行听着前面这个那个的名字,数来数去有六七个,脑袋都要大了,没想到还有公司内部的人。

"许焕又是怎么知道的?"陆渐行快忍不住要发怒,但是信息量太大,为了方便过后分析,他不得不拿出手机在备忘录上先把这段话给录进去,等记录完毕,这才继续审问,"你老实交代。"

陈彩老实交代:"我也不知道,可能他是凑巧吧。"

陆渐行大怒:"什么时候了你还糊弄我!怎么就那么巧,你上楼一趟全世界的人都看到了?我还特意让秘书带你走的楼梯。"

陈彩欲哭无泪:"就因为走了楼梯啊!本来我是跟他们一块儿坐电梯的,我一走他们回头看见,不就知道了嘛。"

"那许焕也在等电梯?"

"许焕怎么看见的我也没问啊!"陈彩说,"我从你那儿出来之后他才打的电话,说看见我了。"

"编,你接着编,"陆渐行站了起来,叉着腰来回走,"看你能编出花来,你这意思是许焕认识你?"

"认识,"陈彩看他一眼,小声道,"我俩是发小呢,只不过后来闹掰了。"

陆渐行:"……"

他忽然想起他们去影视城的前一天,他带人去茶馆喝茶,几人刚刚落座不久,就听外面有人叽叽咕咕在那儿说话。

因为跟外面中间隔着竹帘,所以他能隐约看到那人的样子:抱着包,大腿往美人靠上一搭,因为脸朝着水池,所以只露出个后脑勺,头发在太阳底下微微发亮。

陆渐行当时不好意思赶对方走,便忍耐着等这人聊完。谁知道没几句,那人就开始了爆料。

可他记得那人很奔放啊,没说几句就哈哈哈大笑,特别狂野……

陈彩看他转过头盯着自己,也不知道哪儿有问题,低着头搓搓鼻子摸摸眼。

"……是你啊。"陆渐行幽幽道,"那天在茶馆骂人的那个。"

陈彩惊讶地抬头,目光一瞥,看到了陆渐行戴着的手串。

这下好了,装也不用装了。

"是我。"陈彩承认,"不过知道这事的人没几个。所以陆总,影视城那次纯粹凑巧。"

公司一楼的大厅光线太暗,陆渐行左思右想,觉得这样不行,这里不是谈话的地方。反正家庭聚会他也不参加了,不如就把人带回去,慢慢审问。

车子往回开,这次陈彩跟着总裁回家,倒是熟门熟路了。

客厅的地毯换了，沙发也洗了，空气里有阵淡淡的茶香味，只是两人之间的气氛不大好。

陆渐行把人带进客厅，立刻开始了盘问。

"陆总是我错了……"陈彩一点儿花样都不敢耍了，立刻老实认错道，"我不应该爱慕虚荣，当时办事的时候我怕他们不答应，所以就狐假虎威了一下，他们问我我就没否认。"

陆渐行心想你倒是会找人，提我的名号当然不会有人为难你。不过他也看出陈彩说的是实话，这么一想前后也都对得上。

肚子有些饿了。陆渐行安排陈彩点外卖，自己开始研究那一摞剧本和资料。

陈彩余光瞥见，有些担心。原本他这次被坑得猝不及防，心里要恨死那个导演了。可是仔细一想，多少又能理解一点——陆渐行对于很多人来说就是救命的稻草。那导演不知道求了多少人才有了这点门路，年过半百的人了，对着陆渐行低声下气坐立不安，就差下跪说求你了。

想想也怪可怜的。

可是这个行业里可怜人太多了，编剧拿不着钱，好本子卖不出去；演员接不着戏；经纪人抢不到资源……能混上金字塔顶端的人太少，这种艺术电影没钱可赚，陆渐行又不傻，怎么可能给他投钱。

"陆总，"陈彩忍不住道："陈导那里，要不然我去回绝一下？"

"不用，"陆渐行道，"我先看看。"

陈彩不知道陆渐行是随口开玩笑，还是看上了那个本子。直到中午两人吃完饭了，陆渐行还在那儿研究。

陈彩还有自己的事情得办，他和王成君说好了五一去探班的，因此不得不打断正研究入迷的人，提醒道："陆总，我得回去工作了。"

陆渐行看了他一眼，点了点头，叮嘱道："既然顶着我的名号，以后就好好干，别给我丢脸了。"

陈彩："……"这就成他的人了？

不过想想，好像也没毛病。

王成君的剧组现在就在郊区的大山里搭外景，再过俩月才会去那边的场地继续拍摄。因为距离开机没几天了，所以除了主角外其他人都已经进了剧组报到。

大山里的交通不便,陈彩进去一趟很不容易,所以王成君一直没让他过去。直到最近几天剧组来报到的演员越来越多,且大部分都是前辈级别的演员老师,王成君经验少没名气,这次却当了个主演,跟人说话都有些底气不足,打交道总战战兢兢的。

陈彩正好想跟他说下公司的事情,这次一问,那边才犹犹豫豫地答应了。

陈彩自己不敢开山路,雇了个司机,又在后备厢里放了几箱子零食、防晒霜和驱蚊水,等到剧组的时候已经是快六点了。

王成君一直在村口等着,见公司的车缓缓开过来,激动地大老远就喊着叫着挥手跳了起来。

小助理连忙跟上去帮忙往下搬东西。

陈彩看王成君傻笑的样子也忍不住想笑,他抱起一箱零食,边跟着往里走边说:"我去看梦圆是在村里,来看你还是在村里,一个比一个偏。梦圆那边买东西起码还方便点,你这连鸭脖都得自己带。"

王成君这段时间吃大锅饭,一直没滋没味的,一听有鸭脖口水都要流下来了。

他忙不迭地带着陈彩去招待所,大部分的东西都直接留在了工作人员那儿,两人只搬着一箱上楼,由陈彩领着他给各位演员老师分发礼物到房间里。

辛亏人还没到齐,上上下下一圈人拜访下来,陈彩腿都酸了。

几人回到王成君的小客房里,小助理挺有眼力见儿,又有些怕陈彩,忙在一边问:"那王老师、陈哥,我去买点菜吧?今晚就在房间里吃怎么样?"

陈彩笑着点头,从自己的钱包里抽出钱要给他,小孩没要,转身跑了。

等他出去,陈彩这才叹了口气,问王成君:"这孩子怎么样?干活勤不勤快?给你惹麻烦了没?"

王成君激动得大脸红扑扑的,笑道:"挺勤快的,特别有眼色。麻烦倒没惹,就是喜欢打听。"

陈彩点了点头。

王成君又问:"陈哥你这过来一趟太累了,快在我床上睡会儿吧。"他有些骄傲，悄悄告诉陈彩，"因为是主演，所以剧组给我安排了单人房，住着可舒服了。我怕自己早上起不来，就给助理留了张门卡。陈哥，我从拍戏以来还没享受过这待遇呢！隔壁郭老师他们都是两人一间。"

陈彩看他那副小可怜儿的样，忍不住笑道："主演都这样，你这次运气好，不仅角色重要，剧组也大方。对了，在这儿吃得怎么样？"

王成君说："跟大家一起吃大锅饭。剧组一开始本来是从饭店订盒饭的，但那饭店越做越不像样，生活制片就从村里雇了个人做饭。口味还行，就是太清淡了，我一直馋着想吃点辣，多亏你给我带了鸭脖过来。"

陈彩指了指自己的包："我还给你带了几瓶牛肉酱呢。不过现在天热，你自己注意着点别坏了。一天少吃一点，要是起痘了就不好了。"

他怕开封后不好保存，特意买的小瓶的。当然除了牛肉酱还有许多其他的生活用品，驱蚊液、防晒霜、面膜和各种急救药。

之前王成君也进过剧组，但那时候陈彩给他当着半个生活助理，跟他一块儿去影视城，很多东西带了也没给他看，需要用的时候才会取出来。而且那时候也不用买得这么全，影视城里有商店，在那儿也能买。

这次就不一样了，跟长辈过来看孩子似的。

陈彩有些担心，反复叮嘱道："你这次机会来之不易，运气的成分也挺多，所以一定要把握好。基本的工作做到位了，对戏对台词，不要偷懒，不要不耐烦。早上不要迟到，别人怎么样你别管，做好你自己就行。"

这些话陈彩早说过八百遍了，王成君闭着眼都能背出来，但他也知道陈彩怕自己浮躁，认真点了点头："我知道，我会好好拍的。"

"嗯，做好你的本分就行。至于其他的社交，如果不擅长也不用太用力。"陈彩笑道，"记住油多了不香，蜜多了不甜，话多了不值钱。再有什么问题，给我打电话，不行我来给你处理。"

王成君以前一直是没人管的野孩子，自从陈彩来了公司，他立马变成了"乖宝宝"，走哪儿都有陈彩跟着，即便是陈彩还没什么经验的时候，想问题也比他周到。现在陈彩头一次不在他身边，他虽然有助理，但还是感觉和陈彩在身边不一样，总觉得没着没落的。再一想，以后剧组去了拍摄地，探班一次更不容易，王成君撇撇嘴，顿时难过上了。

陈彩一看到他这憋屈样还吓了一跳，瞪眼问："怎么了？哎，怎么要哭啊，谁欺负你了还是咋的？"

王成君哪敢真哭,愣是忍着,抽抽着鼻子道:"我就是想你,你又不在我身边。"

"看你这出息!"陈彩被他吓了一跳,没好气地上去照着傻大个儿猛砸,"什么我不在你身边!快得了吧,这没出息样。"

王成君立刻止住眼泪,拉着他道:"那今晚你跟我睡一个屋,我要跟你好好唠唠。"

"我没空,马上得走了。"陈彩却摆了摆手,"那司机晚上回去还有事,我也不适合在这儿多待,你们剧组现在都忙得要死,我住下来就是添乱。"

他其实原本是打算在这儿过一夜的,司机也说好了在车上睡。但是刚刚看了下,这边村里就一个招待所,只有这些演员老师住这里,工作人员住的都是后面村民腾出来的窑洞。更何况王成君这间床也不大,留下来太麻烦了。

王成君哪能想到他刚一来就要走,顿时有些急眼。

陈彩又安慰:"今天有点事给耽误了,下次我还来看你,早点出发,多陪你两天。"

"那你吃了饭再走行不行?"王成君问,"助理这马上就买回来了。"

"再晚了山路不安全,"陈彩笑着拍了拍他的肩膀,犹豫了一下,这才道,"不过这次过来还有件事要跟你说。"

公司的事情没正式公布,王成君又在剧组,离得远,因此一直被蒙在鼓里。陈彩觉得电话讲不清楚,所以当面给他说了一下,也告诉了他新老板是陆渐行。

陈彩道:"你自己衡量一下,有个数。你的经纪约快到期了,之前老孙实在,签几年都好商量,待遇也没差太多。新公司的经理姓刘,我这阵子打听了一下,听说他手下的艺人都是一签就是十年起,你自己考虑好时候是要续约还是另择出路。如果续约的话,分成比例和年限都得跟公司谈,你也做个准备。"

王成君听得一愣,这还真是个大问题。他的经纪约年底到期,一般公司都会提前半年续约,多亏他现在在拍戏,陈彩又站在他这边。

"我跟着你行不行,"王成君问,"陈哥你去哪儿我去哪儿。"

"傻,"陈彩笑笑,"不着急,公司如果催的话我就给你拖延一下。你先自己考虑着，也跟家里商量商量。"

两人说话的工夫助理正好买好饭菜回来了，一听陈彩要走，小助理也吃了一惊，只得放下打包的饭盒跟着一块儿送人下楼。

陈彩又叮嘱了小助理几句，无非是注意安全和遵守剧组规矩之类的。一直等他上了车，车子开出老远，王成君都还有些没缓过来。

小助理在旁边惊讶道："王老师，陈哥怎么一来就要走啊，我买了好多菜呢。"

王成君叹了口气："可能是怕给剧组添麻烦吧。"

"这待了还没半个小时呢，好辛苦。"小助理偷偷瞧着王成君的脸色，假装不经意地问，"我咋听人说陈哥跟许影帝关系不一般呢，这是真的假的？"

王成君刚被提醒了一下说话要注意，闻言微微一愣，转过脸看了他一眼："这事我不知道啊，你听谁说的？"

助理说："美术组的一个助理……"那人还说陈彩靠许焕拉了不少关系，王成君这角色就是许焕暗中操作的呢。

不过助理不敢当着王成君的面问，更何况看着陈彩这么接地气，混得又一般，刚刚带着王成君拜见各位演员老师的时候姿态也放得格外低……这也不像关系户啊。

王成君一听心里就有数，立刻沉下脸道："胡说八道，陈哥跟许老师压根儿不熟，别人乱传话不一定是有什么目的，但是拉着陈哥下水你还听不出来是不是傻？咱俩是跟着谁混的？"

他平时傻乐呵着不管事，这次严肃起来，助理也立刻老实了一点："我知道了，以后他们再说我就说他们。"

王成君却摇摇头："也别乱说话，你就多听少说，打听清楚这话是谁传的，有什么事回头告诉我就行了。"

他打定主意，要是真有人乱编排自己就找上门去，不过一想陈哥就是个经纪人，别人按说犯不着八卦他，多半可能是误伤。他心里留意着这个，又琢磨新公司的事情，就有些犯愁，也不知道这个新公司到底靠不靠谱。

此时陈彩在回程的路上也在思考新公司的事情。

按说有陆渐行的关系在，新公司应该是个好去处，可是从他这几天打听来的消息看,却不是这样。

陆渐行弄这个更像是玩票性质,自己想干什么就干什么,陈彩听人说他好像借着新公司投资过几部小电影、动画片之类,虽然都只是参与,但也多是不赔不赚。至于那个刘总,原来好像是搞房地产的,挺有生意人的头脑,跟某些部门打交道也熟,其他……就一般般了。

这买卖他怎么听都觉得不太靠谱,跟随时都能黄摊子似的。陈彩有些犯嘀咕,又想起自己之前在孙总跟前还说得上话,换了新公司少不了要收敛一些,若是如此,还不如去天颐当个凤尾。

就是不知道天颐那边为什么一直没信了。再者那边有许焕在,他以后如果去了经纪部门,少不了得跟那家伙打照面,这一点怪别扭的。

陈彩越想越理不出个头绪,昏昏沉沉地睡了过去,等到被人叫醒时,再看窗外已经回到市里了。

司机把车子靠边停好,对他道:"陈先生,刚刚我老婆打电话催好几遍了,要不我就给你开到这儿吧。剩下的道也不多,你自己开回家怎么样?"

来回车程六个多小时,又是山路,司机也十分困倦。陈彩忙给人结账道谢,等人离开,自己拉开车门换去了前座。

刚换到前面,后座的手机又响了起来。陈彩叹了口气,等接通了才发现是陆渐行。

"在哪儿呢?"陆渐行在那边埋怨他,"给你打个电话这么难,两个多小时都打不通。"

陈彩道:"我下午去探班了,在山里。"

陆渐行一愣:"探谁的班?有采访组吗?"

"……"陈彩心想我倒想有采访组呢,可是上哪儿找去,刚要说话,忽然脑子里灵光一现——现在跟陆渐行也算混熟了,要不……小便宜就占占?

陈彩可怜兮兮地说:"还能是谁,王成君啊。说起来我今天好惨,去这一趟辛苦死,三个多小时的山路开过去,怕给剧组添麻烦也不敢住下,说了两句话就赶紧摸黑往回开,现在才刚回到市里。"

他诉完苦,见陆渐行那边没有不耐烦,就知道挣出来了一点同情分,立刻接着道:"其实辛苦点是应该的,毕竟我当的就是经纪人。但就是有时候再下苦力也没用,就宣传这事说吧,本来孙总说要趁着剧组开机一块儿宣传宣传王成君的,但是公司这事一出,别说这边了,就是他参演的那部电影,各地的路演宣传他都没资格去。天天当隐形人,成君心态都要失衡了。"

陆渐行还挺关心:"那你怎么跟他说的?"

"我跟他说要努力,"陈彩立即道,"是金子总会发光的,是千里马早晚也会遇到伯乐的。"说着还特意加重了"伯乐"俩字的发音。

"嗯……"陆渐行那边沉吟片刻。

陈彩心里一喜,屏住呼吸,就听那边道:"你说得对!"

陈彩被陆渐行的回复堵得一愣,一时竟分不清是自己太蠢还是这人太精。陆渐行却没忘他自己的重点,问陈彩:"你有没有那个陈导的联系方式?"

"我没有啊。"陈彩有些意外,"他没给你留吗?"

陆渐行"嗯"了一声:"没有。"

那导演大概中午的时候太紧张了,留下了各种资料和文件,偏偏名片忘了给。陆渐行看了一下午的剧本,又找老弟商量了一下,两人刚有了个大致的想法,正要跟人联系的时候才发现电话都没一个。

陈彩猜梦圆那边应该有,想了想道:"那我帮你问问吧,一会儿给你发手机上。"

陆渐行很高兴,这才问他:"你晚上有安排吗?要不要一块儿过来吃东西?"

陈彩等了半天见他不提帮王成君的事情,心里正不乐意,想也不想地拒绝:"我开车开得人都要散架了,就不去了。"

陆渐行"哦"了一声:"可是我们在徐大。"

陈彩:"……"

徐大是美食街上最火的一家吃麻辣小龙虾的店,平时自己去吃都得排两个小时的队。陈彩嫌麻烦,好几次想去都作罢了。

还真有点馋。

"你来不来?"陆渐行听他不吱声,又问了句。

"我最近为了成君的事上火,不大能吃辣哎。"陈彩不想显得自己嘴馋,假惺惺说了一句,随后又立刻接续道,"不过陆总都邀请两次了,我再不答应多没眼力见儿啊。再说了,陆总请我吃东西,别说'麻小',喝毒药那也绝对不眨眼的。"

陆渐行:"……"

陈彩嬉皮笑脸道:"大家稍等片刻哈,我马上就来了!"

徐大的门口依旧是人满为患,陈彩急匆匆地开车过去,近处已经没地方停车了,只得暂时把车放在了不远处的银行门口,自己步行过去。等他一溜儿小跑直奔了陆渐行说的二楼包厢,推门一看,可不正好有几个人在那儿吃得热火朝天的。倒是只有陆渐行很斯文地拿着筷子在夹菜,看着有点格格不入。

陈彩屁颠儿屁颠儿地挪过去。

陆渐行问他:"导演电话问到了吗?"

陈彩"嗯"了一声:"问到了。"

他刚刚给梦圆发了个信息问这个,梦圆立刻给他拍了张照片过来,上面是他们最近的通告单,下面有工作人员的联系电话。陈导的电话就在最上面,不过一般是他助理拿着。

陈彩正纳闷,问了一句,这才知道梦圆那边还没杀青,但因为最近几天影视城阴雨连绵,所以剧组暂时放了假,制片主任天天烧香求晴天,导演则是跑得人都不见了。

陈彩心想,怪不得这样。他心里有了数,把号码存下来试着拨了一下,很快便通了。

"导演说他明天中午的飞机回去。"陈彩道,"手机号我现在发给你?"

陆渐行却摆了摆手:"不用,先存在你那儿吧,晚上回去再给我。"

听他这样说,陈彩也没多想,倒是一旁的CICI大吃了一惊。不过他也挺能沉得住气,假装不认识陈彩,只低下头慢条斯理地喝自己的饮料。等那边聊天告一段落,他便笑着打量陈彩,试探性地问道:"陆总,这位是谁啊?也不给我们介绍介绍吗?"

陆渐行微微迟疑,觉得没这个必要。

谁知道陈彩倒是很大方地朝人笑了笑,自我介绍道:"我叫陈彩,经纪人。你呢?"

CICI也客气地颔首,微笑道:"朱子,E大美术系研究生,现在在设计院工作。"

两人各怀心思地笑了笑。

CICI热情道:"不过你叫我CICI就可以,这是我的英文名。陈先生的英文名是什么啊?"

陈彩知道这人心里想什么,如实道:"我没英文名。"

"怎么会呢?"CICI故作惊讶,"我周围的人都有英文名字呢,毕竟周围环境这样,平时工作生活都少不了英文交流,没有自己的英文名多不方便啊?"

"可能是我的level(级别)不够?"陈彩故作羞赧,"不像你,是高端人士。"

CICI哎哟一声,有些得意:"也不算了啦,就是个代称而已,叫什么都一样的。"

陈彩心思坏、又记仇,立刻不怀好意道:"那这样我也取个代称好了,就叫CC怎么样?"

CICI:"嗯?"

陆渐远一直在旁边听着,知道这两人是抬杠呢,这会儿也看热闹不嫌事大,哈哈大笑,问陈彩:"这不重名了吗?人家叫这个,怎么你也叫这个。"

陈彩学CICI道:"我姓C名C叫CC,也算名正言顺吧。不过为了避免重复,朱先生也可以叫ZZ啊,多好区分,就是个代称而已了啦。"

陆老弟当即哈哈大笑。

陆渐行听着也想笑,心想这个人嘴皮子真厉害,什么都是他的理。

他想到这儿忍不住回头,问陈彩:"你不是有个朋友叫BB?"

陈彩一本正经道:"他叫BB,我叫C,我俩有个BBC组合。"

陆渐行一脸恍然大悟的样子,显然又信了。

陈彩心里要笑死了。很快一盆蒜香味的麻辣小龙虾被人端了上来。

陆渐行介绍道:"他家蒜香的不辣,你看合不合口。"

在座的几位显然已经吃了一会儿了,这一盘显然是特意给他要的。陈彩原本还想客气几句装装样子,可是闻着又太香,忍不住捏起一个尝了一口。谁想这下一发不可收拾,等他一个接一个地吃起来,又听陆渐行跟老弟聊了几句无关痛痒的话,还没觉得怎么样呢,回头就发现整整一盆已经被自己干掉了。

陆渐行很是惊讶,他原本觉得这一盆陈彩应该吃不了的,毕竟这人说他不太能吃,可是这会儿回头看他,嘴巴红彤彤泛着油光,还意犹未尽地恨不得吮吸手指的样子,怎么都像是还没过瘾。

他正犹豫,陆渐远那边却毫不知情,见状吆喝两声,又喊了服务员进来。

陆渐远道:"再给他来两盆。"说完一笑,又问陈彩:"能不能吃点辣?他家麻辣味的最正宗。"

陈彩馋得不得了,正巴不得呢,连忙乖巧点头:"可以尝尝。"

说是尝尝,又是一大盆端上来。

陈彩这下立刻嗨了,恨不得一脑门扎到"麻小"里打个滚。

陆渐行也发现了,陈彩这人真的是来吃的。

今天吃"麻小"是陆老弟请客,等到见面,陆渐行才发现他又带了上次的那两人过来。

陆渐远看出他对CICI不看好,忙解释:"今天下午打电话的时候我正好在设计院呢,这不他们都追着问,我也不好意思不带。"

陆渐行点点头,正好问他:"那个蒋帅你调查得怎么样了?"

"普通家庭的普通孩子,就是脸好看,"陆渐远着重强调道,"这小孩人品不大行,收礼的时候来者不拒也就算了,还挑三拣四。"

陆渐行"哦"了一声,有些意外。

陆渐远道:"我让人试探了一下,给他送个礼,结果呢,他自己点名要什么品牌。不大点儿的孩子还没毕业呢,就想穿'权力套装',你说是不是有点太装了?手机也不要外国品牌的,嫌弃落伍了,跟我要那个限量版的。你说就他这消费法,哪里像个学生。"

陆渐行没想到蒋帅是这种小孩。这会儿看见CICI不由又想起来,再看陈彩,一头扎在龙虾盆里,怎么这么吃没吃相。

都三盆了啊!

怎么还在那儿一个劲地吃虾黄?不辣吗?

陆渐行忍了忍没忍住,在桌下用脚撞了陈彩一下。

陈彩以为自己占地儿太大了,很自觉地往旁边挪了挪,头也不抬,姿势也没变,熟练地抓起一个一扭一吸,一下又一个进了口。

等他一口气吃个过瘾,其他几个人都要困了。

陈彩刚刚简直进入了无我的状态,这会儿才想起来还有其他人在,忙不好意思地笑了笑。

陆渐远倒是觉得他挺有意思的,忍不住多留意了些,又笑道:"我这边的小龙虾没怎么动,你不嫌弃的话打包一下带回去吧。"

他难得对人说话用"不嫌弃"这三字。

陈彩哪好意思,抹干净嘴巴,傻笑了一会儿,等结账后赶紧溜回家了。

陈彩憋着一口气跑回家,嗷嗷叫着冲进了厕所。幸好离家不远,要不然他可不想在陆渐行那儿闹肚子。

半小时后,闹肚子的陈彩爬上了床,拿着手机给BB打电话

BB听他说话有气无力的,关心道:"你这咋了?生病了?"

"不是,"陈彩往床中间挪了挪,自己扯过被子盖好,捂住脸羞愧道,"我吃多了。"

"啊?"

"今晚老总请客吃'麻小',我没出息,吃嗨了。说实话我还没吃饱呢,那点才哪儿到哪儿啊。可是太久没吃辣了……"陈彩叹了口气,"现在好,嘴巴痛快了,屁股遭殃了。我觉得我现在肚子里就跟刮西北风似的你知道吗,凉飕飕的,又热辣辣了……"

BB不厚道地哈哈大笑,在那边捶桌子拍腿,笑了一会儿才问他:"我还没找你问呢,你怎么跟陆渐行认识了?"

因为来龙去脉太复杂,陈彩便只拣着重点说了。

"好家伙,看把你能的,这都行。"BB叹道,"你说许焕知道了会不会气死,陆渐行可是他老板。"

"那谁知道呢,"陈彩一听到许焕就郁闷,叹了口气道,"现在对我俩来说,没关系就是最好的关系,毕竟我们是同一个行业不同的档次。我别去给他添麻烦,他别来给我添堵,大家都好过。"

梦圆换代言的事情他已经跟BB在微信上说过了,后者也知道许焕现在的位置和资源要优秀太多,所以才一直劝陈彩不开心就别干了。不过今晚一提陆渐行,BB又立刻转了方向,鼓励道:"你现在都认识老总了,不蒸馒头也得争口气,不要犯傻假清高哦,好好利用一下,懂不懂?"

陈彩无奈道:"懂,但是我懂他也懂啊,今天可郁闷死我了。"

他把下午自己诉苦说王成君可怜的那段讲了一遍。

BB点拨他:"所以说你傻呢,你给王成君要什么宣传。你多跟着出入几次公司的场合,别人肯定就会看眼色行事了啊,这种小事哪用得着老总亲自嘱咐。"

陈彩顿时怔住:"哎?还可以这样?!"

"你以为呢?"BB啧啧道,"不过我说的可不是让你一直照顾王成君。以后你总不能照着王成君一个薅羊毛吧……他现在都快三十了,说直接点已经老了,让他出名比让一个素人出名还难点。更何况即便将来他大器晚成走实力派路线了,又能挣多少?这演员说红就红,说过气就过气,你不能把宝都押在他一个人身上。多签约懂不懂?新公司里肯定有新人吧,挑着好看的、会营业的、有基础的,跟你们陆总多磨几次,抢过来两个。"

"……"陈彩被他教育得一愣一愣的。

签新人也是他自己最近的计划之一,但没打过新公司的主意。不过BB倒是给他提了醒,或许他可以跟陆渐行争取一下这方面的优势?

BB又道:"你也可以跟着试试投资啊,好的项目,搭个顺风车一起放点钱进去,说不定挣了发一笔,可比其他渠道来钱快多了。"

"嚯,"陈彩被他吓了一跳,连忙道:"这个我可不敢。"

大小电影投资一下动辄上千万,他手里那点钱扔进去哪里看得见,更何况投资这事有风险,说收不回来就收不回来了,那不是自己能参与的活儿。

甚至如果换位思考,让他在陆渐行的那个位置上,手里握着大把的钱决定给谁不给谁,陈彩觉得自己一定是很谨慎的那个——电影一定是找有票房保证的,电视剧一定是台长愿意买的。管他是抗战剧还是家庭剧,只要挣钱把握大就是可以投的产品。至于那个陈导的什么家族片,他肯定是看也不看的。

陈彩挂了电话迷迷糊糊刚要睡过去,突然一个激灵,这才想起那陈导的电话忘记给陆渐行了。

他把号码复制了一下赶紧先给陆渐行发过去,等了会儿那边没回复,自己翻身去睡了。

陆渐行在浴室待了很久才出来,这才看到手机上的有条信息,是那个陈导的联系方式。

陆渐行不知道那个陈导睡了没,不过这一行的人多半作息都跟常人不一样,试探着打过去,那边果然有人接了。

陆渐行一到工作上便严肃了起来,对人道:"是我,陆渐行。"

陈导一愣,当即有些激动。

陆渐行问了下他明天的航班信息。

陈导道:"明天中午的,原本想买早上的,但是没等到什么消息,心里就有些放不下,想着再晚半天试试,就看命了。"他说着不觉有些哽咽。

陆渐行看了下自己的安排,上午的时间有些紧,便问他:"你晚走半天可以吗?有不少问题需要当面敲定一下。"

陈导似是犹豫,过了两秒才压低声道:"那边剧组还在等着,如果明天天气转晴的话,我必须回去开机,这一天就是十几二十万的钱,我不能给人耽误了。"

他知道陆渐行能再见自己已是难得,从本心上是不想也不敢拒绝的,这话说出去,心里便有些忐忑。

谁知陆渐行却道:"那这样就明天一早吧,五点到七点之间你有时间吗?"

陈导立刻答应:"有的有的。"

"那就在中心广场。"陆渐行想了想,记得天气预报说这两天降温,又道,"那时候开门的地方少,到时如果下雨就在我车上谈。"

第二天清晨,外面果然飘起了小雨。

陆渐行自己开车去了中心广场,时候还早,周围寂静无声,陈导一个人站在霏霏细雨里,也没打伞。

陆渐行把车停到他跟前,拉开了车门,这人带了一身的潮气进来,朝他愧疚地笑了笑。

陆渐行知道他紧张,不过时间有限,只得开门见山道:"你这个本子,我也给渐远看过了,大家的意思是……"他微微一顿,说得比较委婉,"跟天颐的其他项目比,这个还是差点火候。"

天颐投资一部剧并不是陆渐行个人拍板就可以的,再好的剧本也是他和陆渐远先过目,觉得能挣钱,再请公司自己的导演从专业角度来看,这一关也没问题了,最后才是各部门的剧本讨论会。

毕竟天颐的规模虽然大,但是一年投拍五六部电影、几百集的电视剧,还有公司艺人的唱片发行，处处都是钱，资金安全尤其重要。

陈导的这个剧本太文艺，假设他的票房能到五百万，那天颐投资二百万就顶天了。但是二百万拍不出来，五百万的票房对于陈导来说也很难达到。

这就是现状，艺术是艺术，票房是票房。

陈导原本以为事情是有转机的，哪想到一早就遭了当头一棒，当即有些蒙。

他无措地搓了搓手，想要再说点什么再争取一下，却又觉得自己好像所有的话都已经说尽了。

陆渐行道："现在天颐手里的项目比较多，相比较而言，你这部片子基调太沉闷了，吸引不了现在的观众。不过我看过剧本了，结构很好，你能简单讲讲这个剧本创作的故事吗？"

"其实，"陈导神色黯然，抹了把脸道，"其实就是有感而发。这剧本是我老同学写的，但是我知道，这是写的我们恩师的故事。他老人家对我俩有恩，如果不是他去找我父母聊天做工作，又借钱给我们报考电影学院，可能我们现在也就种庄稼……"

老教师当年意气风发，很有威望，手下也是频出高徒。无奈因为一些原因，他遭到清退。老教师退休，而儿子又大学毕业，留在了大城市，娶了当地的女孩做媳妇……两种家庭，两代人。

老调重弹，剧本却意在借此突出更多层的道德冲突，人与人的，人与社会的。

其中许多场景并不少见，比如老教师初次到大城市，不会坐地铁，拉不下脸问别人，茫然矗立在人群中，最后买了地铁卡又不会过闸机，卡在了栏杆上。以及剧本最后，老伴儿高血压犯了，他刚看到网上查出了一批不合格药品，自己不懂又不敢瞎买，于是拿着一张写着药名的纸条暴走于烈日下，最终不幸中暑。

分镜图里单独画了那张飘落的纸条，上面的字迹遒劲有力，几个药片名，结束了老教师仓促的后半生。

陈导前后写了十几稿，可是拿着本子找投资，得到的答复无一不是嘲笑他，这不就是个八点档的家庭剧吗？再者，这么沉闷的剧情，既不搞笑也无特效，你觉得谁会周末抱着爆米花去看别人悲惨的一生？

没人愿意看，所以也没人愿意投。

如今陆渐行虽然拒绝了他，但是愿意亲自开车跟他约见面，花费时间听他讲这些，陈导不无自嘲地想，这次化缘起码还受到了一点尊重。

他说完见时间不早了，外面小雨骤停，有三三两两锻炼的市民出来活动。正要跟陆渐行告辞，却见陆渐行手指轻轻扣着方向盘，若有所思地看着自己。

陈导不知为何，心里又升起了一点虚无缥缈的希望。

过了会儿，他终于听到陆渐行问："你的预算是多少？"

陈导道："七百万。"

"可以，"陆渐行点点头，看他发愣，笑了笑，"不过不是天颐，是另一家，瓦纳传媒。你先去拍你的剧，等你那边杀青后，联系瓦纳的刘总就行。"

陈导怔住，哪想到今天大落大起，竟能峰回路转。他有好多话堵在嘴边，最后只憋出一句："谢谢，谢谢您，陆总！"

陆渐行把他送去之前下榻的酒店，七点钟正好谈完。陈导前脚离开，后脚陆渐行的手机就响了。

有人在那边问："今儿忙不忙？忙的话就不用过来了，我一会儿开车带她出去逛逛。"

陆渐行捏了下眉心，闭着眼笑道："我能有什么事？你俩出去玩哪天不行，今天我说好要去蹭饭的，不能赖账啊。"

那人"哎"了一声，爽朗地哈哈大笑："我以为你吃了麻辣小龙虾会辣得不想吃东西呢。"

"我没怎么吃，是陈彩吃得多，"陆渐行道，"你养的那些花是不是都开了？我拿着相机过去给你们拍几张照片。"

"行，不嫌麻烦你就带着，你要愿意带朋友来也行，这儿环境好，就当郊游了。"

"我哪有能带过去的朋友，"陆渐行说到这一顿，忽然想起一个人可以拉来当壮丁，"哎，好像也行。"

他说完挂掉电话，立刻打给陈彩催促那边起床。

陈彩前一晚起夜了两趟，越想越后悔自己吃东西太没节制了。凌晨四五点刚刚睡好，没想到一眨眼，手机又响个不停。

他困得睁不开眼，伸手接了，那边却是陆渐行的声音。

"醒了吗？"陆渐行跟他也熟了，张口就催促道，"起来干活了。"

"……"陈彩心里哀号一声，一想今天五月二号星期六，还是假期呢，干什么活。他睡不好脾气就差，胆子也大了起来，故意道："哎？谁啊……"

"是我，陆……"

"喂喂喂，你好？请说话。喂？哎！怎么没声音呢？"陈彩装模作样地演了一会儿，这才道，"手机坏了呀，咋还死机了呢！算了，回头去买个新的，是该换了。"

他说完吐了吐舌头，把手机一关，继续钻被窝里睡。

迷迷糊糊正要入梦，忽然又听到外面门铃响。

陈彩以为是王成君的快递，只得套件睡衣匆匆去开门，谁知道大门一开，陆渐行的脸露了出来。

陈彩一脸震惊。

他怎么知道地址的！

"穿衣服，"陆渐行眯着眼，一脸不悦地命令道，"跟我出去一趟。"

"今天大老总带我到郊外埋鸡粪。当然作为总裁，他是不会亲自埋的，他充分发挥了资本家的压榨本性，逼着我干，还给我发了个口罩说是员工福利……"

陈彩愤愤地写了两笔，还夹了两个感叹号。

不过虽然写得好像他干了多大的活儿似的，但实际上刚刚他就动了两铲子而已。陆渐行一路开车带他到了山脚下这处小楼时，主人家都已经快干完活了。

陈彩下车后才认出干活的主人家是那个司机大叔。陆渐行喊那人成叔，陈彩看了眼，也跟着这么喊。

成叔正在往一行月季下面埋沤好的鸡粪。他觉得好奇，捂着鼻子往前凑了凑问："这个怎么没开花啊？"

成叔笑着解释："这是从外面捡来的，快不行了，重新剪了一下放这边缓缓。不过这边的土不行，所以埋点有机肥改善下介质。"

陈彩被那味道熏得够呛。他家里倒是也养些花，但就是一两盆，君子兰和杜鹃居多，这属于业余养花标配。月季倒是楼下花坛里就有，但数量不多不说，也没人敢往里用这种有机肥，要不然还不得被骂死。

他觉得气味实在太不宜人，看了看恭维了两句："大叔你太厉害了，什么都懂，这个我就弄不来。"说完刚想悄悄溜回去，就听成叔热情招呼道："这有什么难的，你是不是好奇啊？过来试试。"

陈彩："……"不想试啊！

但是又不好拒绝，陆渐行缩在车里看笑话呢。

他于是硬着头皮有模有样地学着埋了两棵，等一收工，立刻就成了干过活儿的功臣，获得了在成叔的小花园里坐藤椅喝茶的待遇。

陈彩不懂茶，但是也能喝出这茶叶不错。

再看这小楼是处徽派建筑，马头墙小青瓦，楼内正中是天井，有座半人高的假山，下面筑池放水，养着几条活鱼。楼外便是陈彩坐着歇息的小花园，石子儿铺路，群花多而不杂，搭配得相得益彰，显然处处都是有人精心设计过的。

陈彩不无心酸地想，原本还以为成叔就是个开车的，现在一看，人家估计也是一隐形富豪。

合着天底下就自己最穷了。

陆渐行刚从园子里摘了一小碗草莓过来，看他缩在那儿写东西，又是摇头又是叹气，有些好奇地看了眼："干什么呢？"

陈彩立刻把本子合上塞在屁股底下压着，摇头道："没什么，记一下昨天的工作。"

他那个"变脸日记"陆渐行早就看过了，并不觉得有什么稀罕，这会儿他宝贝似的护着，忍不住问："是不是写我坏话呢？仗着我认不出来？"

陈彩心想你还真猜对了，嘴上却道："没有，在写陈导演的事。"

他这会儿想想起来中午陈导就要回去了，回头问陆渐行："陆总，电话我发你手机上了，你收到了吧？"

陆渐行把草莓冲了冲，分出几个到玻璃碗里递给他，这才道："我跟他见过了，这种电影票房上不去，天颐是不会要的。所以只能瓦纳投资，到时候交给刘总去办。"他说完见陈彩咬了一颗草莓下去，笑着问："甜不甜？"

"甜，自己种的就是好，"陈彩又拿起一个，注意力却仍在他刚刚的话

133

上,"票房都上不去了,你还投干什么?不怕赔吗?"

陆渐行道:"怕啊,钱又不多,赔多了老本就没了。"

陈彩转头看着他。

"不过艺术是艺术,支票是支票,"陆渐行坐在一旁的长椅上,一脸我钱多随便花的样子,挥手道,"适当赔一点没关系,小赔怡情。再说也可以让老刘去拉几个广告赞助商,小成本电影,一个镜头便宜点,往里植个十个八个的,也就平账了。"

陈彩:"……"十个八个?

陈彩简直惊了。

他知道天颐投拍的电影里,一个植入的广告镜头动辄数百万,曾经某个购物网站一家就开出了三千万的价格。这小成本电影的广告费再便宜,只要能上银屏,肯定不会白菜价吧?十个八个,再加上陆渐行从票房里得到的分账……这人怎么可能会轻易赔钱。

陈彩之前一直听人说陆渐行不会挣钱,这会儿回想,才觉得自己多是被这人的外表迷惑了,认为颜值高的大多能力低,再加上这人没识破自己的小伎俩,所以才会沾沾自喜,忍不住有些轻视。

谁想君子大义不拘小节,估计大老板挣钱也不管小便宜,所以才没在那些细微处计较。

陈彩顿觉有了点崇拜之情。

"那这么说,你是不是没赔过啊?"陈彩忍不住问,"现在广告费很贵的。"

陆渐行却摇头道:"怎么会呢,也赔,赔的都是大的。电影不像其他东西,别的玩意实在太烂,贱卖或者送人都行。这玩意,太烂了白送都没人看。不过很多时候不能单看赔不赔,口碑和影响也很重要。"

陈彩趁机问:"那瓦纳现在是在树立口碑吗?"

瓦纳就是陆渐行的那个小公司,陈彩之前私底下打听没敢多问,这会儿趁着气氛好才多嘴了一句。

谁知道陆渐行却没回答,而是看着他若有所思地沉默了会儿,突然问:"天颐传媒的VV姐,是不是挖过你?"

这事又不是秘密,陈彩点了点头。

陆渐行却笑着问:"那你怎么想的?如果她再找你的话,你是去天颐,还是留在瓦纳？"

他问这话也像是随口一说，陈彩却暗暗心惊。

他最近的确在这两者之间犹豫不定，

昨天和BB聊天，陈彩还问过对方的意见。主要顾虑当然是瓦纳这个新公司的现状，虽然也是陆渐行手下的，但是看着不是很有前途的样子。

BB当时很诧异，问他："那他自己开个新公司干什么？业务都是重合的，怎么不利用一下天颐这么好的条件呢？"

"自由吧，"陈彩猜测道，"他在天颐是总裁，又不是董事长。说白了总裁就是职业经理人，高级打工仔。这公司怎么样，不是他说了就算，下面各层级各部门，多少人把关呢。最后挣了钱，大头也跟他无关，上次我跟人打听的时候，听说他在天颐的股份一点点，还没王琦导演的多。"

"这么少？"BB吃惊道，"那以后要上市的话，他这得少挣多少钱？"

"话是这样说，但上市的事早着呢，再说他拿钱拿得也不冤，天天中午才去公司，心情不好了说不去就不去。干的活还没他弟弟多。"陈彩想了想，叹气道，"反正他也不缺钱，新公司可能真的就是玩玩，小成本的赌一把，赢了白赚，输了也不伤根基。就是我有点纠结，是该跟着他在小公司呢，还是考虑一下去大公司？"

BB倒是一针见血："那这得看你俩的关系了，关系好，留在小公司。关系一般，就去大公司。"

他并不是唯一一个这么说的，之前陈彩问梦圆那个导演的联系方式，梦圆也顺口问了他一句，以后还会留在这个公司吧。

陈彩只哈哈笑，其实自己心里也没数。梦圆却又接着道："你现在跟陆渐行怎么样了？其实我觉得如果关系好，还是待在新公司好，他是土皇帝，你要点什么都方便。但如果这人靠不住的话，还不如早点跳槽。反正公司收购完成后这边老员工照例要开会，到时候辞职还能拿补贴。"

她这话算是推心置腹，当然话里话外，也是觉得陆渐行不是很能靠得住。

陈彩没想到陆渐行今天就会问这个。

他这会儿不想正面回答，笑呵呵地打太极，对陆渐行道："去哪儿不都是跟着你吗，反正都在你眼皮子底下干活，我是翻不出天去。"

陆渐行想了想也是，笑了笑不再提，眯着眼靠在长椅上休息。

中午成叔做了四菜一汤，摆放在天井正中的长桌上。长桌两侧原本有两条长凳，这会儿被搬走一条，搁了把铺着厚厚坐垫的小木椅。

陈彩原本以为那位置是陆渐行的，过了会儿却见成叔从里面扶了一个挂着拐的妇人出来，慢慢地坐了过去。那妇人也是五十多岁的光景，发顶银丝数缕，体态微微发福，笑呵呵的，看起来十分好说话。

陈彩忙站起来跟人问好，忍不住暗暗打量，好奇这几人是不是有什么关系。

他之前听说过陆渐行被弃养的事情，只是觉得多半是坊间传闻，所以从来没往心里去。

谁知道妇人却朝他笑道："这位就是小领导吗？"

陈彩一愣，就听陆渐行在一旁道："不是，他是我们公司的小年轻。"

"我说呢。"妇人笑了起来，"看着长得就不像，这孩子不错。你多大了？"

陈彩忙答："二十八。"

"好年纪呢，"妇人说，"我儿子跟你差不多大。"

陈彩心想哎，她儿子？

成叔看他一脸茫然，忙在一旁嗔怪道："你不要瞎说，小成才刚毕业呢，怎么就差不多了？"

妇人道："不都是二十多吗，一样的。"

几人坐一块儿分了筷子开吃，妇人对陈彩格外热情，让他吃这个喝那个。家里的饭做得香，陈彩本来打定主意今天少吃点的，被哄着来了一碗接一碗，不自觉就撑了。

下午陆渐行拿着单反给老两口拍照，陈彩则被支使着当助理，一会儿举着个反光板来回跑，又一会儿把周围的杂物花盆搬搬挪挪。人物照、花园照、还有这花那花的特写……

陈彩干了一会儿觉得累，瞅着陆渐行不注意，自己偷偷躲到一旁边吃草莓边看热闹。

陆渐行没察觉，在远处不知道对着什么单膝跪地拍照，因为衬衫的袖口太紧，所以他解开袖子挽上去了一段，露出小臂。

陈彩离得有段距离，拿出手机对着他咔嚓咔嚓拍了几张照。

陆渐行听到快门声回头看他，陈彩就微微倾斜一下，假装在拍眼前的月季。

等到回程，陆渐行才问："你刚刚是不是偷拍我呢？快拿给我看看。"

"没啊，"陈彩睁眼说瞎话，"我刚刚在拍月季花。不信你就查查。"

陆渐行还真拿过去查了查。等往上翻翻，见果真没有自己，忍不住又有些不高兴了。

陆渐行把手机丢回来，鄙视道："几朵花有什么好看的？还拍来拍去那么起劲。"

陈彩心里觉得好笑："你不拍得比我还起劲吗。"

"我那不一样，是给成叔的。"陆渐行慢悠悠打着方向盘，解释说，"那个花园是成叔儿子布置的。现在他人在国外，一年就回一次家，也赶不上花期，所以成叔就拍了照片给他看。但手机拍的还是差点。"

陈彩心想怪不得要大老远带相机过来，不过陆渐行刚刚的姿势很标准，右膝着地，左膝支撑住右臂稳定相机……所以应该拍得挺好看的。

陆渐行的情绪却有些低落，他望着前路开了会儿，忽然又道："其实，父母在不远游是对的，有些事错过了就找不回了。"他说完又扭头，问，"你爸妈在哪儿？给你放个假吧，回家去看看。"

陈彩一时没反应过来，如实道："我家本地的啊，就在城东区……哎？啥？放假？"

陆渐行看他一眼。

"那就给放一个呗，"陈彩讨好地笑笑，"虽然是同城，但是我也很久没回家了。我妈上次给我打电话把我给骂了一顿，说想我想得不行不行的。"

不过事实是他妈让他搞两张某位明星的见面会门票，陈彩弄不来，这才挨得骂。

陈彩还听他爸说他妈现在疯魔了，家里弄了两箱子那位明星的新专辑，都堆在陈彩的卧室里，还不让开封。以前用的百雀羚和大宝也通通不要了，而是直奔商场买那位明星代言的年轻女孩专用套装。

现在陈爸爸别的不怕，就怕这明星代言个潮牌什么的。他可不想穿得花里胡哨地跟老哥们儿一块儿上街去遛鸟。

陈彩本来这几天想回家的,脏衣服都攒好了,一听这架势哪敢回。

他跟陆渐行要假期,其实是想自己自由自在出去玩。

陆渐行没多想,痛快应下:"行,那你要回几天?"

陈彩算了算,明天本来就是法定假期,算进去不划算,一合计,问:"四五六这三天吧,可以吗?"

"可以。"陆渐行答应得很痛快。

陈彩暗暗在心里欢呼了一声,赶紧拿手机给BB约时间见面,信息发出去,又纷纷搜罗其他狐朋狗友。

陆渐行又问:"那你回家带什么东西?"

"我不带东西啊,"陈彩说,"隔三岔五地就见,带什么他们也不稀罕。"

陆渐行慢吞吞地"哦"了一声:"我倒是有个挺好的建议。"

"什么建议?"陈彩看他。

"要不……这次就带上我?"陆渐行有点不好意思。

第5章

领导说行不行?那必须是行。领导问好不好,答案只能是好。

陈彩深谙此道,立刻痛快答应,只不过转头看着车外的时候仍忍不住暗暗哀号,在心里骂了一路。

陆渐行还体贴道:"不用特意告诉你爸妈,就当是普通朋友就好。"

陈彩心想你真是普通朋友还好了呢,我把你往家对面的饭馆一领,两人开个啤酒要俩小菜,这事不就解决了吗。可你不是啊!你是老板,苦了谁哪敢苦了你啊,得哄着!

他心里直叹气,晚上回家,立刻把消息告诉了陈妈妈。

陈妈妈这几天想出去玩,一听他要回来就有些不乐意,在那边埋怨道:"没事你回来干什么啊?一个月回家一次就行了,老往家里跑我给你做饭多麻烦!"

陈彩心想你可真是我亲妈,忙辩解说:"这不是快母亲节了吗。母亲节我们可能要出差,老板体谅我们,所以提前放个假。"

"这样啊……"陈妈妈口气好了点,"母亲节是得过,提前两天也行。"

陈彩松了口气。

"那过节礼物你打算给我买点什么啊?"陈妈妈不忘叮嘱他,"别随便买,买得不合我心意了浪费钱。"

"……"陈彩没想买礼物这事,捂着心口问,"那你说你想要什么。"

"你这通知得太急了,我还没个心理准备。"陈妈妈道,"等晚上我跟你爸商量一下。"

"那你们悠着点儿,儿子挣钱不容易,那可都是血汗钱。"陈彩听那边高兴了,这才赶紧提起正事,"再有件事就是,我这次不是自己回去,我领导跟我一块儿。"

陈妈妈忙着挂电话,随口"哦"了一声,不是很在意的样子。

陈彩忍不住强调:"是我老板,给我发工资的那个。你看着跟我爸爸多买点菜,什么鱼啊肉啊提前准备上,好好做几桌。实在不行从咱家对面的聚贤楼订酒席也行,让他们到时候给送上去。还有我那屋给我收拾下啊,洗好的床单被罩你放我床上,到时候我当着他的面给换上。"

陈妈妈这才明白过来:"不对啊,你领导过来不就是吃一顿就走吗?怎么这架势还得住下?"

"对啊,得在咱家住两晚上呢。"陈彩道,"我搭他的车回去,一块儿回一块儿走。"

"这是体验生活来了?"

"算是吧。"

陈妈妈当老教师的说教习惯立刻提上来了,在那边啧啧道:"什么大鱼大肉多做几个盘子啊,你想多了。老板下来体验生活,肯定是想过艰苦朴素的日子,这叫忆苦思甜你知道吗?这个你不用管了,我跟你爸弄就行。"

"我的亲妈啊,你千万别!"陈彩吓一跳,赶紧阻止她,"我们老板平时特别讲究吃喝的。你可别折腾,要不然我工作就丢了。"

陈妈妈不悦道:"说了不用你管了,正好让老总体验一下咱家生活多么不易,也给你涨涨工资。"

陈彩:"什么?"

这什么神奇的脑回路?

陈妈妈说完像是制定了什么宏伟的计划,立刻把电话挂了。

陈彩不敢说她,赶紧向自己老爸求救。还好陈爸爸比较靠谱,对陈彩道:"我先看看老婆的意思,要情况不妙我就从外面买一点。不过聚贤楼肯定不行,爸爸手里的可用余额不足,那饭店规格太高了。咱家楼下不是有个小炒店吗,我从那提前买几个菜。"

陈彩家楼下有家南方人过来开的炒菜店，大锅里一炒，完了给倒在铝盆里端着往外卖。素的五块钱一份，肉的十块钱，十块的还能搞双拼。

陈彩表示可以转私房钱给他，陈爸爸欲哭无泪："儿啊，你爹我又没有支付宝。"

陈彩心都要凉了。

就陆渐行那矫情劲儿，给陈彩十个胆儿也不敢让他跟自己回去吃糠咽菜。他想了想，只得自己提前取好钱，又记下自家附近几个饭店的位置，准备不行就拉着人出去吃。做好这些工作，又挨个给朋友打电话说自己不能出去浪了，这般那般地解释了好多遍。

四号这天一早，陆渐行就过来敲门了。

陈彩刚睡醒，叼着牙刷去开门，无奈道："我看干脆给你配把钥匙得了。要不然动不动一早被老总敲门，我这心脏受不了啊。"

陆渐行跟着后面纠正他："我不光是你老总，还是你挚友呢。知道你住处是应该的。"

"你问的王成君？"陈彩这才想起来问他。

谁知道陆渐行却摇头道："没有啊，我问的物业。那几天王成君跟着我跑步正好让物业看见了，所以我一问那边就告诉我了。"

陈彩："……"

陆渐行还挺得意，笑道："你们这叫聪明反被聪明误，懂吧？"

陈彩不知道他都想了些什么，懒得争辩，洗漱完回头，再仔细看陆渐行今天的装扮，觉得有点不对劲。

"陆总，你穿这一身是不是有点太正式了？"陈彩自从认识陆渐行，就发现这人好像天天穿的是西装革履，只不过每次的款式颜色稍有不同而已。平时工作，这样穿没问题，可是这两天去自己家玩，再穿得跟去颁奖礼似的就有点别扭了。

陆渐行没觉得有问题，低头看了看："头次登门，为表礼貌啊。"

陈彩心想可别了，我妈打算让你体验贫民生活呢。不过他也不敢说，只得委婉地提醒道："不用这么隆重，我家条件不太好，周围环境特别脏乱差。你穿这身过去跟环境格格不入的。"

陆渐行不信："能有多脏乱？"

陈彩道:"城东区那块不是拆迁吗?所以我们要走一段,路过一处垃圾场。小区里倒还可以,但因为是老楼盘,所以没物业管,地上都是什么狗屎啊、塑料袋啊、小孩出来扔的糖纸啊……楼道里屋顶上有蜘蛛网,白墙也掉灰。我家里虽然干净,但是地方太小,转身就是灶台。"

陆渐行:"……"

陈彩道:"你这衣服这么贵,去了不到半天就变样了,到时候还得保养,多不划算啊。再说脏了也没什么,就怕你太鹤立鸡群了,一去了就成了我们小区的风景线,到时候周围的三叔二婶这楼那楼的,三五成群地过去参观,咱都没法出去玩了,你就坐在那儿当风景吧。"

陆渐行心想还能这样?

不过他脑补了一下,自己坐在陈彩家的小凳上,外面一波一波过来参观他的人,陈彩站门口挨个跟人介绍:这是我老板,今年多大,如何如何……怎么想都像是动物园看猴儿啊!

陆渐行终于改了主意,道:"那要不然,你去帮我看看吧。"

陈彩把自己的东西扔他车上,跟陆渐行又回了他家一趟,直奔衣帽间。等一开门,他才是真的惊了——春夏、秋冬各有一个衣帽间,每一个都跟卧室差不多大。平时有推拉门隔着,陈彩也没注意过,这下才觉得这才是有钱人的生活。

脑袋上挂着水晶灯,地上铺着白色毛毯,正中是皮凳。三面墙满满当当的衬衫、西装和礼服,另小部分则是柜子,里面分门别类搁着领夹、袖扣、皮带、鞋子……乍一看特别像是处高定展览馆。

陈彩心想这也太豪华了吧,看了会儿回过神,只得略过这些,去角落里翻了翻,好歹找出一身运动服,对陆渐行道:"穿这个。"

陆渐行瞥了一眼,犹豫着不想穿。

陈彩忙哄他:"这身最合适,我也是运动服啊。再说浅色衣服挑人,一般人会显黑,不像你,本来肤色就白,穿着清爽,特别有气质……"

陆渐行这才不情愿地去换上。

陈彩又给他拿了一身深蓝色的带着,本来还想取件风衣,怕这两天会下雨,可是一伸手,看到上面的顶级奢侈品的标牌,又赶紧作罢了。真下雨,那风衣一淋就瞎了。

两人换了东西驱车往陈彩家赶，出门碰上上班高峰期，走走停停，到小区已经是十点半。

　　小区没有大门，楼栋前有各家用油漆画的停车位标志，上面写着车牌号。

　　陆渐行看得眼花，正要问陈彩，就听后者道："往前开就行，我家在中间那个楼。停下面车库里。"

　　陆渐行开过去，问："左边那个还是右边这个？"

　　陈彩道："两个都是。"他说完忽然脑子一热，扭头冲陆渐行一抬下巴，嘚瑟道，"说你喜欢哪个，都是哥家的，随便挑。"

　　"……"陆渐行道："右边这个吧。"

　　陈彩打了个响指，拿出手机："等我打个电话哈，跟我爸要钥匙。"

　　陆渐行一愣："你没钥匙啊？"

　　"我只有左边的钥匙，"陈彩嘿嘿一笑，"右边这个以前借给许焕家用了，后来他家搬走了才还回来，我爸嫌麻烦一直没往外租，钥匙也在他那儿。"

　　陆渐行知道他跟许焕是朋友，但不知道还是邻居。

　　"你们以前就认识？"陆渐行忍不住问。

　　陈彩想了想："这怎么算啊，反正上学那会儿我俩就玩得比较好，离得近，两家关系也行。"他不想多谈，一摊手，"反正就那样吧。"

　　陆渐行微微皱眉，改了主意："那我还是用左边的车库吧。"

　　正好手机响了两遍也没人接，陈彩干脆下去给他开了车库，又帮忙提了礼物上去——一盒补品，一支96年产的木桐山庄的干红。陈彩不懂红酒，猜着应该不便宜，可能是陆渐行从自己的酒窖里取的。

　　可是这边带了红酒上门，那边却打算粗茶淡饭给他来个变形记，陈彩越想越觉得惆怅。

　　等到了家，敲了两下门，里面却没人应，陈彩掏出钥匙自己开了，先探着脑袋往里一瞧，好歹松了口气。

　　家里明显收拾过了，地板擦得锃光瓦亮，真皮沙发上的套子揭掉了，露出了数年没见的真容，桌椅板凳也归拢得很利索，窗台上还插了两朵花。

陈彩心里暗暗庆幸，心想还好还好，老妈勤快了一回，没给丢人。

陆渐行跟着进来换了鞋，往里一看，也忍不住道："你早上忽悠我是不是？你家这不挺好的吗？"

就是普通的老式民宅，虽然他没住过，但是进来就觉得很亲切，觉得特别有生活气息。

陈彩嘿嘿笑："这哪叫好，跟你家没法比吧，你那个洗手间比我卧室还大。"

他回到家里也轻松，让陆渐行在沙发上坐了，自己钻到厨房里，过了会儿拿陶瓷缸子接了杯水出来，神神秘秘道："给你。"

陆渐行好奇地看了眼缸子。

陈彩好笑道："让你喝水。这陶瓷缸子是新的，我过年的时候特意从网上买的，还没用过。"他说完见陆渐行只闻不喝，一脸怀疑地看着自己，忍不住问，"怎么了？又没给你下毒。"

陆渐行警惕地看着他："那你先说这里面是什么？"

陈彩心想你这会儿警惕了，早说要来我家的时候怎么不想想会不会不安全。他这会儿回到自己的地盘，觉得自在，顿时大胆起来，嘿嘿道："你猜呀？"

陆渐行眼睛睁大了一点，瞪了过来。

陈彩老大爷状跷腿，吓唬他说："实话告诉你吧，这里面加的可是迷药，这会儿你不喝也没有用了，从现在起你在我家吃的喝的用的，里面可都是加料了的！"

他说完得意扬扬地大笑两声，正要等着陆渐行的反应，就听主卧门突然响。

陈彩蒙了一下，一回头，就见老妈黑着脸推门走了出来。

陈妈妈刚刚听他说话都要气死了，站出来伸手一指，怒道："你瞎叨叨什么呢陈彩？爸妈教你的礼节都吃狗肚子里了？"

陈彩脸差点摔地上，忙站起来喊："妈……你怎么在这儿？"

"我补觉呢，"陈妈妈没好气地瞪他一眼，又觉得当着外人不好训孩子，扭头去看陆渐行，"这谁啊？你不介绍一下？"

"这是我老板，陆总。"陈彩心想这下丢人丢大了，忙冲陆渐行道："这是我家老太太。"

"阿姨好。"陆渐行愣了一瞬,被老太太的架势吓了一跳。

陈妈妈看了陆渐行一眼,才笑了下,"小陆,来家里就别拘束,阿姨不拿你们当外人了,平时吃什么就给你们做点什么了,别嫌弃。"

陆渐行立刻点头道:"随便做点就行,您受累了。"

陈妈妈要去买菜,她拿了小包出去,刚一关门,陈彩就去各个屋子里转了转,厨房洗手间都检查一下,大抽屉小柜子也都拉出来看看。

陆渐行跟他后面一块儿看,疑惑道:"你找什么?"

"找找我爸。"

陆渐行没忍住,扑哧一下笑了出来。

陈彩也嘿嘿笑:"我家里人就这样,很随意,你习惯就好哈。"

陆渐行笑了笑,又觉得有点渴,端着刚刚的陶瓷缸子喝了口水。

很好喝,甜丝丝的,应该是蜂蜜水,还有种淡淡的花香。他喝一口闻一下,不知不觉缸子竟就见底了。

陈彩看他喜欢,又去冲了一缸给他,这才解释道:"这是我妈朋友送的茶花蜜,你要喜欢的话等走的时候带一瓶。"

陆渐行有些不好意思:"不用,回头我自己买点就行了。"

"外面没有卖的,你别买到假的了。"陈彩道,"茶花蜜对蜜蜂的幼虫有毒,采的话蜜蜂得分区,太麻烦了。我妈那朋友每年只弄一点点自己喝。外面很多都是假蜜。"

他说着去厨房把另一罐找了出来,正好还没开封,陈彩拿保鲜膜给缠了好几层,又找了个纸袋子装着。

两人正忙活着,陈爸爸从外面遛鸟回来了。

陆渐行很自觉喊了声叔叔。

陈爸爸长得跟陈彩有点像,微微发福,但依旧很帅气。他笑呵呵地应了声,见眼前的小伙儿身板儿正,气质也好,忍不住多看了一眼。

陈彩忙给两人介绍,等说完,趁着老爸去挂鸟笼的工夫凑过去,压低声道:"爸,我给你钱,你赶紧去饭店帮我买几个菜吧。"

"你妈呢?"陈爸爸问,"她没说吃什么?"

"她买菜去了,回来我再跟她说。中午就别做了,咱吃酒席。"陈彩从口袋里掏出一把钱交过去,一想点菜太麻烦,他自己也不知道有什么,于是道,"你就跟聚贤楼说,照着婚宴上的标准来就行,让他们给送过来,酒水就不要了。就是咱家桌子小了点,六楼的林阿姨家是不是有个大圆桌来着?要不就去他家借一下?"

陈爸爸为难道:"林阿姨刚跟你妈吵了架。"

"怎么了?"

"她闺女不是让你帮忙找许焕弄签名吗?还弄了一信封的照片。后来你不愿意,你妈就给她还回去了。小姑娘在家好一顿哭,你林阿姨就不乐意了。"

陈爸爸越说越乐,随后左手一叉腰,学着林阿姨的样子摇头晃脑道:"哎哟我说老陈家的,办不了的事不要夸那个海口,今时不同往日喽,人老许家早不把你们搁眼里了。"

陈彩:"……"前面那事他知道,这个林阿姨有点过分啊。

不过他爸学得可真像。

陈爸爸又把右手放下来,双手叉腰学陈妈妈冷笑:"没关系啊,我家又没个追星的孩子,天天许焕长许焕短要死要活,还得让自个老娘到处找人帮忙,帮不了就倒打一耙反咬一口,老街坊的人缘儿哦,都败光了,作孽呀……"

陈彩:"……"

"就这样,"陈爸爸一摊手,"掰了!"

"我怎么看着你挺高兴呢?"陈彩瞅了他爸一眼,又有些犯愁,毕竟这时候出去吃就太麻烦了,而且还怕他妈不愿意。

爷俩在里面嘀嘀咕咕商量一顿,最后决定暂时在茶几上凑合,到时候搬几个小凳就行了,饭菜不行吃完一波换一波,总比真粗茶淡饭的强。

两人商量得挺好,就是没想到陈爸爸刚揣着钱出门,还没下楼梯呢,就遇到老伴儿了。

老两口迎头碰上都愣了下,陈妈妈诧异道:"你干什么去啊?家里来客了知不知道?"

陈爸爸还想隐瞒一下,摆手道:"知道,我就出去一趟。"

"去哪儿啊?"陈妈妈觉得不对,把人拦住,上手就去掏兜儿。

陈爸爸知道瞒不过去,只得如实道:"我去买点菜,上面那可是陈彩的老板,你看你弄些黄瓜西红柿的,人家又不稀罕。伺候不好,回头儿子工作不好做。"

陈妈妈却啧啧地说:"什么叫伺候不好?老板要享福的话用得着跑咱家了?"

陈爸爸一脸苦恼,又不敢反抗。

陈妈妈一抬下巴:"别管他,该怎么来就怎么来就行。"

陈彩一看他爸妈一块儿回来,就知道事情不好了。

午饭果然很简单,就几个家常炒菜,不过也不算寒酸。

陈爸爸从厨房拿出了自己泡的梅子酒,问陆渐行:"小陆能喝吧?"

陈爸爸酒量不好,陆渐行喝酒头疼。

陈彩见状忙阻止:"吃饭就吃饭,酒就别喝了吧?"

谁知道陆渐行平时挺挑剔的,这会儿却老老实实,态度诚恳地在一旁道:"没事,我能喝点。"

陈爸爸没好气地看了陈彩一眼,朝陆渐行竖了下拇指,立刻把大酒瓶拿上来了。

陆渐行忙接过来给他满上,又给自己倒了一杯。

菜还没开吃,两人就碰杯走了一个。

陈爸爸这才高兴了一点。

一桌人开始吃饭,他边吃边喝,时不时地给陆渐行夹几筷子菜,劝两句酒。酒杯碰了没几次,陆渐行的脸就红了。

陈彩既担心陆渐行讲究,他爸没用公筷不太好,又怕陆渐行酒量不行喝了难受,忍不住提醒了两句。

陈爸爸干点什么总被打断,顿时有些不高兴了。

"你现在怎么回事?"陈爸爸不悦道,"我跟小陆喝个酒,你怕什么?"

"这是我们老总,"陈彩看出他不痛快了,小声解释道,"真的是我们老板,不是普通朋友。"他怕说不是朋友陆渐行不高兴,可是加上"普通",又有点词不达意了。

陈爸爸皱了下眉。

陈妈妈眼波一转,见状笑道:"陈彩,你去你王大爷家借两根葱去,一会儿汤好了得用,家里没了。"

陈彩知道他们这是要支开自己,有些不情愿,慢吞吞地起身,又拿胳膊

147

碰了一下陆渐行，举了举自己的手机。

他的意思是有事电话。

陆渐行却已经喝得有些晕了，只茫然地看了他一眼。

等陈彩一出门，陈爸爸才哼了一声，转头问："小陆，你真是陈彩的老板？"

陆渐行想了想，如实道："算是吧，最近才是的。"他见二老不太明白，简单解释了一下，"陈彩他们公司的老板不干了，公司被我买过来了。"

陈妈妈大吃一惊，没想到还真有这层关系。

陆渐行笑笑："这次过来蹭饭是我的主意，中秋节了，一个人待着有点孤单，就冒昧了一次，打扰叔叔阿姨了。"

陈彩爸妈对视一眼，再看这孩子，人长得正，性格也好，说话还实在，越看越觉得喜欢。

"你平时一个人住啊？"陈妈妈给他盛了碗汤，问，"你爸妈不担心吗？"

陆渐行有些愣神儿，过了会儿才笑道："我养父母不在了，我这几年才到爸妈这边，他们不太管这些。所以我能理解您们二老……有人担心挺好的，陈彩有福气。"

陆渐行笑笑，又给自己满了一杯酒，对陈爸爸道："叔叔，我再敬您一个。"

陈彩在路上给陆渐行打了两遍电话，没人接。一路拿着葱心急火燎地跑回来，一进门就发现气氛不对了。

陆渐行和他爸爸都没在，就他妈在一边拿着笔写写画画，不知道在干什么。

陈彩蒙了下，把葱往旁边一扔，赶紧问："人呢？"

"嘘……"陈妈妈嗔怪地看了他一眼，又指了指他的卧室，"小陆喝多了，在你屋睡着呢。"

陈彩"啊"了声就要去看，又被陈妈妈拉住了："这孩子也是个可怜人儿，你以后可不能欺负他。"

"他怎么了？"陈彩诧异道，"刚刚不是还好好的吗？"

"你知道他的身世吧,"陈妈妈把刚刚陆渐行的话说了一遍,末了唏嘘道,"你记不记得那部电视剧?美丽的西双版纳那个?小陆就跟里面的孩子一样一样的,爹不疼娘不爱的,这里那么大,也没他一个家……刚刚你爸跟他在那儿哭了半天呢,两人哭累了,这才一人一边睡觉去了。"

陈彩吓了一跳,心想,这可还行?怎么吃饭还能给吃哭了?

他也不听自己老妈念叨了,应付两句赶紧回了卧室。

陆渐行果然躺那儿呼呼大睡,挺帅的人,这会儿喝酒喝得脸红脖子粗的,睡觉还皱着眉。

他从一旁扯过毯子给这人盖上,去洗手间烫了块毛巾,拿过来给陆渐行擦脸。再看看,又隐约觉得这人眼睛好像肿了些。

陈彩之前买了不少明目贴,搬家的时候没有全带走,这会儿翻箱倒柜地找出来,取了一对给陆渐行贴上。

谁知道第一片刚放上,原本熟睡的人突然一个激灵,睁眼了。

陈彩正在低头给他贴眼贴,冷不丁四目相对,顿时被吓了一跳。

"你不是睡着了吗?"陈彩惊魂未定地跳开,"突然睁眼要吓死我啊!"

陆渐行看着他。

陈彩吼完就后悔了,觉得自己太凶,又放软口气道:"给你贴片眼贴,你不是刚哭过吗,这个冰冰凉凉的,贴上能舒服一点。"

谁知道陆渐行却摇了摇头,小声道:"我没哭。"

陈彩一愣,一脸疑惑地看了过来。

陆渐行悄悄往门口看了眼,见卧室门关着,这才不好意思道:"刚刚跟你爸喝着酒呢,他不知道为什么,突然就开始哭了,还认了我做干儿子。我有点蒙,所以就陪哭了一会儿。"

陈彩:"……"

陆渐行看陈彩瞪着眼愣在那儿,还关心道:"你爸没事吧,是不是有什么伤心事啊?也不知道我假哭得像不像?"

因为假哭哭得很成功,陆渐行睡了个午觉起来,在陈彩家的地位立刻就跟之前不一样了。

陈爸爸起得比他早,不知道从哪儿翻出来两根老式的钓鱼竿,拴上鱼线，等这两人从卧室出来，便立刻吆喝着一块儿去水库钓鱼。

陈彩家离着水库不远，三人步行过去，陈爸爸找了两处风水宝地，跟陆渐行一人一边，坐着板凳边聊边钓。陈彩手里没家伙，只能来回跑，给两人打下手，挂鱼饵。结果一直等到日薄西山，鱼饵扔了不少，鱼是一条都没见着。

陈彩白忙活了半下午，也没捞着碰鱼竿儿，往回走的时候忍不住在后面嘲讽道："就你们俩，聊天聊那么嗨，嘻嘻嘻哈哈哈的，鱼又不聋，能咬钩才怪呢。"

陈爸爸"嘿"了一声，很不赞同道："这水库天天人来人往的，那么多声音，鱼都习惯了，这鱼不咬钩跟我们说话没关系。"

陈彩不服："那你说跟什么有关系？"

"今儿天气不好，"陈爸爸一本正经道，"太晒了，水热，小鱼儿又没防晒霜，怕出来后晒黑了。"

陈彩没想到他爸当着陆渐行的面也好意思这么强词夺理，简直震惊了。

谁想陆渐行比他爸还不要脸，在旁边一唱一和道："今天风向也不对，鱼咬饵的话是逆风的，会呛着。"

"对，地点选得也不完美。"陈爸爸补充。

"鱼饵挂得也有点大，"陆渐行说到这儿，立刻回头看着陈彩，指责道，"这就是你的问题了吧，你挂那么大的鱼饵，它们肯定就咬着跑了啊，怎么可能会上钩。"他说完还问"友军"，"你说是吧，叔？"

陈彩头疼得够呛。

果然，陈爸爸立刻应和："对，就赖他。"

干儿子得意扬扬，亲儿子痛心疾首。三人吵吵闹闹往回走，一到楼下就闻见香味了。

陈妈妈下午跟他们一块儿出去，买了一车的东西回来，这会儿桌上已经摆满了菜，醋熘焖蒸清炒样样俱全。陈彩吃了一惊，跑厨房去看，那边竟然还有菜，高压锅里压着汤，砂锅里做着红烧肉。

"你怎么做这么多？"陈彩震惊道，"咱家过年也没这么隆重吧？"

"明天我跟你爸要出去，"陈妈妈回头见是他，解释道，"你姥姥摔了一跤，我明天跟你爸回去看看。这样没法好好招待小陆了。今晚多做点儿，锅里也给你们留些现成的,明天直接吃就行。"

陈彩担心道:"我姥姥没事吧?"

"没事,就是住院观察一下,身边得有人。"陈妈妈问,"你们钓着鱼了?"

"没,"陈彩赶紧告状,"我爸跟小陆一直在那儿聊聊聊,把鱼都聊跑了。就这样,他们还赖我鱼饵给他们挂得太大了。"

陈妈妈"哦"了一声,却问:"那你怎么不给弄小点呢?"

陈彩:"……"

陈妈妈也没觉得哪里不对,看他愣在那儿,还顺口夸道:"我看小陆这孩子真不错。以后没事就来家里吃饭,别见外。"

陈彩算是看出来了,陆渐行得了二老的眼缘儿,别说他高高帅帅的又装老实人,就是这会儿什么事都不干,他爸妈看着也喜欢。

这次晚饭做得有些过于丰盛了,陈彩原本想着控制一下饮食,可是他妈难得会下厨整这么多,有些菜又怕过夜浪费,忍不住多吃了两碗,顿时有些撑。

陆渐行吃得比他还多,整整一锅红烧肉,里面还有不少虎皮蛋,几乎都进了他一个人的肚子。

饭后陈彩爸妈下楼去溜达一圈消食,陈彩去准备铺床,这才有些担心地看着陆渐行问:"你吃这么多也不怕撑着啊?"

谁知道陆渐行吃饭的时候还有说有笑,这会儿突然板着脸,没好气道:"你心疼我吃啊?"

陈彩:"……"这人怎么突然就不讲理了?

陆渐行还真的吃多了,这会儿坐沙发上自己揉肚子,边揉边控诉道:"我给你放了假,开车带你回家,陪你爸妈聊天,你还心疼我吃你家大米?"

陈彩这下听明白了,瞅他一眼:"我看你在这儿挺舒服。你说以后过年过节的,我爸妈到时候做点好吃的喊你来,别人给点稀罕东西也给你送。你说到时候见还是不见?"

"见啊。"陆渐行才不觉得是个事呢,"我跟你爸妈特别投缘,有事没事聚一聚也挺好的。"

陈彩心想你这是认识了两个忘年交的老友啊，摇摇头无奈道："随便吧，你开心就好。"

他进去把干净的床单被罩套上，枕头尽量拍松软了一些。又从衣柜后面找出一个小的乳胶垫。

城东区这边没什么娱乐设施，路灯也灭得早。陈彩爸妈遛了一圈回来就去休息了。陆渐行也不好意思在客厅多待，跟二老道过晚安，也早早回了卧室。

陈彩正在小桌旁看手机写笔记，看他进来，指了下床铺道："床单被罩刚给你换上，都是才洗干净的。你晚上要不要洗澡？"

"不用，"陆渐行看见铺好的垫子，有些意外，"你要打地铺？"

陈彩不好意思道："我晚上睡觉不老实，别踢到你。"说完见陆渐行不信，又举例道，"上次我跟朋友挤一张床，因为晚上刚看了个动作片，所以做了个同类型的梦。第二天起来一看，我朋友腰都青了，他说我晚上犯病，大喝一声，把他给踹了出去。"

陈彩说的是实话，因为那天跟他挤一张床的是BB，陈彩一脚把人踹到床尾，气得BB半夜把他拉起来，两人打了一架。只不过后半段他没说，觉得有点太丢人。

陆渐行撇了下嘴，二话不说自己去睡了。

陈彩却一点都不困，他把大灯关了，在一旁开着小台灯忙了会儿工作。

朋友圈里刚有人发了新的剧组信息，还有不少招聘链接，××传媒的，艺人工作室的。陈彩之前没想跳槽的时候对这种招聘信息都直接跳过，最近他摇摆不定，忍不住都点开看了看。这些招聘信息上都只写着职位要求和接收简历的邮箱，并没有大概的薪酬待遇。像是××传媒这种大公司，招的人数也很少，只有两个助理。

陈彩简单浏览了一遍，没看到合适的。又遇到有人向他打听经纪人证报考的事情。

陈彩这才意识到，又是五月份了，不知道会有多少人会去考经纪人证。

他隔三岔五地就会听到身边人慨叹如今经纪人多么稀缺，这个行业准入门槛多低，又多么需要发展，可事实是每年都有大批的人考证求职，B市地区年年爆满。然而不知多少专业对口的、个人能力突出的，求职无门，被不知名的小公司骗去了拉人头。

剩下的那些,可能会有跟自己一样幸运的,找个正规又合适的公司开始做起,但更多的仍是去做了助理的工作。

这个圈子说是开放,但实际比谁都排外。人脉才是最值钱的存折。

陈彩想到这儿,又有些心灰意懒,挑着信息给人回复了,扭头又看到了床上躺着的大号存折。人各有命,他们年纪差不多,处境和地位却截然不同。陈彩叹了口气,把东西放好,轻轻关上了台灯。

第二天陈彩赖床,陆渐行倒是起得早,换了另一身深蓝色的衣服,送了陈彩爸妈下楼,又绕着小区跑了一圈。

陈彩睡意蒙眬中觉得有人拍自己的脸,再一看,陆渐行发梢微湿,眉目清润,已经从外面锻炼回来了。

"我爸妈呢?"陈彩裹了裹被子,觉得空气有些凉。

他记得这几天没预报有雨,但是看着窗外灰蒙蒙的,似乎天不太好。

果然,陆渐行道:"外面下雾,你爸妈怕路上耽误时间一早就出发了。"他说完一顿,笑了笑,"他们还说你从小就懒,爱赖床,让我今天使劲笑话你。"

"我才不是懒,"陈彩往被窝里缩了缩,哼唧道,"我是需要静养。"

两人一人一头开始抢被子,嘻嘻哈哈地瞎闹了会儿,陈彩好歹是清醒了。

早饭陈妈妈留了现成的,两人洗漱完毕简单吃了几口,提着鱼竿继续去水库。

陈彩对于陆渐行执着于钓鱼这事十分不理解,锁门下楼,忍不住嘟囔道:"钓什么鱼啊,这边水库里鱼又不多。就是钓上来了我也不会做。"

陆渐行却道:"野钓的乐趣不在于鱼,找个安静地方,吹吹风,看看景,也挺好的。"他说完却不往昨天那条路上走,而是拐向了右侧杂草丛生的小坡上。

陈彩看见忙提醒他。

陆渐行却笑笑:"你跟我来就知道了。"

两人踏着杂草往里走出几米,陈彩心里正犯嘀咕,忽就见前方隐约露出一条蜿蜒经过的鱼肠小径,两侧开着零星野花,再往前走,尽头赫然是一处凹进来的小水湾，两棵歪脖子柳树靠山面水，好不寂静。

陆渐行隐隐有些得意，指着那水湾道："我今天跑步的时候就看见它了，费了好一番工夫才发现这小道。今天我们在这边试试。"

陈彩十分怀疑："这边能有鱼吗？"

陆渐行比画了一下："比昨天的地方好，朝阳，避风，草多，水深合适。这种地方比较好钓。就是今天温度低了点，估计鱼的胃口不大，我们试试。"

他说完找了处地方，把马扎一放，自己搓了点饵料挂上，鱼竿轻抖，缓慢压了下去。

陈彩这次暗暗吃了一惊。昨天陆渐行胡扯一顿，又是风不好又是鱼饵大，他还以为这人瞎说，谁知道竟然都是真的，而且看陆渐行这架势，也是个钓鱼的老手了。

陆渐行架起鱼竿后便不再言语，陈彩学他，也有模有样地选了处地方，然而风一吹，他的鱼漂就跟着跑，再拉回来换地方，没几次就没了耐心。

陈爸爸昨天不给他鱼竿也是因为这个，用陈爸爸的话说，跟陈彩一块儿钓鱼特别扫兴。

他老人家做这个是消遣，空手而归不觉得丢人，偶尔钓上一两条必定会大肆庆祝。陈彩却不一样，他沉不住气，每次巴不得一下钩就能起钓，次次都钓大的，心态有点像赌博，且是一本万利的豪赌心态。

赌博讲究手气，陈彩觉得自己开局不好，索性把鱼竿一架，让陆渐行帮自己一块儿盯着，自个去后面溜达去了。

刚刚陆渐行带他走的这段路并不短，陈彩小时候被严禁来水库，所以对周围地形并不熟悉。这会儿沿着那条半道插进来的鱼肠小道往回走，倒是意外瞅见后面有野生的果树，成串的红色果子已经熟透，地上也散落了不少，还有些被鸟啄了。

陈彩快走了两步，捏了一个尝了下，微微发酸，但野生野长，口味比较特别。陆渐行这人毛病多，陈彩看了眼，绕开了下面好摘的，尽量攀住高处的枝条，挑了些熟透又干净的放自己兜里。正忙着，就听手机响。

来电号码十分陌生，这边一接起，就听对方问："请问是陈彩吗？"

"我是，"陈彩疑惑道，"您是？"

"你好陈彩,我是天颐传媒的艺人部总监魏玮,"对方笑道,"你现在方便讲话吗?"

陈彩愣了两秒才反应过来:"VV姐?"

VV姐的原名就是魏玮,只不过大家都喊代称以示尊敬,很少有人直呼其名。陈彩前几天还在想这事,没想到那边就找上门了。

VV姐笑道:"是我,你现在在上班吗?"

"没有,我请了两天假。"陈彩道,"明天就回公司了。"

"嗯,是这样,"VV犹豫片刻,干脆道,"我这边有个空缺的职位,是给经纪人做助理,薪资待遇比较高,之前有人向我推荐过你,所以现在想问下,你有这方面的意向吗?"

陈彩的确对于天颐有些心动,但并不想做助理,于是试探道:"VV姐,我之前的工作是艺人经纪,所以对于助理业务可能不太熟悉。"

"这个我知道,但是我们公司的经纪人都是内部提拔,毕竟每个公司的业务流程不一样,所以做助理也是非常必要的一步。"VV四两拨千斤,简短说完,又笑了下,"如果你犹豫的话,也不必着急给我答复,这个是我的工作号码。下周一之前给我答复就可以了。薪资和其他都可以再谈。"

陈彩连忙道谢。那边估计要忙,匆匆挂了电话。

陆渐行这会儿的工夫已经钓了小半桶了。

临近中午,雾气已经早早散去,有太阳照到平台处,他嫌晒,让鱼竿搭着,自己找了处阴凉地方坐着。

陈彩回来朝桶里看了一眼,顿觉羡慕:"你还真有两下子,昨天怎么就一条都没钓上来?是不是故意放水,怕我爸面子上不好看啊?"

陆渐行笑了笑,没否认。

陈彩走过去,边从兜里往外拿果子边道:"那样的话你可是想多了,我爸这人胜负心不强,你钓多了他才高兴呢。"

"那看来你不像你爸啊,"陆渐行抬眼看他,点评道,"你这人胜负心挺强,不光有胜负心,还有野心。"

"有野心多正常,这个谁能没有一点?"陈彩也不否认,想要说他,又觉得直说不好,只得隐讳地说道,"你钓鱼不也一样吗,讲究位置、朝向、温度、时间……考虑这么多，不就是为了钓多点。"

"但是考虑太多了，也未必能如愿，"陆渐行道，"现在出去钓鱼，差不多的地方都被人承包了，老板看似什么都不管，但其实很会揣摩玩家的心态，所以那些越想得多，觉得自己有把握的，反而越容易落进圈套，空手而回。"

陈彩对钓鱼的事情不感兴趣，但忍不住反驳他："照你这么说，人干脆都随波逐流得了，谋划半天的还不如什么都不管的。"

"这是运气，也是命。"陆渐行挑眉道，"有时候不服不行。"

他把钓上来的小鱼放回去大半儿，只留了两条大的，提回陈彩家里养着。

两人一共在家待了两天半。陈彩回去之后没两天，就接到了通知回公司搬东西——瓦纳的收购流程已经走完，对这边的老员工全盘接受，所以他们需要自己将办公用品运送过去。

至于去了新公司之后每个人的安排，则需要另等那边开会通知。

陈彩在老公司的东西不算多，简单收拾了一下，一个纸箱就装完了。只是其中大部分都不能带过去，因为带着鱼猫的logo（标志）。

有老同事找他抱怨，嘀咕道："当初孙总说的是挺好，一样待遇，但现在一看，还是不一样啊。人家公司自己的员工才是亲儿子，我们都是后娘养的，工作的地方都跟他们不在同一栋楼上，看样就是被发配到边疆了。"

陈彩笑笑，不敢乱说，等到了地方才发现同事并没有夸大。

瓦纳的公司不大，但却自己占了一处园区。他们本公司的人在主楼办公，陈彩他们连同另一家被收购的小公司，则在旁边的小楼上。水电刚通，工位也是一片混乱。

接待他们的是人事部的一位主管，面对其他人的时候神色十分倨傲，等看到陈彩在签到本上签字时候，才稍微一愣，把他往旁边拉了一下。

陈彩看了眼他的工作铭牌，喊了一声王主管。

对方点点头，开门见山道："刘总之前跟我交代过，说要对你特殊照顾一下。你跟咱陆总认识？"

陈彩心想你这让我怎么回答，笑着点了点头，没正面回答。

王主管仔细瞧着他的表情，却道："是这样，公司原本是要削减部分业务的,但你情况特殊,所以把你调到了宣传部去,你收拾一下,去总楼报到就行。"

"宣传部?"陈彩万万没料到会这样,愣了一下,拦住他问,"那王成君呢?我手下是有艺人的。"

"艺人们已经重新分配过了。"王主管看他一眼,道,"那个你就不用管了。"

陈彩看着那王主管的语气和表情,很快意识到了对方给自己的定位——八成是空降的大草包之类。

这可真是冤枉死人了。毕竟自己的工作成绩在这儿摆着。好歹在原公司里也算是一名干将,原以为到了这边只是会不如之前自在,谁想到加上陆渐行的这层关系,竟然还越混越倒退了……

他心里郁闷,脸上就挂了相。

那王主管看他这表情,心里更是冷哼了一声,瞧不起他了。在最初查看一众人员名单的时候,他就注意过这个陈彩,眉清目秀的年轻人,资料上写的是鱼猫娱乐的艺人经纪,年龄不算小,但实际入职才一年,之前也没什么相关工作经验。

这便叫人觉得十分诧异,艺人经纪不是说当就能当好的,因为要会给演员选本子,写通告,争代言,签合同,要和方方面面的人联系沟通,从合作方到制片人再到各路媒体,没有几年的历练,上来的都干不好。可反观这位姓陈的,时间这么短竟然还做得四平八稳,最近更是把手下演员给塞进了王琦导演的剧组当男三。

王主管一看就觉得这是位人才,心中窃喜,打算重用,谁想没几天,就从刘总那儿得知了事情的真相。

——这陈彩原来是走了陆总那边的关系!

王主管失望极了,而且还觉得麻烦。

毕竟作为人事部主管,很忌讳有人仗着关系搞特殊,这会让原本勤恳做事的人遭受不公平待遇,影响现有的良性环境,时间一长,对陆总的正派形象也会有影响。

可是不管也不行,刘总都打招呼了,王主管思来想去,这才想起可以给这人调个职,让他去宣传部,给他个小经理当当。这样头衔大了,人哄高兴了,等回头一稳定,就立刻派他去驻组,跟随整个拍摄期,免得在公司兴风作浪。

当然他也可能不答应。不答应也好办，自己可以借此直接去找陆总，提议让这位给陆总当私人助理去。

王主管好一番谋划，陈彩虽然没能全都猜中，但也分析了个差不多。

他在简直想捶死这个家伙，但一想，自己到底是初来乍到，又没想好到底跳不跳槽，还是低调做人的好。下午陈彩自我安慰了一下，仍是抱着东西去了总办公楼，先去宣传部报了到。

虽然同样是不太出名的小公司，但能看出瓦纳财大气粗得多。办公空间敞亮，随处可见绿植鲜花和水族箱隔断。

陈彩还分得一间独立的小办公室……不过现在正是艺人宣传期，宣传部的人都忙得脚打后脑勺，暂时没人过来招呼他。

陈彩把东西摆好，先关上门，偷偷给王成君打了个电话。他不知道那边有没有接到消息，考虑了一下，决定先不主动提，怕影响王成君的情绪。

电话过去却是助理接的。

小助理道："陈哥好，王老师在对戏呢，要找他吗？"

"不用，让他忙就行，"陈彩问，"我就是关心下你们，在那边还好吧？有没有遇到什么问题？"

小助理说："没问题，都挺好的，昨天宣传姐姐过来拍照的时候还夸王老师呢，说他现在状态特别好，这次肯定能火。"

陈彩踏实了点，随口问了句："哪个宣传姐姐？"

"就咱公司的啊，不是过来拍宣传照吗。"

"公司的？"陈彩微微一怔，心里直跳，"我前几天请假了，有些安排知道得不具体，你们沟通得还顺畅吧？"

小助理道："挺顺畅的，就是之前跟我一块儿来的小姑娘调走了，宣传姐姐带了个执行经纪在这儿，沟通对接都是他们来，我跟王老师什么都不用管。前几天剧照的事情你知道吧？"

陈彩没说话。

小助理说："之前不是发了定妆照吗，但剧组有组大海报里王老师被挤第二排去了。咱都没注意到这个细节，多亏宣传的姐姐发现了，立刻找了这边的人质问，逼着剧组连夜给改了，微博也换了。那两天剧组的人脸都绿了，看见我和王老师都老老实实的。"

陈彩听得脑袋里嗡的一声，差点眼前一黑气翻过去，压着火气问："剧照，是谁发给宣传的？"

"是我发的，"助理道，"我一收到就立马发过去了。"

"你为什么要发给她，而不是来问我？"

"……"

"你又是什么时候认识的宣传？公司有人过去找你们对接，为什么我一点儿消息都不知道？！"陈彩一连问了几个问题，那边支支吾吾不说话，他怒道，"叫王成君！"

王成君正在远处跟人对台词，远远就看到助理青着脸朝他招手，表情十分难看。

他跑过来一看电话那头是陈彩，立马就高兴了，接过来开开心心喊了一声："陈哥！"

陈彩努力压着自己的怒火，暗暗在那边做深呼吸。

王成君"咦"了一声，又问："陈哥，是我信号不好吗？我可想死你了。"

"你想我怎么不给打电话？"陈彩尽量平静道，"跟剧组有冲突这么大的事情也不告诉我？"

"助理说给你打了你那儿太忙，"王成君道，"后来公司的人也说你最近忙着升职，让我不要打扰你。陈哥你升职的事情搞定了？"

"升什么升！"陈彩怒道，"老子不干了，你跟别人去吧！"

王成君顿时有些急眼。陈彩心想这时候还瞒个什么劲，便把刚刚的事情说了一遍。

王成君这才明白，自己前几天通告安排得太紧，什么都问助理的时候，后者却并没有说实话。在公司有人跟这人联系过之后，他不管是图省事还是其他，都把自己的最新动态发给了别人。

陈彩一向对着自己是放心的，可是这次却闹成了这样。

王成君气得回头看，那助理早不知道躲哪儿了。

"没关系，陈哥，"王成君道，"这帮人也太不要脸了！我谁都不跟就跟你，你去哪儿我去哪儿，你要哪儿也不去，我就跟着你单干！"

"你说得轻巧，一块儿出来喝西北风吗？"陈彩没好气地薅了把头发，心情转好不少。王成君离合同到期还有段时间，现在商量这些都为时过早。更何况刚刚助理说的海报那事,这会儿冷静下来想,公司做的也不能算错。

之前王成君是十八线,鱼猫娱乐这个公司也是十八线,所以能争取来一个角色他们都是千恩万谢,想着跟人打好关系。至于番位大小名字前后,他们没资本跟别人争。

现在王成君换到了瓦纳,后者的行事作风肯定跟鱼猫是不一样的。

"你现在先好好拍戏吧,"陈彩无奈道,"你这合同还没到期,虽然我现在没法带你了,但是有问题一样可以找我。新公司的人虽然不怎么样,但能力肯定是靠谱的,比咱之前专业不少。你好好拍,争取大火一把,等你成名了,陈哥再等你拉一把。"

王成君一时半会也不知道自己能干什么,只得答应道:"好的,我听你的,好好拍。"

他说完顿了顿,也不懂什么安慰技巧,干脆想什么说什么,对陈彩道:"陈哥你要不喜欢新公司就别受气了,不要被人欺负,大不了我养你,反正这次片酬好多呢,咱住的地方又不花钱。"

陈彩原本正郁闷,一听这话顿时哭笑不得,忍不住笑骂道:"行了吧你,整天瞎琢磨什么呢。"

电话挂断,陈彩把自己摔进椅子里,强忍住拿东西出气的冲动。现在让他做艺人宣传是不可能的,别的不说,王成君自己带了一年,好不容易看到点希望,现在不能让别人说"截胡"就"截胡"。于情于理,事情都不带这么办的。

现在必须找人去理论,理论成了好说。理论不成,这公司也不能待了。

他想到这腾地一下站起来,出门右拐坐电梯,找去了人事部。

王主管正在看手头的一堆人事资料,见他刚落脚就又来找自己,有些讶异,不过仍客气地接待了一下。

陈彩开门见山,态度强硬道:"王主管,我来找你是要说工作的事情,我不接受现在这种调动。"

"是这样啊,"王主管笑了笑,"你自己是有什么想法吗?"

陈彩揣度他的神色,倒是没瞧出敷衍的意思。

"我带王成君带了一年,"陈彩顿了顿,开口道,"这一年里,我们一块儿遇到了很多困难,但都携手克服了。现在事情都在往好的方面发展,我和成君配合默契，彼此熟悉，合作很愉快，现在公司说把人分走就分走，抱歉，我不能接受。"

"你的心情我可以理解，"王主管沉吟了一会儿，却突然问，"王成君在去年的时间里，除了现在的《大江山》，还有其他代表作品吗？不管大小制作，哪怕三番四番，也算。"

陈彩微微一怔，张了张嘴，却说不出来。

他刚接手的时候王成君都成闲置物品了，有戏拍就很好，哪里还能讲到番位。也就是今年王成君终于靠之前的片酬攒了点钱，两人手里有粮心里不慌，这才耐住性子等了等，等来了这次的机会。

王主管看他沉默不语，语气也不似最初那么客气，沉声道："如果真心为艺人好，那就先站在他的角度考虑一下。你给他的定位准确吗？你能有持续不断的资源供给他吗？你后续的宣传到位吗？对跟传统媒体和新媒体打交道熟悉吗？如果遇到危机，你的公关能力过硬吗？我知道你跟陆总关系不一般，但是包装一个艺人，不是谈谈感情就可以的。"

"我这一年的工作，从无到有，从小到大，王主管觉得谈谈感情就可以？"陈彩冷笑道，"你不用拿资历来压我，凡你要求的，给我时间，我能学能练，未必做不到。甚至可能比你眼中的强人做得更好。"

"那就等你做得更好了，再来提要求。"王主管摇头道，"或许你觉得宣传的工作太累？你有什么要求可以提，公司的其他职位也不是不可以考虑。只是对于艺人经纪……王成君是个好苗子，你如果要锻炼，也不应该拿他来练手。"

陈彩的心脏像是被人狠狠捏了一把，他知道这人的意思，是不可能让自己回去带人了。

"恕我直言，"陈彩看着他问，"没有我的练手，你又是从哪儿知道他是个好苗子的？资源天上掉的？他的钱是地里长的？没有现在的《大江山》你们能多看他一眼？霍兵跟他长相定位都一样你们怎么不去抢霍兵呢？"

他气得不轻，说话便也有些口不择言，指着王主管道："人你不放，那算了。其他的工作职位我不稀罕，也用不着你施舍。"他嘴里还有几句难听的话，忍了忍，却给咽了回去。

别的不管，这人张口闭口陆渐行，陈彩虽然心里恼怒，却也觉得应该稍微留点脸面。话该说的都说了，骂人的就算了，要不然以后太难看。

只是下来谈判半天无果，心里难免有股郁结之气。陈彩差点当场就要辞职，可是话到嘴边，又忍了回去。在气头上做决定容易后悔，更何况后面还有时间，他还能观察几天。

这天陈彩早早回了住处。

因为心里烦闷，因此既不想做饭也不愿叫外卖，自己从冰箱里找了瓶啤酒开了，在阳台上边喝边跟朋友诉苦解闷。把新公司的人从上到下骂了一遍。

他跟BB等一众好友有个闲聊群，别人都安慰他或者跟他一起骂，唯独BB打了电话过来。

"你不能骂别人有病，有毛病的明明是你。"BB在那边疑惑道，"你都认识大老总了，这种事不找他还闲着干吗？"

陈彩道："你不懂。这是我自己的事情，我想靠自己的能力。"

"你少扯，"BB啐了一口，拆穿道，"前几天你还想着怎么利用一下陆渐行呢。这才几天工夫，就成了明明吃亏都不敢吭声了？你靠自己能力和争取权益又不冲突……所以你想什么呢，陈同学？"

陈彩不想听这个，他也没打算去找陆渐行，只道："你想多了，我就是比较谨慎，陆渐行他挺忌讳这个的，我说可能会起反作用。"

"还能反作用到哪里去？你这都没法干了。再说你也不是能忍的性格，换成孙玉茂试试，你这会儿不得杀到他家里去啊！"

陈彩越听越不开心，没好气道："你有没有好主意？没有我挂了。"

他匆匆挂断通话，一口啤酒从喉头冲下去，猝不及防地呛了一下。

陈彩剧烈地咳了起来，手机又响，他按下通话键。

陆渐行道："我在阳台上看见你了，你在那儿干什么呢，头一点一点的？"

"我……"陈彩微微一怔，才发现这次是陆渐行来电。再回头去看，果然陆渐行在斜前方的那幢楼上，一手捏着可乐罐，靠着露台的栏杆，居高临下地朝他挥手。

"我刚刚喝酒呛了一口，"陈彩叹了口气，靠在躺椅里，也朝他挥了挥手，抬头看着他问，"你找我有事？"

陆渐行笑道:"给你样东西,你现在有没有时间?过来拿一下。"

陈彩心情不好不想动,敷衍道:"没时间。"

"没时间那你还喝酒?"陆渐行说:"你拒绝我的这会儿工夫就已经够锁门了。"

陈彩:"……"那自己得练凌波微步吧?

他眯了眯眼,看着陆渐行理直气壮地在那儿催促,心想,以前怎么没看出这人挺能狡辩的?

陆渐行又继续道:"你瞪我的工夫,已经够你走到楼下了……好了,现在已经走过花坛了……再过两秒就到我门口了……"

"你太浮夸了吧,"陈彩简直被他气笑了,"我灵魂飘移都没这么快。"

"那你来不来?"

"不来。"

"你怎么不问问我是什么东西?"

陈彩心想能有什么好东西,现在除了把我的王成君还给我,其他的都不能让我开心了。

陆渐行等了会儿,见他一直不问,只得自己主动道:"尤加的见面会门票,VIP哦。"

陈彩:"什么!"尤加?!他妈现在疯狂痴迷的那个小明星?!

前几天两人回去的时候,陈妈妈估计不想让外人看见,所以已经把那些专辑海报都给收了起来,起码陈彩是没注意到。

陆渐行怎么知道的?陈彩震惊地抬头朝陆渐行那儿看,可是两幢楼离得远,并不能看清表情。

陆渐行笑了笑:"尤加的门票不太好要,粉丝太能抢了,时间又有点晚,主办方手里剩的两张位置不太好……所以就等了几天。现在这两张是第一排中间靠左的位置,到时候还能互动……你到底要不要?我手机快没电了。"

"要,我要。"陈彩高兴地跳起来,径直挂掉电话,拿着钥匙跑了出去。

陆渐行已经打开房门等着了,陈彩一路小跑,进了他的家门才发现自己还穿着拖鞋,他忙把拖鞋踢掉,光着脚跑过去看了眼。

两张崭新的门票躺在茶几上，算是SVIP座了。

"你怎么想到弄这个的？"陈彩吃惊道，"我妈跟你要的？"

"没有啊，"陆渐行笑得有些得意，"我在你书架上看到了一本他的画册，粉丝自印的那种。"

陈彩简直要激动死了，这东西可是花钱都弄不来的，这下可以哄他妈开心了。

陆渐行看着却突然看他："你真喝酒了？"

陈彩这才收了笑，认真地看了他一眼。

瓦纳那边的事情，小事陆渐行应该是不知道的。陈彩虽然不高兴，但也知道从公司的角度去看，王成君换人管理会更好，毕竟他现在是事业上升期，新经纪人接手，肯定会发挥全力去捧。双方通力合作，后面挣钱就容易。

而如果仍跟着自己的话，前期适应阶段就要时间。

现在的局面对公司对王成君都好，就是坑了自己而已……但很多时候，公司和个人的利益本就是冲突的。

陈彩也有一瞬冲动得想跟陆渐行说明白，他知道自己如果说了，人肯定能要回来，可是一想后续的结果……又好像总有什么东西是他不想看到的。

陈彩抿着嘴，叹了口气。

陆渐行见他情绪陡然低落下去，诧异道："你又怎么了？一会儿笑一会儿叹气的。"

"没事，"陈彩笑了笑，又看见那两张门票，自己对着拍了一张照片，又把几排几座用马赛克处理掉，发了条"比心"的微博。

平时陈彩的微博发出去没有几个赞，今天却不知道怎么了，立刻有人在下面回复问："这是尤加的门票？！"

陈彩出于礼貌，给他回了一个"是"。

谁知道这下火了，没过几分钟，他的微博就被人转了几百条。陈彩原本打算跟告辞回家的，结果没等说话，手机就不停地提示接收到了新信息。

有人问他几排什么位置，又有人私信问他能不能转，加钱都行，价格好商量。也有不知道是真是假的黄牛私信表示想要高价收。

还有人在下面排着队地说谢谢。

"谢谢亲对我们加加的支持哦！"

"尤加粉丝里竟然隐藏着业内人士！"

"我的天，陈先生的认证！王成君的经纪人哎，王成君不就是王琦导演的男三吗？我室友好喜欢他的。"

还有发散思维的……"大导演的男三经纪人都表示支持我们加加，可以打那些唱衰加加的人的脸了。我们加加行程忙，不接剧不代表没演技。"

陈彩："……"他还是第一次近距离跟尤加的粉丝群接触。

怪不得他妈那么疯狂，他都要被评论给鼓动得热血沸腾了……

陈彩一开始每条都给人回一下，结果评论越回越多，转发和点赞数量也在不断地增加，还有小伙伴过来播报："你发的微博被我们粉丝转发啦！可能过来的小可爱会有点多，不要被吓到哦！"

陈彩心想已经被吓到了，之前围观不觉得怎么样，现在直接接触才能真实体会到什么叫火。也难怪他妈那么疯狂。

转念再想，这还没带大名呢，一条普通微博就这样了，如果宣传期粉丝都行动起来，那是多可怕的宣传力，营销费就要省掉不少。

他心中暗暗羡慕，心想什么时候王成君能有人家一半红，他也算心安了。

陆渐行看他发完微博一直不动，也好奇地凑过来看。

陈彩给他看了眼，羡慕道："人家的粉丝就是多，难怪现在都宁愿花大价钱请'小鲜肉'，这都是自带流量和话题啊。我记得他是选秀出来的？刚开始的时候没这么火。"

"是，选秀出来的，冷了一阵子，二次选秀才走红。好在年纪小。"陆渐行道，"我那时差点签了他。"

陈彩不知道还有这回事，也没听到有人说过，惊讶地抬头看他。

陆渐行道："那时候我刚回来，上任不到半个月，觉得他挺有潜力……公司一开始同意的，找人去跟他谈，结果条件没谈拢。后来他给我打电话说这事，还哭了。"

"哎？"陈彩消化了好一会儿，"你俩还有电话联系啊？"

"不然呢？"陆渐行看了他一眼，"你以为这票哪儿来的？"

陈彩："……"大意了，陆渐行毕竟是老总。尤加跟陆渐行认识再正常不过。

倒是自己，无论出身、收入还是兴趣爱好，都与陆渐行截然不同。他们完全是两个圈层里的人，阴差阳错地结识、投缘，继而发展到现在这种互不了解却信任对方的关系。似是朋友，又甚于朋友。

陈彩能察觉到陆渐行朋友不多，交心的更是寥寥无几。或许正因为自己跟他圈层不同，所以这段关系才会更单纯，没有太多的利益纠葛。

而正因为陆渐行的信任和依赖，陈彩现在反而不想再利用陆渐行了。假如两人工作上有交集，他也希望自己是陆渐行的战友，而非麻烦。

第6章

接下来的两天陈彩先耐着性子去新公司报到,一时半会儿没他的活,他就每天朝九晚五地准时上下班。

原来那些同事的工作慢慢地也有了不同的变动,工作比较勤恳的几个被调进了办公大楼,其余的仍跟其他公司的一起扔在新楼里等待发落。还有一部分岁数大的或刚结婚准备要孩子的,被人事部客气地辞退了。

虽然补贴给得还算丰厚,但是陈彩看着原来同事群里一个又一个地离开,难免也有些兔死狐悲之感。一直拖到周五,从这边离职的决定才算真正做下来。

陈彩给VV姐打了电话,两人约了一处咖啡厅见面。

从商议工作内容、薪酬待遇到休假时间,前后统共用了不到半个小时。

VV姐最后笑道:"其实我早有打算联系你,但无奈身体原因精力有所顾不上,拖来拖去,才到现在。之前听说你跟许焕不是很合得来,以后你们工作上或许会有接触,但不会太多。"

陈彩之前已经有过心理准备,但他签约还是看重天颐的资源,于是点了点头道:"没关系,我不会影响工作的。"

因约好周一入职培训,同时签订合同,陈彩便趁着周末去大肆采购了一番。主要是买衣服,毕竟在天颐工作,穿着上还是要体面点的。他去了上次跟王成君采买的那家商场,念着天气越来越热,多买了几件衬衫。

周一这天陈彩早早到了天颐的办公楼报到。

上午先是忙着签合同，又跟着网管后面搬东西挪工位，忙忙碌碌一上午。他气质好，人也和气，等到中午，就有人跟他混熟了，约着要一块儿下去吃饭。

那人跟他是同一组的，年龄相仿，性格也外向。

两人一块儿等电梯，同事总不停地夸他，又打趣道："你这么帅，老实交代，结婚了没？"

电梯门打开，里面买午饭回来的人鱼贯而出，陈彩往一旁让了让，随口笑道："我上哪儿结婚去。"

同事热情道："那你有对象吗？"

陈彩有些招架不来，怕他继续打听，干脆道："没对象，还单身……"

话没说完，就觉得眼前被人挡了一下。

陆渐行刚刚看见陈彩的时候都没认出来，他第一次见陈彩穿这么正式，忽然就觉得有些陌生。

一旁的同事跟陆渐行打过招呼，已经探究地朝他看了过来。

陈彩率先道："陆总，我们要去买饭了，要不然耽误下午上班。您要一块儿捎一份上来吗？"

陆渐行从来不吃外面的盒饭，下意识地摇了摇头。

电梯正好下行到这一层开门，陈彩朝他点点头，赶紧拉了下同事，两人闪了进去。

等到电梯门合上，同事才小声问："什么情况啊，你跟陆总认识？"

"不是我，是我朋友认识。"陈彩云淡风轻地转移话题，"还没问你呢，你结婚了还是正谈着呢？"

同事叹了口气，跟他诉苦道："我正愁着呢，我女朋友家里有钱，别墅就好几套，前几天他爸妈说结婚的话要求也不高，在市里买套二百平的房子就行，可是咱这工资……"

陈彩道："那没办法，只能使劲挣钱了。你在这儿干多久了？要能从助理转正就挣得多了，几年就能挣出来。"

"五年了，"同事道："我都快不指望了，咱公司转正特别难。你待待就知道了，而且你刚来哦，小心着点，公司里也是分派别的，别轻易跟人表态站队。"

陈彩一愣："内部有争斗？"

"有啊，所以你也不用担心被老总穿小鞋，"同事凑过来，神神秘秘道，"现在他们兄弟俩，属于弱势方。"

陈彩不知道，自己竟然稀里糊涂地一上来就打入了敌人内部。当然说敌人也有些夸张，但这同事的确是倾向于其他阵营的。

同事小声道："说起这事，也是陆董不厚道。当初他可是完全的门外汉，要不是大小王拉他入伙，现在恐怕还不知道在哪儿挖煤呢。"

陆董指的是陆渐行兄弟俩的父亲，陈彩之前听说过，这位陆董年轻时原本是开矿的，年少风流，算是某地一霸。后来娶了个贤惠老婆，开始收心，同时转行踏足影视业。当初拉他入行的便是两位姓王的老总，大王是做影视发行的，小王是做艺人经纪的。

三个臭皮匠凑一块儿，各自出钱出力，成立了天颐传媒，并顺利投资了几部剧。然而让天颐在业内站稳脚跟的，还是大王从别处挖了两个名导演过来。虽然公司当初给出的条件足够丰厚，但不得不承认，那两个导演之所以会考虑签约为天颐御用，还是因为有大王的情分在里面。

然而几年过去，公司势头发展正猛的时候，几位创始人之间也开始有了分歧。

陆董在里面最外行，下手却最狠，他先是在公司急需资金扩展业务之时搞了两次私募，对公司进行增资扩股。等到时机成熟时，又再进行股权回购。

大小王在玩弄资本上干不过他，左一出右一出，原本都是为了公司做出的决策，最后却不得不看着自己的股份被稀释。原来的跟班小弟蚕食鲸吞，掌握了公司的控制权，继而给天颐传媒改了名换了姓。

当然中间也发生过几次变动，一次是导演解约，一次是当家的金牌经纪人带着艺人出走。也正是这两次事件导致了公司的几项变革。同事没深谈，陈彩多少也能猜出一些。

这些事颇让人唏嘘的。同事叹了口气道："你没看见咱公司的几个部门，副总一大堆，大部分都是陆家的亲戚，我刚来的时候，带我的老大是六一姐，那年正好高层变动，她就被逼辞职了，这才换了VV姐上台。不过VV姐还好，不太参与那些争斗，就一心想着搞好业绩。"

陈彩跟着叹了两口气，却对陆董感到好奇："这位怎么从来没露过面？我之前只知道那兄弟俩。"

同事嘘了一声,小声道:"这又是另一茬了……这位陆总,身体不太好了,就让自己儿子上。原本老大陆渐行不在计划内的,后来是别人给推上去的……但是计划不如变化,谁知道兄弟俩没斗起来,你说奇不奇怪。"

陈彩心念一动,笑道:"依我看不斗最好,要不然神仙打架,凡人遭殃。到时候万一我们跟着倒霉就惨了。"

"对,你这话是说到点上了。"同事得意道,"一看你就是不爱掺和事儿的,咱平时就看热闹,不站队。"

陈彩冲人腼腆地笑笑,当然他也清楚,同事之所以能唠叨这些,一是这人城府不深,看到新人便忍不住发些牢骚,显示自己资格老。二来两人职位都低,这种八卦权当茶余饭后的消遣,并不牵扯公司机密,也不会有什么隐患。

两人在楼下吃完饭,下午各自开工。

陈彩被VV姐分到了经纪一组。这组的经纪人叫孙泉,四十岁上下,穿一身铁灰色职业装,眼睛细长,头发悉数在脑后绾起,没有一丝杂乱。

上午的时候她不在公司,下午一回到办公室,就把陈彩叫了过去。

"VV跟我说起过你,"孙泉打量了陈彩一眼,随手翻了几下资料,道,"你自我介绍一下吧。"

陈彩看她脸颊内凹,眉间几道竖纹,便知道她脾气不好,于是简洁道:"我之前在鱼猫娱乐做过一年,职位是经纪人,但工作内容比较杂,除了跑组之外,艺人的宣传和日常生活这些也都管……"

"采访稿会看吗?"

陈彩没接触过,又不想露怯,便道:"看过一些。"

"都跟哪些媒体打过交道?"孙泉问,"有没有比较熟悉的人?新媒体方面接触多吗?"

"接触过……一点点,"陈彩道,"主要都是宣传在做。"

"你平时也少不了要打交道的,不可能全靠宣传,手里连联系方式都没有?"孙泉挥挥手,"算了,剧本总会看吧?"

"这个会,"陈彩被说得脸上一红,忙道,"之前看过一些。"

"那先去把这些本子挑一挑,都是找雪莹的。"孙泉挥挥手,倒是没训他,"好好看,都分析一下,明天上班前发我邮箱里。"

陈彩忙应了一声,回头一看,有七八本,顿时就惊了。

他抱起来往外走,又被叫住。

孙泉道:"你刚来,需要时间适应,我暂时不给你别的要求。你先每天晚上看两部电影,提高你的阅片量。"说完顿了一下,好像是还要安排别的。

陈彩忍不住微微睁大眼。

孙泉又挥手:"算了,先这样。"

说是先这样,但现在也已经下午三点半了。七八个本子,一本几万字,等一本本看完,整理好发过去……陈彩算了算,再怎么样下班之前肯定弄不完。

不过这几个多半是已经被毙掉的。孙泉给他算是初期考验。

陈彩大致翻了一下,看了看后面的导演和制作人,心里忍不住有些慨叹。同样是女演员,雪莹应该算是个三线,其貌不扬,演技跟梦圆差不多,但就因为公司厉害,所以也有大把的本子等着选。而梦圆却还在四处跑着找普通剧、找网剧。

也不知道现在换到了新公司,梦圆的情况是不是能好点儿。

陈彩这次离职离得很仓促,只在微信上跟王成君说了一声,其他人都没有通知……

这会儿忍不住想多,一时之间也拿不准自己这个选择做得对不对。他叹了口气,只得收回心神先忙工作。

一直到下午五点,公司有人陆续下班,他才看完两本。有同事大概习惯了加班,在一旁问其他人有没有要一起订餐的,陈彩正犹豫是带回家看还是也在这儿加班,就听办公桌上的座机突然响了起来。

那座机也就巴掌大小。陈彩原本以为是摆设,冷不丁被这突如其来的铃声吓一跳。

他连忙接起,未等自报家门,就听那边有人问:"你忙完了?"

除了陆渐行还能是谁。

陈彩看了看左右,见没人注意这边,这才捂着话筒小声道:"你干吗?我在工作呢。"

"都下班了还上什么班,"陆渐行道,"收拾一下,请我吃饭去。"

陈彩简直无语:"没钱,不管。"

171

"那我出钱,"陆渐行坚持道,"主要是给你一次机会跟我道谢。"

陈彩懒得理他,干脆把电话给挂了。

刚挂掉,铃声又响起。这次不远处有人诧异地往这儿瞧了瞧。

陈彩怕引人怀疑,只得硬着头皮继续接起,脸上挂着职业假笑:"你好。"

果然还是陆渐行:"是我。"

陈彩道:"你说。"

"我……"陆渐行愣了一下才反应过来道,"你最近胆儿肥了啊陈彩。"

"我哪儿敢啊陆总,"陈彩飞快瞥了旁边一眼,笑道,"我这儿正忙呢。对了,尤加有麻烦了。"

"你怎么知道的?"陆渐行听得一愣。

"我当然知道啊,"陈彩哼道,"我在他们粉丝群,有个粉丝说的。"

"哦,"陆渐行说,"他换地方了。"

陈彩一愣,就听陆渐行继续道:"他跟他女友在那儿约会,原本住在旁边的,被狗仔发现了。我找人帮他们转移了地方,一块儿把门票的人情还了。"

陈彩:"……"

信息量有点大,女朋友?

陆渐行诧异道:"你怎么在他粉丝群里?你还是他粉丝?"

陈彩不好意思说自己原本是去挖人家负面新闻的,咳了一下,装模作样道:"对啊,我是才加入的,'尤加利'的一员。"

陆渐行蒙了一下:"……尤加利?"

"就是尤加的粉丝名。"陈彩这几天在人家粉丝群里待得有点多,顺口溜张口就来,"你拍一,我拍一,团结一家尤加利。你拍二,我拍二,共同守护笨小孩。你拍三,我拍三,为了专辑去搬砖。你拍四我拍四,消灭臭虫和'黑粉'……"

陆渐行:"……"

完了,陈彩这是入魔了。

"你别这样,"陆渐行忍不住道,"尤加缺点也很多的,跟你想的一点儿都不一样……"

时间过去太久，只得使劲回想了对方一些小缺点，诸如嘴巴坏，爱埋汰人，谁都瞧不起，爱给人取外号……

陆渐行头一次在背后说人坏话，叽叽咕咕说完，忍不住问："……就这样，你还喜欢他吗？"

陈彩本来就不喜欢尤加，这会儿想借坡下驴，却又觉得自己立刻说不喜欢的话有点立场太不坚定了。

"你等等，"陈彩深吸一口气，沉重道，"我'脱粉'也需要时间。"

"那得多久啊？"陆渐行问，"今天的晚饭能落实吗？"

"怕是不能了，"陈彩说，"除了追星，我还要工作。今天上面安排了一摞剧本要看，我快吐了，但是晚上还要交报告……交完报告还要看电影，就是不吃不喝，忙完可能也得晚上一两点了。"

"这么忙？"陆渐行有些惊讶，"你还有几个本子没看？"

陈彩数了数："五个。"

"那拿回去吧。"陆渐行叹了口气，"晚上我帮你一块儿看。"

陆渐行回家时已经是七点多，陈彩还没来。

阿姨已经提前接到了他的电话把菜做好，见他回来，就要往餐厅端。

陆渐行忙道："先不用，等回头我自己弄就行。你现在可以回去了。"

阿姨"哦"了一声，摘掉围裙，边转身边叹气道："今天去买的这个有机菜，哎哟贵的，一个土豆就五块钱，巴掌长的胡萝卜八块钱。这种菜偶尔吃吃还行，天天吃受不了的。再说了，我们天天买菜的比你们懂，这种有机菜就是为了糊弄你们有钱人的，其实不如菜摊上卖的好。"

陆渐行给她的费用里包含了日常开销，因此吃有机菜还是市场的菜，价格能差出不少。

之前她从哪里买，做什么，陆渐行从来没有要求过，只要新鲜就可以了。今天之所以想起来要有机的，还是因为那天在陈彩家吃饭的时候，陈妈妈说陈彩从小爱吃蔬菜，所以嘴特别刁。现在菜越来越没滋味，她没事干，就在楼下的花坛里圈了一块儿地方种点东西，小葱花小辣椒小白菜西红柿。

上次两人回来，陈妈妈还给他摘了几根小黄瓜吃。

陆渐行这算是头一次正儿八经让陈彩在自己家里吃饭，怕他不爱吃，这才想起来超市里有个专门的冷柜区，放的是某地直供的有机蔬菜，都是不打农药不施化肥的。

阿姨这意思肯定是嫌贵，陆渐行虽然一早给她的钱就很多，处处都是按照最高标准来的，但是一想以后经常做饭花费肯定上去，也没说话，从自己的包里拿出一沓现金，随手递了过去。

陈彩敲门进来的时候，那阿姨正眉开眼笑地跟陆渐行道谢："其实买菜也用不着这么多的……不过家里的一次性抹布也没有了，这个得去进口超市买了，网上的便宜但是不好……"说完见陈彩进来，又热情招呼，"陈先生来了？陆先生让我给你等门呢，这都等半天了。你来了就好，没我事了吧？我先走了。"

陈彩被她突如其来的热情吓了一跳，等人走了，才忍不住问："怎么那么热情？"

陆渐行道："我刚给了她这个月的买菜钱，肯定高兴。"说完又诧异道，"你怎么回来这么晚？"

陈彩叹了口气："公交车坏了，中途换了一辆。后来公交站点我还记错了，早下了一站，后面都是走回来的。"

他今天本来就着急，结果打车还没打到，坐上公交后又发现那趟线太远了，绕了本城半圈才回来。而且因为这片都是土豪区，所以公交车只停在广澳路的头上，并不往里走。

陈彩下车后也知道自己回来得有些太晚，一路连走带跑，出了不少汗。这会儿衬衫都粘在了身上。

陆渐行看他热得脑门上冒汗，头发也打湿了几缕，嫌弃道："脏死了，快去洗洗。"

陈彩把东西放下，依言去洗手间里搓了把脸，又觉得热，就要往水龙头下面伸脑袋洗头。

陆渐行正好跟他后面，见状忙给拉住了。

"凉水洗头，你以为你还是小年轻啊，"陆渐行拉着他往外走，"洗洗脸就行了，天也没多热。"

阿姨的晚饭做得挺好吃，但陈彩的心思却不在吃饭上。

他今天之所以答应陆渐行来，是为了看剧本来的。

之前陈彩虽然也看剧本，但无人教导，都是自己摸索着瞎看，看题材、看人物、看故事节奏……而且更多的时候是剧本挑他们,他也没怎么选过,所以一直不知道其他人是如何衡量把握的。

今天陆渐行能给提提意见,这个机会的确难得。但这也意味着他的工作并没有减少,陆渐行看过的他也得再看一遍。要不然没法讨论。

陆渐行看他吃了几口就不吃了,顿时有些失望,忍不住问:"菜做得不好吃吗?这是特意让阿姨去超市买的有机菜,怕你嘴刁。"

陈彩愣了一下,心想刚刚那阿姨拿了那么多买菜钱,但再怎么有机也用不到几千块吧?

陆渐行的钱也太好骗了点。

他心中吐槽,却又觉得说出来不好,显得自己多管闲事,于是只道:"我晚上胃口小,我们先来忙工作吧。"

两人在沙发上并排坐着。

陈彩看了看,先把自己看过的一个本子递了过去。

那个他感觉还不错,民国剧,但并没有敏感的内容,故事的节奏也很好。给雪莹的那个角色是个女学生,会跳舞,之前雪莹本来就是参加跳舞比赛出道的,这方面也正合适。而且这个角色中间经历过一次灾难,之后的性格也有了巨变……总体来说人物形象挺饱满。

陈彩看这个用的时间比较多,最后猜测着孙泉毙掉它的原因应该是题材不太受欢迎。这会儿陆渐行拿过去,陈彩心里便有些好奇,还有点看同行工作的兴奋。

陆渐行看他期待地瞧着自己,什么都没问,拿过来翻了翻。

陈彩自己也拿了另一本,刚看了个开头,就听陆渐行道:"这个否了。"

陈彩一愣,难以置信地回头看。

陆渐行问:"这本子是给雪莹的吧?"

"是啊,"陈彩一脸震惊道,"你已经看完了?这个得三万字吧?我晕死了,我这个才看了个开头。"

"没看完,"陆渐行道,"角色挺好,但不适合。"他见陈彩面露疑惑,把剧本又重新翻开,推过去,指着一处道:"这里,女学生被堵在胡同里……后面的意思你知道吧?"

陈彩点点:"知道。"这里就是人物命运的转折点。

陆渐行道："雪莹的定位是清纯玉女，这种情节不适合她。对她以后的形象不利。"

"可是她不是在考虑转型吗？"陈彩诧异道，"这个用来转型的话很合适啊。"

"转型好说不好做，"陆渐行摇了摇头，"她不是专业的演员，演技不怎么样，所以如果没有十足把握的话，形象最好不要轻易改变，这个很冒险。"

陈彩明白了一点，又觉得纳闷："那什么时候可以转？"

"这个还是跟着制作方来。"陆渐行道，"比如原来的一直拍的类型受限制，不好播了，或者年纪大了演不下去了……"他说完又拿起一本，随意翻着，问陈彩，"你之前是怎么挑剧本的？"

"以前也没挑过，就是跑剧组，"陈彩说起这个也有些不好意思，摸了摸鼻子，如实道，"其实能争取到角色就不错了，很多时候都拿不到剧本，等成君进了剧组，才会拿到台词。不过如果让我挑的话，我觉得应该先看角色，再看导演和制作人，导演看质量，制作人看投资。"

因为他之前带的王成君本身就是没钱的，所以每次找剧本的时候陈彩都十分谨慎，尽量避免投资不到位或者可能会扣钱的剧组。

他脑子活，总结出来的其实差不多，只不过许多细节方面仍有疏漏。

陆渐行比他接触得早，经常三言两语就能直切要害，甚至聊天中还顺道提到了几位导演的风格或喜好。这些东西都是打听都打听不来的，陈彩心里暗暗留意，等到最后两本，速度就快多了。

第二天陈彩醒来得很早，他还差着两部电影没看，另外几个剧本也没写报告。

他昨晚没回家，正犹豫要不要回家继续，就见陆渐行也出来了。

陈彩忙道："陆总，那我先回去了。"

陆渐行疑惑："你回哪儿？"

陈彩道："回我家啊。我工作还没做完，趁着上班前去补补，再说衣服也得回去换了。"

陆渐行打了个哈欠："别回去了，衣服穿我的，等会儿一块儿去公司好了。"说完又想起昨天陈彩坐公交回来，问道，"你的车呢？"

"以前是公司的。"陈彩道,"我等过阵子再买。"

陆渐行哦了一声,看了看时间,早上五点,指了指衣帽间让陈彩去找衣服。

他的衣服大多是定制的,成衣不多,陈彩穿上去也不太适合,陆渐行最后找了身运动套装出来。

陈彩看了一眼,更不敢穿了。

那套装是V家的,这家顶奢品牌是时尚界公认的宫廷范儿代表,陆渐行的这身又是今年秀场新款,颜色是他家的"当家色"霸气红……所以好看是好看,就是太好看了点儿。

穿这个一看就不像是去上班的,倒像是走秀的。

陆渐行要求他穿上,又在一边打量,越看越满意:"你穿这个多好看,就它了。"

陈彩也忍不住对着镜子多看了几眼,不过还是担心:"这样不太像上班的吧?再说我现在职位是助理,不好太出挑。"

陆渐行摇摇头:"没关系,你们部门的人都穿得五花八门,孙泉是刻板了点儿,但会很乐意你穿好点儿的。"他说完见陈彩怀疑地瞅着自己,挑眉道,"VV姐没跟你讲?她跟杨雪不对付,什么都要比一比。之前就嫌上一个助理没品位,带出去丢人。"

陈彩有些惊讶,不过一想,又忍不住笑了笑:"VV姐怎么可能跟我说这个,我才来,又是小职员。"

"她其实算盘打得很响,"陆渐行摇摇头,却没继续说下去,只道,"你要看什么电影?时间不早了,挑两个时长短的吧。"

他书房里放着不少碟片,陈彩原本打算回家随便从网上找两个看,没想到在这边看到了不少早期获过奖的片子,都是稀缺资源。

陆渐行也帮他一块儿挑,等到要给他,他才想起来:"这个是英文原版的,可以吗?"

陈彩看电影没压力,点了点头:"我原本就是外语专业的,没问题。"

陆渐行有些意外,侧过脸看着他。

陈彩笑道:"本来想做同传的,出去学了一阵子,后来又考了研,最后没念完就下来了。"

"怎么没念完?"

陈彩道："那时候总请假陪许焕跑组，后来就被导师劝退了。"他说得很轻松，但实际上当时郁闷了好一阵子。毕竟那学校是多少人挤破脑袋想进的。陈彩在外面念过培训班之后才考上，结果正好赶上许焕忙着跑组。

虽然许焕运气不错，但最初的时候也是到处跑组屡屡受挫。他家里人对他期望又高，对外吹牛儿子是明星，回头就催促他快点一举成名。许焕在外受了气，想骂人想发泄不敢找家里人，就给陈彩打电话。陈彩为了兄弟两肋插刀，又请假陪他散心，又陪他跑组，一次又一次，这才违反了校规。

"我们学校这个专业太热，经常会有淘汰考试，我本来就是社会招生进去的，总是长时间请假，后来又错过了淘汰考试，所以导师格外失望。"陈彩说到这儿也叹了口气，"现在想想，那时候脑子就是进水了，对自己太不负责，也对不起我爸妈。后来我就跟我爸妈解释说压力太大了，不想念了……就这样，学费白扔进去好几万。"

他当时年轻，为了许焕的事业搭上了自己的前途，做牛做马两肋插刀，那时候无论如何都不会想到，日后许焕会在得势后，对自己弃之如敝屣，避之如蛇蝎。

陆渐行听完沉默了两秒。

"你爸妈没打你啊？"他喷了一声，忽然笑，"那是够宠你的。"

作为经纪人而言，提高阅片量其实很有必要，这样能了解当前的市场行情，方便以后更好地给艺人选片。只是现在像孙泉这样的大经纪人，时间少事情多，每天手里电话不断，所以选剧本大多是看看角色，随后就谈片酬。

陈彩对于阅片这种事倒是挺感兴趣，尤其是能有机会挑剧本之后，他就有点幻想着将来自己能独具慧眼，也能选部好片子捧个人出来。只是今天时间有点紧，因此第一部看了部大片，第二部他就从手机上随便找了部时长短的，吃饭看，走路看，上车的时候还看……终于在快到公司的时候看完了。

陆渐行一直忍着没打扰他，等陈彩最后看完松了口气，他才道："中午就别去买盒饭了，外面的菜高油高盐不健康，上去跟我一块儿吃吧。"

陈彩转头瞧他，这才想起来，忙道："这个就不了吧，我正想跟你说呢。"

"怎么了？"

"咱俩的朋友关系，"陈彩想了想，如实道，"我不想让其他人知道。"

陆渐行昨天就发现这点了，有些不理解："为什么？"

陈彩道："我才进公司，同事们知道我跟老总认识，以后我工作出色了，他们就会说是你帮我，我走后门。如果我表现不好了，他们就会觉得我是草包，扶都扶不起来……下面的人闲言碎语多得很，多一事不如少一事。"

陆渐行觉得没必要在意这个，但也点了点头。

陈彩又想起一茬来，笑道："而且公司现在不是局势复杂吗，我作为普通的基层人员，可以跟你实时反馈一下现在的舆论风向和八卦。"

陆渐行"咦"了一声："你们还会聊这个？"

"对啊。"陈彩点点头，开玩笑道，"而且我昨天就跟对方的人混熟了，说不定以后还能打入敌方内部，给你做个卧底呢。"

两人这般商定好，等到了公司停车场，陈彩便匆匆从车上溜下去，坐电梯到一楼，又改从公司的大门进。

因为来的时间比较早，在等电梯的人不多。有其他部门同事看到陈彩进来，不自觉去打量他的衣服，心里暗暗把他当成了公司新签约的艺人。陈彩也知道这衣服太出彩了些，被人打量有些不自在，心底却又忍不住起了虚荣心，暗暗得意，对着电梯悄悄照镜子。

照着照着，就见后面走来一张眼熟的面孔。

许焕昨天刚从横店回来，因为拍戏，身上晒黑了不少，所以计划回家休息一阵子顺道做做美容的，只是计划不如变化，杨雪今天一早给他电话，说有个广告代言找他，问他要不要接。他左右无事，便开车过来了。

在门口看到那个红色身影的时候，他先是有些吃惊，以为公司新签了新人过来。谁知道等快步走进了，才发现是陈彩。

两人迎头碰上，都默契地各自转开脸，假装不认识。只是陈彩心里淡定，对此也早有准备，许焕的脑子里却炸开了锅。

他先是有些害怕，陈彩怎么来了？来干吗的？

心里正犯嘀咕，就见眼前的电梯打开，陆渐行也从地下停车场坐着电梯上来了。

许焕登时愣住。

其他人见老总在里面,有的磨磨蹭蹭去了其他电梯等着,也有的微笑着跟陆渐行问好,随后贴着远处站定。陈彩跟着人流进去,跟前面的人一样,低眉顺眼地小声喊了句"陆总好"。

陆渐行还记得两人的约定,对其他人还微微点头,到了陈彩这儿,反倒是眼皮都没掀一下。

满脸的"你高攀不起"。

陈彩去边角上站好,其他人没觉得有什么,还有人冲他善意地笑,给他让了点空。许焕却在后面看来看去,咂摸出了一点儿门道。

陈彩这是想攀关系没攀上,被人给撇了吧?

杨雪这阵子有些不顺。

先是王琦导演的那部《大江山》,原定的男一号是她手下的新人屈文堡,谁知道这边试镜了几次,临到开机,王琦却突然用了孙泉手下的禹一鸣。

杨雪当即气得不轻,去找王琦,后者却只道禹一鸣更适合这个角色,至于其他因素绝口不提。后来她才打听出这事是陆渐远从中作梗,有人说亲眼看到禹一鸣深更半夜从陆渐远的车上下来,多半是找了关系。

杨雪对此不忿,转头就以牙还牙,把孙泉力捧的女演员的手机代言抢了过来。

只是这一招虽然也够狠,但她并没有占到太多便宜——她手下的那位女艺人代言过竞品,所以品牌方并不太情愿,价格也压得很低。

后来杨雪几次沟通,对方倒是提出了另一条解决办法,那就是杨雪这边加一个许焕。

如此一来,事情就有些难办了。

因为许焕现在的位置有些不上不下,手里拿了奖,但是粉丝却不多,之前网上搞过一个调查投票,他竟然排在一众"小鲜肉"的后面。因此现在找他的品牌并不多。之前倒是有个红酒公司出重金让他做代言,但被杨雪给推了。当时许家人意见一直很大,现在这手机代言给的钱又不高,杨雪一想到等会儿这人磨磨唧唧给他爸妈打电话的样子,就觉得头疼。

她叹了口气,给自己泡了点菊花茶降火,正想这事,就听办公室门响,许焕一早过来了。

杨雪立刻换上了笑脸："CB家的手机想找你做代言，昨天找我询价了。"

许焕问："他们给多少钱？"

杨雪说了个数。

"太低了，连那个红酒的零头都不够。"许焕果然不乐意，忍不住又道，"上次我回家我妈还说呢，现在代言费都多高啊，禹一鸣接个面膜广告都那么多钱，我不比他强？而且那个红酒的价格很良心了，不明白公司为什么给推了。"

杨雪听出他在埋怨自己，忍不住道："如果只看钱的话，美容院的广告费更高，你要不要？那红酒别说还没投放市场，就是已经在市场上销售过了，就那小作坊式的公司，你问问谁敢接。"

许焕动了动嘴，没再说话。

杨雪口气又软了一些，劝他："再说你跟禹一鸣比什么啊？他是选秀出来的，曝光度够，粉丝多，流量大，所以现在肯定抢手一点。但你可是实力派，现在在圈内也有名了，就差个大制作来提高下在观众心中的知名度。而且我再给你接触几家综艺，等以后你多露露脸，身价上去了，跟他们肯定不是一个档次……这个公司都有计划，你得沉住气。"

许焕这才舒服了一些，不过还是难以接受："这个代言钱也太少了。"

"现在只是询价阶段，这个价格是我打听出来的，"杨雪听到他有所松动，终于松了口气，"你觉得再加多少合适？如果可以的话我让他们发邀请函，然后把价格报给他们。"她说完一顿，似是随口提起道，"你上次说想换什么车来着？这下不就有人给出钱了……"

许焕一听这个，也犹豫了起来。陆可萌前阵子不知道怎么又想起了吃回头草，偶尔出去玩会让他跟着，可是从来不让他开自己的车，因为那辆丰田太寒酸。许焕也有些虚荣，便想着早点换个跑车，但他的钱不少都在他妈那儿，动一动麻烦得很……

"那就再加一百万吧，"许焕狠狠心，道，"最不济也得加五十万，再少了就不能拍了。"

陈彩跟着孙泉忙了一上午的合同，中途就听有人八卦，说许焕超低价接了个代言。那同事十分幸灾乐祸，在一旁道："亏他们费劲巴拉地从我们这儿抢,抢过去又怎么样,这叫搬起石头砸自己的脚。"

陈彩不清楚原委,倒是见孙泉眉头微挑,隐隐有得意之色。

等到中午去餐厅吃饭,他趁吃饭的时候往人堆里一扎,这才知道了事情的来龙去脉。

人群里有几个妹子是宣传部的,早上正好跟陈彩一部电梯,本来就对他很感兴趣,这会儿一听他是新来的小助理,那几人立马笑了。

有个圆脸妹子道:"那以后我们要常打交道了。小哥哥你好帅啊,你以前是做什么的?"

陈彩被几个人围着夸得有点害羞,道:"以前在小公司干杂活,连经纪人带助理,内外兼修。"

众人好奇:"那你怎么跳槽了呢?"

陈彩有些不好意思:"原公司关门了。"

大家不约而同地"哇"了一声,继而哈哈大笑,又拍着他肩膀安慰他。

还有人好心提醒道:"你现在别太勤快,抽着空给自己争取点休息时间,要不然过几天你能累死。"

陈彩诧异道:"怎么了?"

"孙姐这人特别严厉,之前已经骂走了两三个助理了,你们组的人本来就少,剩下的要么是她的心腹,要么就是公司的老油条,不干活还爱发牢骚的……"那人小声道,"像是端茶倒水啊,打印东西啊……这种跑腿的活儿别去揽,要不然以后都是你的了。"

陈彩忙点点头,跟他道谢。他对这些道理都懂,只是觉得应该遇不上。

谁想等到下午一上班,就有个同事喊他:"陈彩,你去帮我煮一杯咖啡吧,谢谢。"

陈彩愣了一下,没想到还真有这种事,立刻笑道:"我不会煮。"

同事抬眼看他,神色有些不悦。

陈彩眨着眼装无辜,倒是把自己的杯子拿了过来,笑道:"钱哥你要喝咖啡啊,要不帮我一块儿带一杯呗。我也想尝尝公司的咖啡什么滋味儿……"

那个同事闹不懂他是装傻还是在讽刺,愣着看了他一会儿。

陈彩正准备催促他一下,就听桌上内线响。

他忙老老实实坐回去接起,那边有人问:"你好,我找下陈彩。"

陈彩愣了愣，觉得那声音有些熟悉，脑子飞快一转，立刻反应了过来："杨总？"

果然，对方笑道："他们都说我的声音在电话里挺陌生，没想到你竟然能听出来，果然是VV姐看好的人。"

陈彩没想到她会找自己，忙笑道："杨总的声音很好听，特别有质感，这点挺特殊的。"

杨雪在那边笑了起来，这才问："现在有时间吗？上次一别好久没见了，正好聊聊。"

杨雪跟孙泉不对付，陈彩刚在这边入职，尚未取得孙泉信任，这种时候就跟那边交往过密的话难免引人怀疑。可是现在上班时间，又是同一部门，自己也不太可能拒绝。

陈彩干脆痛快应道："可以的。"说完脑子一转，主动提议，"那就去休息室吧，正好这样用公司的咖啡，我们公费边喝边聊。"

杨雪没想到他答应得这么快，本来要让他来自己办公室的，如此一来反倒不好多加要求，笑了笑："可以，那我一会儿过去。"

陈彩挂了电话，拿着手机径直去了刚刚黑脸的同事那儿，问道："钱哥，公司的咖啡机是这样的吗？"

那同事原本以为他这人架子大，没想到一回头，陈彩竟然在查咖啡机的用法。

他心里忍不住想，果然是自己想多了，新入职的人怎么可能支使不动，于是立刻换了副笑脸说："不是这种，那边是胶囊的，特别省事。"说完忍不住又疑惑，"你该不会真连咖啡机都没用过吧？"

陈彩"哦"了一声，摸了摸自己的衣服，做作地说道："家里这些都是阿姨在做的，我不碰这些。"

同事的表情顿时有些微妙。

陈彩又拿起他的杯子，笑道："不过钱哥头次开口，我不好上来就拒绝，这样你多没面子啊，对吧。你快忙吧，我去研究研究。"

他噼里啪啦地说完，也不管身后那人表情如何，另一只手拿了自己的，溜溜达达去茶水间了。

果然杨雪已经在那边等着了。

陈彩把茶水间的门带上，脸上的懒散笑容倒是立刻不见了。他冲杨雪客气地点了点头："杨总。"说完往一旁的盒子里看了看，问道，"您是喝什么，美式还是拿铁？"

"美式吧，"杨雪道，"我不喜欢奶味。"

陈彩熟练地给机器加水，放胶囊，很快打了两杯美式出来。又把同事的也放上。

杨雪从他进来的时候就暗暗打量，心里却忍不住有些慨叹，这才多久的时间，陈彩的气质跟上次见面的时候已经很不一样了。

上次见面，她还觉得这人聪明归聪明，但总带着点小家子气儿，一看就是小公司出来的。今天也不知是他着装问题，还是换到了天颐的缘故，陈彩举手投足之间竟然比上次沉稳了不少。

许焕这人虽然演技可以，皮相也行，但其实脑子并不是很好用，有些鼠目寸光，见利忘义。因此杨雪对他的话始终抱有怀疑，就她的观察来看，陈彩绝对不是个好糊弄的。

当然她找陈彩的目的跟陆渐行没关系。

"我今天才知道你也来天颐了，"杨雪等陈彩坐下，笑了笑，调侃道，"我们也算有过一面之缘，打过交道。说实话，我本人对你还是很欣赏的。"

陈彩也笑："杨总过奖了，我也很佩服您。我现在才是个小助理，杨总您在我这个年纪的时候，可是已经挑大梁了。那时候《骑行者》的宣传很成功，不少点子现在行业里还都继续沿用。"

杨雪最初是做宣传出身的，《骑行者》的电影宣传的确是她的翻身仗，但是自从转做经纪人后，就很少有人记得了。那是她事业上的转折点，此时陈彩能提起，杨雪多少竟有些感慨。

"那时候我也才工作两年而已，临危受命，还好最后尚算不负众望。"杨雪说完一顿，慨叹道，"所以我也常跟人慨叹，时也运也，有时候人离着自己的成功，可能就差一个合适的契机而已。"

陈彩眉毛一挑，就听她继续道："我觉得现在你就有这样一个契机，不知道你是否感兴趣。"

陈彩隐约猜了出来，看着她笑了笑，没答话。

杨雪也不介意，径直道："我这也正缺一位助理。当然助理只是暂时的职位,你也知道我组里现在有三个人,除了许焕之外,还有屈文堡和董欣。董欣还好说,她出道多年,业内资源都已经稳定了。但屈文堡不一样,他现在应对外界的经验远远不足,又需要大量的曝光,所以身边必须有可靠人……我一个人精力毕竟有限,所以一直想培养一位助手,如果可以的话,最好今年年底就能接手我的位置。"

杨雪说到这里端着咖啡慢慢地啜了一口,看了陈彩一眼。

陈彩心里暗暗咋舌,心想这人果然雷厉风行,想要什么行动利索得很,而且这个年底的承诺,的确也很诱人。

只是对于他而言,没看清形势就乱蹦容易死得快。更何况那边还有许焕。

陈彩笑了笑,揣着明白装糊涂:"那就祝杨总早日达成所愿。"

杨雪问:"你不考虑考虑?"

陈彩摇头:"我现在已经分组了,而且许影帝也未必愿意看见我。与其到时候让杨总从中为难,不如一开始我就离他远点儿。"

杨雪也不坚持,点头道:"我尊重你的意思。不过我这人很有诚意的,这次邀约长期有效,你什么时候想投奔我,随时都可以打我电话。"

说完从桌上推过来一张名片。

陈彩接过来看了眼,正好茶水间的门被人推开,有同事进来。杨雪笑了笑,便离开了。

陈彩端着两杯咖啡回去的时候,孙泉果然已经回来了,扭头看见他,立刻问道:"你刚刚去哪儿了?"

陈彩举了下杯子:"钱哥让我去给他打咖啡。结果在茶水间碰上隔壁组的杨姐了。"

"她说什么了吗?"孙泉看了他一眼。

陈彩把捏着手的名片递过去,如实道:"她说她也缺一个助理,让我考虑下去她那儿。不过我没答应。"

孙泉接过来看了眼,见那名片沾了点水渍,一角也弯折了起来,显然陈彩是一路垫着杯子过来的,忍不住轻哼了一声,把那名片攥进手里。转身又见那个老员工在一旁缩头缩脑,沉下脸训斥道:"你忙什么呢?让陈彩给你端咖啡?怎么公司还得给你也招一个助理!"

那同事被吓一跳,站起来嗫嚅道:"没有没有。"说着忙从陈彩手里接过自己的杯子，一摸，杯子都凉透了。

孙泉又道："陈彩你过来，我交给你个事。"

陈彩忙一路跟着进了她的办公室。

孙泉靠在自己的办公椅里，转了转，似乎是思考了一会儿，才问道："许焕之前去影视城，客串了吕涵导演的戏，你知道吗？"

陈彩点点头："知道，那次我去横店正好碰上了。"

"嗯，"孙泉点点头，示意他靠近了一点儿，这才道："虽然对外公布的原因是吕涵导演跟陆董认识，但据我所知，许焕是用这次友情出演，换了吕导下部戏的男主角色。"

她说完见陈彩一脸茫然，显然对此毫不知情的样子，笑了笑："吕导跟好莱坞合作的片子，据说野心挺大，要做中国版《魔戒》。"

陈彩："……"自称中国版《魔戒》的电影太多了，但实际上人家那个魔戒大概是钻戒，而有些拍的那些更像是两元店里的铁皮环。

"不管是他是魔戒还是神戒，你这阵子多留意一下，打听打听，"孙泉道，"下个月吕导去苏州拍外景，到时候你看看去接触接触，能争取个角色什么的最好，如果争取不来，那也试试，看能不能给他搅和黄了。"

陈彩没想到一进来就听了个狠的。这都是一个公司的，抢资源正常，怎么还互相拆台呢？这是什么操作？

孙泉没解释，又从手里递了把钥匙过来："哦对了，公司给你配了辆车，在B2停着，尾号21。"

陈彩低头一看车标，是四个圈，忙摆手道："不用了孙姐，苏州我坐飞机或高铁去就可以，不用专门配车。"

"跟那个没关系，"孙泉说到这儿若有所思地打量了他一眼，道，"是行政部给的。"

行政部？

陈彩拿着车钥匙回去，心里一路好奇，一直忍到下班点到才飞快地拿着东西直奔了B2停车场。

果然，找过去一看，是辆奥迪TT。

陈彩惊叹，这是何等豪华的配置！

车子虽然是公司给的，但看着还挺新，颜色又是扎眼的日光橙，陈彩这一路上算是赚足了路人的眼球。等到回自己家，他也没闲着，对着"小橙"前后左地好一顿拍，又钻车里搔首弄姿地自拍了一堆，最后选了一张不那么刻意的发了出去。

很快照片底下冒出了一串赞，留言的大多是朋友，恭喜他喜提新车。

陈彩美滋滋地在沙发上蜷腿坐着，正要给他们回复，就见一直不联系的许焕竟然也冒了出来。

许焕：你买车了？

陈彩愣了一下，翻了翻自己的朋友圈列表，见没有同事，犹豫了一下，故意回了个微笑的表情。

许焕此刻心里要酸死了，没想到这才几天不见，这人不仅换了好衣服，还买了辆车。

虽然车没有多贵，但比自己的车要好多了。

这人哪来这么多钱？

他心里正酸着，就听旁边的人不耐烦地埋怨道："出来半天就知道盯你那个破手机，有什么好看的啊！人都走了。"

许焕一怔，忙抬手，冲陆可萌笑了笑："这不刚刚有人联系我吗。"

他今天临时被陆可萌拉出来陪朋友玩，但没在一块儿聊几句，陆可萌的几个朋友就走了。她觉得没意思，对许焕也有点迁怒。

"谁啊？"陆可萌皱眉瞅他，"联系你干吗？"

许焕脑一转，忙道："以前认识的一个人，他之前好像搭上你哥了，刚刚显摆新车呢。这车是不是你哥的？"

说完把陈彩的照片点开，停到了只有车子的那张照片上。

陆可萌看了眼，琢磨道："可能吧，有点眼熟。但我哥能送人这个？这都老款了吧，谁要啊！"

许焕这才明白过来，提醒道："不是陆渐远，是陆渐行。"

陆可萌愣了愣，随后没好气道："那谁啊，不认识。"说完又烦躁地一推杯子，提着包就走，"烦死了，谁教你动不动给我认亲戚的……人笨又穷就算了，眼神儿也不好使。"

她的一张脸皱成一团，攒着火没处发，转身就走。许焕没想到一提这个她还这么生气，立刻在后面提着包跟上去。幸好这边是一处私人会所，进来的人少，也没有旁观者看热闹。

　　许焕一路追着人下楼，又去乘电梯，拐弯的时候路过一处包厢。那包厢房门半掩，里面的人似乎正是酒酣脑热之际，又有年轻男孩女孩的劝酒声、嬉笑声。

　　他忽然觉得有些不对，眼见陆可萌已经乘了电梯下去了，自己反正追不上，于是又悄悄后退一步，从那道间缝里往里瞧。

　　果然，里面围坐一圈的俊男美女中有两个熟人，正是刚刚提到的陆渐行和陆渐远。

　　陆渐行看了眼手机，上面有几个未接来电，是刚刚跟人喝酒的时候错过的。其中有两个是成叔和另一个长辈的，剩下的都是陈彩的。陆渐行犹豫了一下，想给陈彩回一个电话，但是这会儿显然还不是合适的时机。

　　他想到这儿，抬眼看了看眼前的几个人。

　　饭桌上的几人都是熟脸了，陆渐远左右逢源，已经劝着人喝了大半。唯有一个长发中年男子穿一件汗衫，神色不豫地坐在一旁，有一搭没一搭地夹一筷子菜吃。他面前的那杯酒从进来之后满上，愣是一口没喝。

　　陆渐行忍不住多看了他一眼，暗暗琢磨今晚的对策。

　　他跟陆渐远都没想到，这个贾导竟然比吕涵还要难办。

　　吕涵那人嘴巴臭，脾气怪，当初跟天颐松口的时候，提出的价格是一年八千万。陆渐行衡量了一下他的名气和能力，觉得这个价格有些高。之前两人没谈成，虽然有脾气不和的因素，但实际上价格才是主因。

　　谁想到等回头弃了吕涵找这位贾导，这个自称艺术家的竟然狮子大开口，上来就要一个亿。

　　国内能拿到一个亿的导演屈指可数，但这里面绝对没有他。

　　兄弟俩这次遇到了硬疙瘩，陆渐远谈了几次没有进展，只得今晚找了几位熟人作陪，都是跟对方也有交情的。要么是企业老总，要么是知名制片，今晚一聚，也是希望几人从中说和，看看能不能谈个好接受的价格。

　　陆渐行作为他的大哥，这个时候为表重视，自然也要出席。因此下午接到电话后，陆渐行便直奔了这处目的地。

　　只是目前来看，这人好像对他们很有意见。

　　陆渐行按住性子，跟陆渐远对视一眼，慢吞吞跟这几人磨。后来还是一位老总开口，拉着贾导说了几句话，把话题引到了正事上来。

谁知道贾导一手搭在椅背上，瞥了陆渐远一眼，一张嘴就夹枪带棒地说道："你们兄弟俩都还是小年轻，想当年我跟你爸谈的时候，他还得在酒桌上给我敬酒，喊我一声大哥呢。那时候一伙人吃饭，我不动筷子，你爸就是饿死也只能对着一桌子菜干瞅着。"

早些年老陆董才入行的时候，的确没什么地位，贾导当时已经成名，捧着他也正常。但是时今不同往日，现在又是当着对方的两个儿子，他这话就有些过了。

陆渐远顿时有些恼火，不过他很快压下来，只笑道："这要说起来，还是贾导演保养有方，你往这儿一坐，精神焕发满面红光的样子，可比我们这些小辈风光多了。你不说谁能想到你比我爸岁数还大呢。"

贾导笑了笑："你爸也爱保养，吃些什么丸什么药的，上次还让我也吃。我那时候就说他，你吃再多，没用。你看怎么着，我说的没错吧，现在你爸那身子纯粹是自己作的，年轻的时候还聪明点，现在老了就糊涂了。"

席间还有几个年轻男女，听这话说得轻佻，不觉抿嘴忍笑。

陆渐远的脸上已经变了色。

陆渐行一直没怎么说话，这会儿忽然问："贾导的意思是多少钱？一个亿？"

在座的几人都跟陆渐行不太熟，贾导也听说过这位的来历，无非是两派争斗时被人塞进战局的阿斗……因此他从头到尾就没拿正眼瞧他，没想到陆渐行突然会主动转到这上面来。

贾导默不作声地转过脸打量他。

陆渐行道："一个亿稍微多了点儿。"

"那是你们没有诚意，"贾导摊开手，语调有些油滑，"如果没有诚意，就不要谈了，浪费大家时间对不对？"

"这话对，"陆渐行笑道，"毕竟天颐池子小，养不起这样的大王八。"

他说完拿着手机看了看，率先站了起来："我这儿还有事情，需要先走一步了。各位是转场是继续？"

陆渐远听他骂了那贾导，顿觉出气，却不好表现出来，只道："现在时间还早，哥你有事就先走，我陪各位老总转转好了。"

189

两人一唱一和，陆渐行转身下楼，给成叔打了个电话让他来接。

　　楼上陆渐远也顺势接着往下聊："我大哥这人，爱用些俗语，但是往往词不达意，也不太顾及场合。贾导您也别往心里去。"

　　贾导刚刚被陆渐行骂了王八，脸面没处搁，恨恨发作道："没规矩，不懂事，做什么老总？！我看这老总他当久了，你们迟早得玩完！"

　　陆渐远笑道："这话您敢说，我可不敢接。刚刚当着他的面我不好表态，不过贾导您有句话说对了，我爸是有点老糊涂了。"

　　他说到这里叹了口气，对人一副推心置腹的样子道："这事儿我就给您交个底吧，公司里动钱的事，我说了不算。贾导您那一个亿，搁我这儿绝对没问题，我有就给您了，没有，那咱欠着。可是我哥不行……现在章都在他手里把着，没他点头，我就玩完。"

　　"我听说你们兄弟挺齐心啊，"贾导怀疑地看过去，打量着陆渐远，"你俩这是要唱戏套我吧？"

　　"这我怎么套啊，"陆渐远道，"他一走，咱直接没得谈了。要不然我跟您定好了数，他回头扭头不认，我里外不是人啊，您说对不对？"

　　一旁有人立刻应和："你这大哥也够绝的，跟那孙猴子似的，石头缝里往外一蹦，别人还不知道他来历呢，他就跳你头上当老总了。"

　　陆渐远伸手在嘴巴一比，"嘘"了一声："心里明白就行，这当家长的，最疼的往往就是那个什么都不干的。"他说完一顿，脸上露出点懊悔之色，似乎是觉得自己多言了，又立刻笑哈哈招呼道，"大家吃得怎么样？咱接下来是去旁边搓两把，还是去洗个澡让人给捏捏？"

　　陆渐行在车里等了好一会儿，成叔那边才过来。

　　老人家先是往车里看了眼，见他在里面皱着眉闭目养神，心疼地"哎"了一声，这才敲了敲车门。

　　陆渐行让他上来，自己换去了后座。

　　成叔问："刚刚我好像看见渐远的车了，是他吧？"

　　"嗯，"陆渐行道，"他们还有的玩，我提前出来了。"

　　"又喝酒了？"成叔发动车子，掉头往回看，忍不住劝道，"这个工作好是好，但是这酒喝得也太频了点儿。你从小就是不太能碰酒的，喝了就难受，每次还得陪着。"

"渐远比我喝得多，"陆渐行靠在座椅上，叹了口气，"成叔你上次说有个什么东西养肝来着？"

"片仔癀，我听别人说的，也不知道管不管用。"

"那回头你去买两盒给渐远，"陆渐行道，"他最近天天喝，有点让人担心。"

成叔"哎"了一声应下，过了会儿，才提议道："你们俩不打算带个助理吗？这喝酒哪能自己来，找几个年轻力壮酒量好的给挡挡。就跟那个小陈似的……"

陆渐行"嗯"了一声，过了会儿才反应过来，问："陈彩的酒量好？这个还能看出来？"

"能啊，"成叔道，"看别人不好说，他那妥妥的。"

他说完见陆渐行没说话，想了想，又提醒道："过几天就是先生的忌日了，你要回苏州吗？"

"回。"陆渐行点点头。

"那我提前几天回去，先把家里打扫出来。"成叔道，"这次咱半年没回去了，也不知道家里那棵石榴树还活着没？哎，真是老了，动不动就想退休回去种地去，可是又舍不得让你自己在这儿。"

他絮絮叨叨念了几句，听到后面没动静，从后视镜看了眼，陆渐行不知道什么时候已经睡过去了。

眼前的道路宽阔，却因夜色已深，前方看去仍是黑黝黝的一片。成叔打开音响，将音量调低，又把车窗升上去一点。

有微风徐徐吹来，车内音乐舒缓，车外路旁的霓虹灯五光十色，闪耀不停……陆渐行微微睁眼，往外望了会儿，随后又闭上，几不可闻地叹了口气。

回苏州的日子很快定了下来，因为这次是私人行程，要在那边多住段时间，所以陆渐行并没有让秘书跟着，而是只吩咐了成叔回去。

他倒是也考虑过陈彩，无奈联系几次，陈彩竟比他还忙。

对于近日来的忙碌，陈彩的确是有些准备不足。他以前带王成君和霍兵，虽然是大包大揽，事无巨细都要过问，但毕竟机会少没资源，所以一年之中总有段时间闲着。即便有事忙的几个月，也不是天天都要像陀螺一样转着,但现在跟着孙泉情况就不一样了。

孙泉组里的艺人不止一位,现在禹一鸣在剧组拍戏,她便把精力都放在了自己准备力捧的一位女演员身上。陈彩初来乍到,经验不足,于是孙泉便安排他去做些边边角角的工作,今天跟禹一鸣那边的驻组宣传联系一下,收集一下可用的物料。明天跟雪莹的助理联系安排杂志拍摄或商业活动,内外沟通,问题反馈,资料收集……大事没有,小事不断,一刻都不得闲。

除此之外还有一位老戏骨,如今七十岁高龄,不愿劳累,因此每年就固定一两部剧,偶尔接接广告。孙泉跟老先生认识多年,现在不能时时过去照看,于是也派陈彩过去,或是送送东西,又或者来回带些资料合同。

老人家行动慢,资格老,不耐烦别人催促他,陈彩去十次有八次得被说教几句,要么是停车位置不对,要么是说话太快让他跟着急躁。而且对待合同一事老人又十分谨慎,经常一条一条抠下去,陈彩得在边上耐心给他讲了,逐条落实确认,才能回到公司继续忙其他的。

陆渐行有几次电话过来,陈彩正在老人家里坐着,手机静音,也不敢随便接起,只得等出了楼栋才能给陆渐行回过去。

偶尔约着晚上一起吃饭,陈彩又总碰上开会或加班。等忙完回去往往时间已经太晚,他也不好意思再上楼,只得在楼下给陆渐行打了电话,道过晚安,然后看着楼上的灯倏然熄灭。

眨眼半月过去,直到陆渐行启程,两人也没能见上一面。

陈彩对此也没办法,之前两人三天两头地碰上,斗斗嘴,如今关系刚刚要好一点儿了,却被工作卡着。

陆渐行出发这天正好是周末,陈彩前一天回来得晚,一早在手机上留言问他的出发时间,琢磨着要不要去送个行。谁想那边还没回信,孙泉又来了一连串的夺命催。

这次还是让他去老人那儿看看,她因为着急带人去一个私人宴会,因此只匆匆交代了几句,也没说其他的内容就挂了电话。

陈彩等了会儿,见陆渐行迟迟没有回信,只得暂时放弃送机的想法开车出门。

路上经过一家早开的店面,外面摆着几种营养品。陈彩忽然想起上次的时候老人家抱怨现在油条嚼不烂了,自己做一日三餐又太麻烦,干脆下车顺道买了点养胃的早餐冲调品过去。

等到了地方,老人家正在挪东西,陈彩忙过去帮忙,等干完活,就听对方指着他搬上来的箱子,埋怨道:"这个东西黏糊糊的也没啥营养,买它干什么!浪费,还不如下次直接给我钱呢。"

陈彩回头看了眼,笑道:"这是我自己买的,不走公司的账。你不是说胃不好又不想做早饭吗,喝点这个垫一下肚子不错。而且也不甜,要不先给你冲点尝尝?"

老戏骨的脸色这才好了点,叉着腰在一旁看他拆包装。

陈彩跟伺候老太爷似的,给他烧了开水冲调好递过去。

老戏骨这才问:"今天是不是有事?"

陈彩如实道:"没事,就是孙姐让我来看看你。"

"这一大早的……"老戏骨问,"那你知道她为什么让你来看我吗?"

陈彩茫然地"啊"了一声,没听明白什么意思。

老戏骨瞅着他,过了会儿,才从鼻子里哼了一声:"你们公司那些人,个个都是人精。没事能让你天天过来?"

陈彩挠了挠头:"孙姐也没说别的,我以为她就是跟你关系近呢……"

"不是她跟我关系近,"老戏骨摇了摇头,叹气道,"她是觉得吕导跟我关系近……吕涵那小子现在傲气得很,胃口也大。你们上头的人跟他合不来,孙泉想找他办事也碰了钉子。上次她打电话跟我说,要让你过去见见,但是你这人老实了点儿,恐怕过去得吃亏。"

他说到这儿顿了顿,看着陈彩长长地叹了口气:"她知道我这人心软,你天天来我跟前晃,又是干活又是送东西的,我保不齐就会帮点什么。再者我儿子出国的时候跟你一般大,我有阵子想他,怕他在外面吃亏,所以就格外见不得身边的年轻人受苦……"

陈彩恍然大悟,这才知道自己被孙泉算计了一道。再看老戏骨如今一把年纪,虽不至于老眼昏花,但腿脚已经有些不灵便,现在有事被人利用,无事的时候恐怕也是被远远丢开,忍不住又有点替人心酸。

"这些我的确不知道,"陈彩一时冲动,忍不住道,"老师你如果为难,这事就不用管了,我总会有别的办法。"

老戏骨看定他,点了点头道:"我本来也是想说,这事我不会管。"

"在年轻人这事上我吃亏太多次了,"老戏骨道,"你是个好孩子,回去告诉孙泉,这就是我态度,你以后也不要来了。"

虽然不是自己的主意，但当面被人这么说，陈彩脸上也火辣辣的。他点点头，又下楼把车里打算给他爸妈的另几箱早餐粥也搬上来，这才开车回了住处。

等把这事原原本本汇报给孙泉，那边果然沉默片刻，丢下了一句："那你先这样吧。"

陈彩心里有气，忍不住道："孙姐，我知道你这是为我好，怕我在吕导那儿受挫。但是找雷老师这事弄得我挺被动的，这也不涉及什么机密，为什么非要我被蒙在鼓里呢？"

他说完觉得自己怨气稍重，又缓和了一下："而且如果一开始告诉我，让我有个方向，是不是事情可能会办得更好一些？"

孙泉没想到他脾气还挺大，顿了顿："该做什么我自然有安排，你只要照做就是了，不需要问这么清楚。"

"那我确认一下，"陈彩道："孙姐之前说我让跟宣传要禹一鸣的拍摄花絮。这样我只需传达意思就可以，至于宣传什么时候给，给多少，给过来之后放哪里，要不要整理发布……这些我完全不用管，一切等安排就可以，是吗？"

孙泉："……"

"如果是这种执行力要求的话，我没问题。"

"……雷老这事是我没考虑妥当，以后会注意的。你也不用怨气这么大。"孙泉捏了捏眉心，想了想，道，"给你几天假，你也歇歇吧。"

两人都干脆地挂了电话。

陈彩看了眼时间，心想上哪儿歇着去，他拿着手机翻翻，估摸着陆渐行已经出发了，不好立刻打电话，只得心里叹了口气，仍旧去骚扰BB。

这次两人终于约上了，找了一处新开业的餐馆吃麻辣小龙虾。

那边陆渐行刚到家里，就有电话打了进来。

他看了一眼，接起来有些惊讶："渐远，怎么了？"

"贾导那个，我打听出来了。"陆渐远在那边暗骂了一声，对他哥道，"他跟老王董搭上线了，我手下有人看到他俩一块儿去打高尔夫。"说完一顿，暗骂道，"这个老狐狸，玩我！"

"那就先别动了，"陆渐行捏了捏眉心，"我这几天在老家，回去再谈。"

陆渐远微微一怔，这才想起两天后是陆渐行养父的忌日。

对于陆渐行，陆渐远小时候是羡慕居多，他那时候不懂事，在家总是挨打挨训，陆可萌欺负他，家里保姆管着他，话没说利索还有各种培训辅导班等着他。

他的童年里没什么自己的时间，一举一动都被人看着被人安排着，因此后来父母带他去陆渐行那里，他看到后者跟着养父母上山下河，捉鸟摸鱼，着实羡慕得不得了，哭着喊着不要回来。

而陆渐行也愿意让着他，他凡是喜欢的稀奇玩意儿，不管大小贵贱，他要，陆渐行就给。这样去了三四次，他父母就不带他去了。

后来陆渐远才从长辈口中得知，陆渐行是他的亲哥哥。

当年他妈跟别人结婚，蜜月旅行的时候认识了他爸。年轻男女一见钟情，做了错事，还怀了孩子。原本这事两人都想隐瞒下去，谁想那男方偏偏查出了不能生育……新婚小两口就这么离了婚，孩子还是生了下来，留给了男方。

正好他母亲离婚再嫁，也不想带着个孩子受人指点。稀奇的是两家也没闹翻，每隔一两年，总还会见个面。

陆渐远对于长辈的恩怨不太在乎，就是换位思考一下，又有些同情陆渐行。

毕竟他知道这事的时候已经十几岁，也清楚了物质条件对人的影响。可是自己从小锦衣玉食，哥哥却在偏僻山区钓鱼摸虾……更让人难以接受的是，家里人始终对陆渐行防范警惕，后来陆渐行的养父病重，要让陆渐行认回陆家，这边也是结结实实打了几架。

如今数年过去，老少几代都开始往公司里掺和，陆渐远纵观周围，却又忍不住感慨，幸好自己跟陆渐行还算兄弟齐心，要不然公司恐怕早就被折腾得换天了。

他那边唏嘘慨叹，这边陆渐行带着礼物拜访养父的旧友，却被人好一顿说教。

见面的地方在恪老的旧宅里，陆渐行小时候跟着养父母常来这边喝茶赏鱼，后来他养父母先后去世，恪老就不太见他了。

二人选了一处凉亭坐下，中间是一个长条越南木雕茶台，虽不是罕见材料，但胜在宽大，少说也有三米。

恪老让人去沏了茶，陆渐行知道他近年对自己不满，也不好随便说话，只安静看着他润茶。

等到茶出汤，恪老才道："以前你父亲在的时候，就喜欢到我这里来蹭茶喝。他手里也有好货，但是在普洱上就比不过我。那年你还小，我好不容易从别人那儿诓了一点昔归的明前茶回来，还没等藏起来，他就闻着味儿来了，非让我给他泡。我说这茶金贵，要用忙麓山的泉水泡才地道，他二话没说，让人去山里给他装水，一路周折，两天才运过来。我们俩那会儿也是在这儿，摆一茶席，小心翼翼的，就几克茶，泡了十几泡。今年又有人送了我一点，我当时就想起来了，他不在了，你来尝尝，也是好的。"

陆渐行很久没听人提起养父了，鼻头微微发酸，转开了脸。

恪老叹一口气，却继续道："也就是那天，他跟我说起你那个生父的打算。陆董如今重病，我一个外人按理说不好再评价他，但你可知道当时你父亲为何帮他一把，投了那几百万进去？"

陆渐行点了点头："知道。"

他在天颐的股份就是这么来的。后来投资的几人获利退出，唯独他养父留了那一点在里面。虽然养父没提，但是明眼人都知道老人家一直在为他的以后铺路，既怕他以后孤苦无依，在这世上没有亲人做伴，又怕他回了陆家后无根无凭，被人欺负。

恪老点了点头："你父亲亲人缘薄，所以当初一时自私留下了你，让你失去了跟父母团聚的机会。这些年他一直觉得对你有愧，所以早早替你筹谋，既告诉你你的来路和将来的去处，可又不舍得你接触那些尔虞我诈的东西。那年他病重，除了把万贯家产留给你，还额外嘱托了我们老几个，一定要照顾你，送你回去……"

"几位长辈的提携和照顾，晚辈不敢忘。"陆渐行微微动容，顿了顿，又道，"我也从未怨过父亲。"

"可你回去之后呢？"恪老眯了眯眼，打量着他，摇头道，"你能坐上这个职位，王董出的力不少。可事实上，你回去之后自己做了些什么？我原以为你是人小不懂事，现在看来……"他说到这里从鼻子里冷哼一声，将手边的茶宠重重拍下,"恐怕养恩不如生恩,你父亲拴来了一头中山狼吧!"

陆渐行虽然知道这人也是有自己的安排,但听到这种指责,仍是忍不住浑身一震。

恪老打量他片刻,又从手边拿出一样木盒,冷笑道:"这方瓦砚是你父亲的心爱之物,上面有四位明代大家的题字,之前他放在我这儿,现在我也一块儿还你。你年纪小,莫要以为旁人都要从你身上图利,如果要做什么事,先摸摸你的良心,问问对不对得起故人。"

……

陆渐行出去一趟,回来就把自己关在了房间里。

成叔看得心里直叹气,又有些着急。

他知道现在的情况,无非是两边打架,棋子遭殃。尤其是陆渐行这枚棋子看似身份尴尬,但又有自己的底牌,并不受人摆布。因此得到他的一方欢欣鼓舞,另一方则又气又恨,软硬兼施,恨不得逼死他。

这次回来他原本想劝着陆渐行不要去看别人的,可是这孩子又重感情。

成叔心里无奈,午饭做好去敲门,里面的人果然不吃。等到晚上,那边也是如此。正一筹莫展的时候,陈彩突然来了电话。

成叔接起,就听那边欢快地问:"成叔,我给陆总打电话怎么没人接啊?"

成叔心里叹气,却又不好往外讲,只道:"他现在心情不好,可能关机了吧。"

陈彩"哎"了一声:"那怎么办?我过来找他玩呢,现在迷路了。"

成叔愣了愣,他没想到陈彩会突然过来,不过要是能过来看看陆渐行的话,他说的话肯定比自己说的话强。

"你在哪儿呢?"成熟问,"你看看周围有什么标志。"

"这边是那个……"陈彩抬头看了看,"观前街。"

"市里啊?"成叔啊了一声,"那儿离这儿远了去了。"

陈彩:"……"

成叔看了看时间,忙叮嘱他:"你找个地方安稳等等,我过去接你。"

他挂了电话,小跑着上楼,隔着房门对陆渐行道:"小陆,陈彩过来了,我出去一趟接他一下。晚饭就在外面吃啊,你饿了自己吃点。"

说完忙去自己的屋里拿钥匙，等一出来，却见陆渐行开门出来了。

"你说要去接谁？"陆渐行一脸疑惑。

成叔看他终于出门了，心里松了口气，不觉高兴起来："去接陈彩，刚刚他给我打电话说过来找你玩，结果迷路了。"

"陈彩？"陆渐行怔了怔，"他在哪儿呢？"

"在市里呢，观前街那儿，"成叔道，"估计这孩子是坐高铁过来的，我一会儿走高速，差不多两三个小时就回来了。"

他说完转身出去，刚走出两步，忽然又被陆渐行叫住了。

陆渐行的神色有点奇怪，看样是不太相信，不过仍是对他道："多给他带件衣服吧，晚上会降温。"

成叔刚应了一声，陆渐行又改了主意："算了，还是我去吧。"

他说完回自己房间，拿了件外套出来，又匆匆开了手机看着。果然上面多了两个未接来电。

陆渐行从成叔手里接过钥匙，回拨了电话，等待电话接通的间隙，又回头叮嘱："晚上我就不回来了。你早点锁好门。"

"明天呢？"成叔忙问，"你跟小陈回来吃午饭？"

"回来，"陆渐行点点头，"明天你有空就去买些新鲜蔬菜，最好农家自己种的，陈彩有点挑食，超市的他不爱吃……"

絮絮叨叨又是几句，这才上车，拐道开了出去。

正好陈彩那边接通了，陆渐行问了一声，就听那边嚷嚷着夸张大喊："我在这儿人生地不熟的，差点让人给拐了你知不知道！"

陆渐行听他咋呼，心里不自觉地放松了一些，说他："不知道。你拐别人还差不多。"

陈彩轻啐一口。

陆渐行脑补了一下他在那边咧嘴，不觉笑了笑："你怎么来了？"

中午陈彩打电话的时候他以为这人只是唠叨一句，哪想到这人行动力这么强。

"来都来了，我没跟你要礼物做车马费呢，你还嫌弃上了。"陈彩在那边耍嘴皮子，又催促他，"你快点儿吧，我在街头流浪一小时了。"说完一顿，忽然又想起来，改了口，"算了算了，还是慢点吧，安全第一。"

陆渐行让他先挂电话，等听到嘟嘟声响，心里忽然畅快不少，忙加了一脚油门提速上去。

等抵达约好的碰头地点，时间比预计的还早了十几分钟。

陈彩穿着一身衬衫西裤，打扮得挺正式，蹲在地上正玩一个黄色的毛绒玩具狗，时不时拿手里的矿泉水瓶拍一下，那小狗就叽里呱啦开始放音乐转圈走。

陆渐行把车停好，紧走了几步过去，想要吓他一下，又觉得不好意思，末了咳了一声。

陈彩回头，笑着站起来，大步朝前给了陆渐行一个大大的拥抱。

第7章

　　陈彩来得匆忙，在街头流浪半天，还没找落脚的地方。幸好陆渐行知道一处距离不远的园林酒店，风景和服务都算上乘。

　　陈彩跟着他到了地方，才知道这酒店原是某名人的花园别墅，其中山池亭榭占了大半的面积，松柏盆景也是处处可见。

　　陆渐行要了一处套房，等去到楼上，周围却静悄悄一片，似乎并没有其他住客。

　　陈彩既喜欢这处环境幽雅，又忍不住脑补了一些有的没的，全是鬼片场景。他自己吓自己，起初还是跟陆渐行一前一后地走，这下忍不住赶紧跟上去。

　　陆渐行回头看他："怎么？"

　　陈彩小声嘀咕道："这里也太安静了吧……"

　　"安静了不好吗？"陆渐行回头笑他，"芝麻大的胆儿。"

　　陈彩不想露怯，忙道："谁说我害怕了。"

　　陆渐行笑着摇了摇头。说话间客房已到，两人开门进去。

　　陈彩带的行李不多，就一个小小的箱子，里面装着几件衣服，他找了身轻便的换上，便拉了陆渐行出去。

　　两人弃车步行，沿着酒店出去，走走停停地瞎看。陆渐行对这块很熟，偶尔看陈彩走慢一些，稀奇地抬头看，便会笑着给他讲这块的风景布置、那片的历史渊源。

陈彩听他讲得有趣，又想他也算是本地人，忍不住跟他打听几处美食街的地点。

陆渐行却摇了摇头道："我对那里也不熟悉。"

陈彩一愣："你不是从小是在这儿长大的吗？"

"不是，我家离这儿有点远。在跟上海交界的小镇里。"陆渐行说完忍不住笑了笑，"以前我父母在的时候带我过来玩过，就是住在这边，然后去酒楼吃两顿饭，再去书场听听评弹，隔天就回去了。我那时候问美食街小吃街这些，他们就跟说我那些地方有坏人，专门拐小孩。后来有次我闹腾，我父亲就偷偷带我去了，但是不让我吃赤豆小圆子这种甜食，说里面容易掺药，到时候爷俩都被人拐了。"

"啊？"陈彩一愣，"你小时候这么傻？"

陆渐行抿嘴直笑："我那时候有颗虫牙，所以他们为了不让我吃甜的想尽了办法。"

"那去一趟什么都没吃？"陈彩有些同情，"岂不是要馋死。"

陆渐行摇头："父亲带我去了一家酱骨头店。"

陈彩："……"

"他说酱骨头太贵了，坏人不舍得用。所以我们一人抱着一块骨头开始啃。回去的时候怕被我母亲看出来，又找地方洗了脸。但还是被发现了。"陆渐行道，"那时候我在换牙，牙缝大，所以夹了一缕肉丝回去……那肉丝成了呈堂证供，我跟父亲大晚上写了悔过书。"

陈彩忍不住哈哈哈大笑起来，他下意识想问陆渐行他父母的情况，却又想起上次自己妈妈说的电视剧。

陈彩犹豫了一下，怕话题找不好勾起人的伤心事，想了想，也拿了自己的糗事来说。

"我小时候也干过这事，"陈彩咳了一下，"我有阵子特别胖，所以我妈为了让我减肥，天天只做青菜。有一次我就装病，跟我爸串通好，借着出门打针的名义偷偷去吃了顿酱肘子。爷俩一个月没见肉了，那个馋啊，馋疯了。最后吃得满嘴流油，回家就被我妈逮住了。"

陆渐远一想陈彩家鸡飞狗跳的样子就觉得有趣，他父母教育他的时候都是文绉绉的说教，不知道陈彩家是什么情形。

"然后呢？"陆渐行问，"挨揍了没？"

"没有，"陈彩道，"那天我妈晚上故意做了一桌子肉，糖醋里脊红烧肉，酱焖肘子小排骨……"

他说到这儿一叉腰，伸出一根手指恶狠狠地点着一处，学陈妈妈那劲头，掐着嗓子恶声恶气道："吃啊，爷俩不是爱吃肉吗？今儿都把这桌子给我吃喽！怎的，不吃啊，外面的肉才好吃是不是？是？你敢说是？不是？不是你爷俩出去个什么劲！"

他摇头晃脑学得挺像，就是最后一句声调一高，破音了。

陆渐行："……"

一旁正好有人路过，眼神古怪地看了陈彩一眼。

陈彩老脸一红，只梗着脖子假装无事地瞥回去，等那人一回头，他赶紧转身拽着陆渐行拐弯跑了。

两人拐到另一条路上，见周围没人看了，这才对视一眼，忍不住扶着墙哈哈大笑起来。

"哎哟我的妈，丢人丢到这里来了，嗓子怎么劈叉了呢？"陈彩抹了抹脸，一脸悲痛地问，"刚刚那人看我的眼神，是不是觉得我有些傻？"

陆渐行忍不住地笑，故意点头："是。"

陈彩扭头看他，两人一对视，又莫名其妙地想笑。

"有毛病，"陆渐行笑了一会儿，才忍不住道，"这有什么好笑的。"

"对啊，有什么好笑的。"陈彩哎哟一声，走他旁边，"聊点儿正事，今晚儿吃什么？"

陆渐行问："你说呢？"

"酱骨头？"陈彩又来刚刚那套，伸手点着，"糖醋里脊红烧肉酱焖肘子小排骨……"

"不了不了，"陆渐行笑得泪都出来了，"不敢了。"

两人找了一处古色古香的酒楼进去，点了几样招牌菜。

陆渐行笑了一路，腮帮子发酸，等着上菜的工夫便靠在椅子上打量陈彩。后者正好扭头去看一旁的食客，侧脸英挺，唇角带笑。

陆渐行发现陈彩的嘴唇其实偏薄，而且五官虽然精致，但下巴微翘，鼻子比常人的坚挺，所以乍一看很有男子气概。

这种人通常事业心强，做事坚韧，很有不达目的不罢休的狠劲儿。

陆渐行想起他前段时间去了解王成君的事情，后来觉得不踏实，又联系了王成君本人。

后者在那边哭哭啼啼，说得他跟陈彩谁也离不开谁一样，又觉得他陈哥好可怜现在肯定很沮丧。陆渐行挂掉电话睡不着，大晚上给陈彩打过去，想要安慰他一番，谁知道那边正在忙新工作。

陆渐行这边刚接通，就听陈彩别的手机响。陆渐行让他先去忙，自己在这边听了一耳朵，好像是雪莹请假去拍广告，跟剧组请假后者不允许的问题。

陈彩那时候语气温和，态度却很强硬，对那边道："我们的假期还有很多天，这次也提前通知了，雪莹周三去周五回，保证不会耽误拍摄。"

那边似乎看他语气软，拒绝了一句，陈彩继续笑道："那这样没办法了，我们周三的机票已经订好了，到时候不管你们有什么通告，我们都会直接走。"

雪莹的位置在这儿，又是带资进组，陈彩跟人打起交道来也跟原来的方式截然不同。等那边终于应了，他又给雪莹的助理打电话，确认机票和其他种种注意事项，条条款款都是些琐碎细节，他倒是记得清楚。

彼时陆渐行对于王成君哭出来的那点担心顿时荡然无存，他那时候有些好笑，又有些慨叹，心道陈彩这人适应力和承受力比自己想象的强得多，甚至比自己的都强。

陈彩转过脸的时候就见陆渐行有些出神，他歪了歪头，后者才突然回过神。

"你该不会困了吧？"陈彩一想陆渐行今天才回来，又大老远开车过来接自己，忙道，"那我们一会儿吃完就回去。"

陆渐远"嗯"了一声，问他："不是要去买礼物吗？"

"这机会先留着，"陈彩道，"我得慢慢想，不能浪费了。"

"你最近有没有联系王成君？"陆渐行仍忍不住问，"看他以前跟小狗似的跟你屁股后面，现在突然分开，你俩肯定都不适应吧？"

"一直有联系，禹一鸣正好跟他一个剧组，他俩现在关系还挺好的。"陈彩给他倒了一杯茶，笑了笑，不紧不慢道，"其实生活就是个不停去挑战的过程，有些事改变不了，就只能去适应。适应期越短，损失越小。"

陆渐行挑眉："那个有关生活的理论？"他之前看到过，生活就像汹涌的海浪，不能反抗就学会随波逐流。虽然道理是那样，但那种腔调他很不喜欢。

谁知道陈彩摇了摇头："不是，是珍珠理论。生活就像是串珍珠，不小心掉了一颗，不能丢开绳子去找，你得继续去穿下一颗。"

陆渐行惊讶："这个倒是没听说过。"

"我自己编的，"陈彩拿茶杯跟陆渐行轻轻一碰，笑了笑，"再说日子还长，我跟成君分开就分开，有句话怎么说……山水总相逢，来日皆可期。"

两人吃完又沿原路慢吞吞地走了回去，陆渐行的确有些累，或许是一天内奔波较多，也或许是中午恪老的话对他仍是有不小的影响。

他想起那方瓦砚，又想起当年养父母牵着他从这儿走过的场景，都是一些小事，但他记忆好，一样样都记得清楚。这些年他时时想起过往，人虽年轻，但偶尔会有老气横秋的感觉。

现在想想，其实陈彩的话有道理，珠子丢了，绳子断了，再难过也不能过不去。

谁还没有个坎儿？快点迈过去就是了。

他渐渐想通，心思豁达不少。

一旁的陈彩看他一路若有所思的样子却忍不住想多了。他想起成叔讲陆渐行下午心情不好关机了，再一联系自己打听来的情况，忽然脑补出来了电视剧中小孩儿回乡疗伤的场景。

陈彩原本有很多话要讲，这些觉得不合时宜，忙闭上嘴，陪着陆渐行安安静静地走了回去。等到晚上他洗漱好，陆渐行去洗澡的工夫，他又开始琢磨一会儿安慰人的开场白。

从自我剖析款到循循善诱款，又觉得这样气氛太凝重，琢磨知心哥哥款……他揪着被子思来想去，连日来积攒的倦意倒是不知不觉卷土而来。还没想出个一和二，自己就呼呼睡了过去。

等第二天醒来，陈彩一看时间，都已经是九点多了。

探头往窗外看，外面却是乌云翻滚，黑压压一片。

他赶忙去把陆渐行叫醒，后者看到窗外也是吃了一惊。

两人火速退房回家，等行至半路，果然一阵倾盆大雨兜头冲下，眼前视线被雨帘重重阻断，车速不得不降了下来。幸好路上车辆不多，两人一路小心翼翼地开回去,成叔已经开了大门撑着伞等着了。

陆渐行把车停好,跟陈彩一路冒雨跑进廊下。

成叔忙拿着毛巾追上来,递过去叮嘱道:"热水放好了,你俩快去泡个澡换身干衣服。"说完又忍不住念叨,"这雨怎么说下就下,天气预报也没讲。"

陈彩也心有余悸,道:"雷阵雨就这样,说来就来,可能一会儿就好了吧。"

前段时间才有一则雷雨天气里车辆在高速路上被雷击中的新闻报道。他一路提心吊胆,这会儿到家才算踏实下来。

成叔也是松了口气,这才热情地拍了拍陈彩,又招呼道:"你俩先去洗,我现在去煮点热汤,一会儿给你们送上去。"

陈彩刚要答应,就听陆渐行在一旁道:"不用忙活了,成叔你快歇着吧。我跟陈彩都要补会儿觉。"

陈彩以为他不舍得成叔劳累,忙在一旁配合地点了点头。

不过这会儿没事了,他再打量陆渐行这住处,才发现两人所站的地方是一处檐廊,前面是亭台影壁,后面是花园假山。大概太久没人住的缘故,院内花草很少,只留了两棵遮阳古树。好在远处青山黛瓦,云雾缭绕,远近景色浑然一体,并不叫人觉得荒凉。

陆渐行打发了成叔,让他也不必着急做饭,趁着雨天去休息就行,自己有事就会下来找他,等嘱咐完,这才领着陈彩往前面走。

陈彩后知后觉,震惊道:"你家这是一处小型的私家园林啊?"

"是,"陆渐行道,"只不过我父亲也是一位异乡客,所以这边布景跟本地的园林不一样。以前这些地方有不少盆景,尤其是缩龙成寸的黄杨云片最多。后来他去世,我怕这些养护了几十年的东西毁了,就都送人了。"

陈彩听得目瞪口呆,黄杨盆景他知道,他爸爸也捣鼓过,但是都养成了球。

"你怎么不留着啊,几十年,"陈彩咋舌,"这得多可惜。"

陆渐行笑笑:"那个不能断水断肥,我养不好。"

陈彩跟着他上楼,这小楼外面看着粉墙黛瓦,里面却是现代布置,只不过拐角处都放着绿植。陈彩好奇打量,又指着一处位置显眼的空白底座问:

"这个地方原来放的什么？"

"一棵老杜鹃，"陆渐行道，"也送人了，怕养不好。"

陈彩忍不住嘀咕："这也养不好那也养不好……"这种盆景那么好看，早认识他几年，买一盆送老爹也行啊。

他声音很小，以为陆渐行听不见。陆渐行却扬了扬嘴角。

两人逛了一圈，午饭时间早都过了。成叔见他俩下来瞧了瞧，边去给两人张罗着做饭边高兴道："果然还是俩孩子啊，这一补觉脸色都好多了，红光满面的。"

陆渐行笑笑，问成叔："以前那鱼竿还能找出来吗？我跟陈彩下午出去溜达着转转。"

成叔道："应该还在呢，我一会儿就去给你看看。"

他说完往厨房走，陈彩不好意思让他一个老人自己忙活，忙也跟了上去："成叔，我给您打个下手。"

成叔自然不愿意，撵着他回去歇着。

陈彩忍不住笑道："我在家经常干这个，削个土豆啊洗个菜啊，都没问题。正好两人一块儿还能唠唠嗑。"

他以为是跟着去厨房做饭，等到了一瞅，才发现成叔已经做好了大半。灶上放着一个大砂锅，里面烧好了东西焐着，有鸡有肉还有排骨。旁边挨着还有一个稻草筐。

陈彩好奇地过去看，成叔忙给他掀开，一股白米饭的香甜味立刻散了出来。

成叔笑呵呵道："这饭窠可稀罕了，以前的时候老人都用这个，焖好饭怕凉了，放这里面焐着，越放越香。就是现在没人做了，我昨天去买菜，正好碰上一个老婆婆，花钱跟人买了一个过来。"

陈彩觉得稀奇，忍不住问他："您以前一直在这边生活吗？"

成叔摇头道："也不是，我老家是安徽的，后来给先生开车，他去哪儿我就跟媳妇跟着到哪儿。"

陈彩愣了愣："先生？"

成叔点点头："就是小陆的父亲。"

他心里感激陈彩这次过来探望，又觉得几次看下来，陆渐行似乎对他也十分特别，想了想，低声道："明天是先生的忌日……小陆这人看着面冷，但重感情，我就怕他想不开。他朋友不多，这些天你多陪陪他。"

"可以，我正好这几天有空，"陈彩迟疑了一下，"陆总的其他亲戚朋友呢？"

成叔叹了口气，摇着头去收拾锅灶，"这边没亲戚，先生亲人缘薄，早些年为了保命四处奔波了一阵。后来世道安全了，定居在了这儿，也跟周围的人不太来往。小陆以前上学经常换地方，同龄人玩伴就少，在这边认识的也都是邻居……现在邻居也都搬走了。"

陈彩心里暗暗咋舌，看陆渐行家这家底，他猜着他养父要么做的是牵扯太多的大买卖，要么是有特殊本事生钱快，易招人嫉妒陷害的。综合考虑，想来应该是后者了。

成叔又喊人先生，那多半是跟文化产业有关的……

这么一想，倒也明白了为什么陆渐行有时候会流露出一种稚气或懵懂的神情。陈彩起初还以为是自己的错觉，现在看来，应该是这人从小的生活环境所致。远离市井，富裕单纯，又没有亲戚和同龄伙伴，像是活在世外桃源。也幸好陆渐行天生聪慧，否则以他的经历和财富，自己到社会上肯定要被啃得骨头渣儿也不剩。

他有意探听更多，还未继续问出口，却听成叔道："我这两年身体也不行了，开车的时候觉出来，反应慢了，老眼昏花的。"

陈彩听得心里咯噔一下，忙道："您看着硬朗着呢，哪有这么夸张。"

"我自己清楚，现在说是我给他当司机，但有时候路难走了，都是他开车，我坐着。再者我老婆腿不好，现在上了岁数，也想着好好陪陪她。"成叔道，"但是要说退吧，小陆身边又没个人，我要是走了，他以后有点事，疼了苦了委屈了，连个念叨的人都没有。我又放不下心。"

陈彩心绪跟着乱了一遭，忙道："就是这样，您就当陪着他，再辛劳个一两年怎么样？新朋不如旧友，更何况您对他来说就像家人。以后他就是有了朋友，跟您的意义也不一样啊……"

两人在这边低声聊天，陆渐行刚刚行至门口，却听了个一清二楚。他原本是要来看看饭菜怎么样的。这会儿进去，未免会让人觉得尴尬，心里轻轻叹一口气，把按在门板上的手轻轻收了回来。

午饭三人吃得倒是很畅快,成叔吃完又去把钓鱼的一套东西找了出来。

外面雷雨已停,天色转亮,热气从地面慢腾腾地蒸了上来,又隐约听到几声蛙鸣。

陈彩惊奇道:"这才几月份啊,都有青蛙了吗?我家周围得到夏天才有呢。而且也是水库那儿有,家里听不到。"

陆渐行看他一眼:"这你都稀奇?"说完一琢磨,干脆又去找成叔,不多会儿扛了一个包出来。

陈彩一看是帐篷,惊讶地看着他。

"这是什么意思?"

"带你露个营,"陆渐行笑道,"就在后面山丘上。"

"真的假的?"陈彩难以置信道,"你别唬我啊!"

"真的,我上去拿个毯子,你去准备点吃的。"陆渐行道,"晚上运气好的话还能看见星星。"

陈彩觉得他是在胡扯,下雨天晚上哪有星星,不过他倒是从没露过营,立刻欢欣鼓舞地跑去厨房,让成叔给他装了几样吃的,又搜罗了几瓶水和饮料进去。

钓鱼的地方其实就在陆渐行家后面,是处周围长满杂草的小湖,还没有陈彩家后面的水库大,湖对面倒是能隐约看到几处规整的住宅,房子建得很漂亮。

陆渐行看他往对面看,介绍道:"那一块都是别墅区,这几年规划出来的。"

"怎么两边差别这么大?"陈彩看了看湖这边,不仅杂草丛生,住户也少,周围都是破败的老民居。湖边有条小土路,看样是被人踩出来的,通到地势较矮的一处,那边支着几块石头,还有块丢弃的搓衣板。

陆渐行道:"这边也快了。毕竟老人多,户口少,拆迁也不麻烦。现在地皮这么贵,估计也就是这一两年就要拆了。"

陈彩哦了一声,忽然想到一点,惊讶地回过头:"那你们家呢?"

陆渐行望着湖面发了会儿呆,才道:"我托人问过了,如果到那一步,这宅子就捐出去。"

陈彩:"……"

"那里面的东西,我照顾不过来,也不能看它被毁。那些砖雕石刻,都是父亲当年请的名匠后人做的，有的手艺已经失传。其他的东西，就西南阁的黄山石一块就上百万……"陆渐行道，"当年我妈……"

他说到这儿顿了顿，跟陈彩解释："我喊这边的两位老人父母亲，喊那边的两位爸妈。"

陈彩了然地点了点头。

陆渐行才继续道："当年我妈就是因为家里卖石头，才认识了我父亲的。我父亲比她大二十岁，因为家族有遗传病，所以之前一直没娶妻……反正两人机缘巧合认识，一时冲动就领了证。之后的……你应该知道吧？"

陈彩不知道他为什么会突然说起这些，愣了下，如实道："听说过一些。"

陆渐行点点头："……父亲为人和善、大气，他去世时正值六十六岁，也没受什么痛苦，这在他们家来说已经算是难得。这宅子放我手里一直荒着，不如捐出去，这样能有人一直保护它，届时园主就写扬州×氏，把父亲的生平刻个碑，放在园中，也是个纪念。"

陈彩听完忍不住赞同："这倒是个好办法。"

虽然满园子都是钱……

陆渐行可真是金主……

陆渐行对这个决定也满意，自嘲笑笑："就是这样一来，以后这边就没家了。"

"要拆迁的话不一样得换地方吗，"陈彩啧啧道，"说句难听的，只要居无忧，食果腹，这人就得知足了。你没见外面多少人起早贪黑，一辈子都买不起一套房，老婆孩子跟自己吃苦，买个蜗居要举全家之力，老人半截身子埋土里都不能消停。等买上房了，工作不敢辞，生病不敢看，一睁眼全是欠银行的钱……"

陆渐行被他说得笑了起来："你也这样？"

"公司里的小职员，十之八九都这样。"陈彩道，"你可是坐在金字塔顶上的男人。不高兴的时候就想想你的大房子，想想你的豪车、红酒、银行存款，还不高兴，就想想我。"他指了指自己，"你看我又帅又聪明，能文能武能……"

陆渐行看了眼水面，提醒道："鱼。"

陈彩正要自夸，被他打断顿时不悦道："我没说完呢，不要插话。"

"我说，"陆渐忍不住笑了起来："鱼，上钩了。"

陆渐行钓鱼是一把好手，等水桶里有了四五条的时候，他就不钓了。把鱼竿支着，带着陈彩往山上走。

陈彩不放心自己的东西，频频往后看。

陆渐行笑他："不会有人偷的，这里没什么人来。"

"不一定啊，我看那边还有路呢，"陈彩往旁边一指，"再说桶里好几条大鱼，被人拿走怎么办？"

"拿走就拿走吧，我一共在这儿住不了几天，吃不了那么多。"

"帐篷也在呢。"

"帐篷没了就回家。"陆渐行看他还磨叽，干脆伸手拽着他往前去。

这处山丘个头不大，坡度也缓，往上走的时候感觉就是个小土坡。唯独东向那侧陡峭一些，草木葱茏，倒是有点意境。陈彩想起在檐廊下看到的景致，正好框取的就是这山丘的东侧，云遮雾罩时远近真假山混合，所以才让他有后面有群山的错觉。

陆渐行带他从山丘低处往里走，中间有青石板路，因为刚下过雨，所以路面湿滑。两侧的杂草张牙舞爪地往中间聚拢，陈彩从中间趟过去，没几步裤脚就湿了。

陆渐行仍不紧不慢地走在前面，不多会儿两人到一处道口，中间有一浩白山石，上写"岔"字，左右各有一条小道。

陆渐行停下，笑着朝后看了过来，对陈彩道："这是个岔路口，我们在这一左一右分开。"

陈彩瞅了眼："这有什么说法吗？"

"就是种趣味吧，"陆渐行笑道，"不少山道都这样，岔道包抄，前方会合。"

"那还是算了吧。"陈彩觉得没意思，拒绝道。

陆渐行以前跟父母来后面这处山丘玩，每次三人都是分开走，那时嬉闹玩笑，并没多想。今天陈彩抓着他胡说一通，他倒是觉得有些道理。

两人便走了同一侧，岔路不过五六米，绕过去，就见前面十来级石阶，石阶上是一处平台。

陆渐行这才笑道："这就到顶了。"

土丘虽小,但视野十分开阔。陈彩觉得天色有些发红,上到平台往远处一看,果然天际一抹火烧云,映红了半边天色,头顶好似有个粉色罩子扣了下来。

远处的农户人家炊烟袅袅,近处湖面倒映着霞光,很是一派柔和温暖的世外桃源景象。

两人安静地坐了半天,看着天际的绚烂一点点暗淡下去,这才下山拿了帐篷上来。

陈彩第一次露营,最开始的时候只觉得兴奋,等到半夜才觉出冷。

天上零散几颗星星,虽然少,但出奇地亮,又有弯月悬挂高空,像是被人咬过的月饼。

陈彩把脑袋伸到帐篷外面,看了一会儿就冻得缩回去了。

只是外面太过寂静,陈彩越等越睡不着,一会儿听到似乎有风声飒飒作响,一会儿又听到树枝摇晃,使人忍不住怀疑外面是不是有什么东西。

陆渐行看他一眼,好笑道:"你是不是害怕?"

陈彩嘴硬,一个劲儿摇头,过了会儿才忍不住问:"这里没什么东西吧?"

"你指的什么东西?"陆渐行问,"是指鬼怪还是动物?"

陈彩两个都怕,抬头眨眼看他。

陆渐行安慰道:"都没有的,这里安全得很。"

陈彩"哦"了一声,过了会儿,忍不住还是担心,抬头问:"我们要不要准备点什么工具?"

陆渐行快睡着了,被他一说又醒了过来。

陈彩说:"不怕一万就怕万一啊,这个山头会不会有狼啊野猪啊这些……"

"……不会的,"陆渐行道,"我以前经常在这上面待着。"

"你好几年没回来了,"陈彩脑补了一下,"就是外来户生个小猪崽儿,这时候都好大了。"

陆渐行没忍住,笑了出来。

陈彩撇撇嘴。他觉得自己可能会害怕到睡不着,可想着想着就睡过去了。

第二天天刚蒙蒙亮，陈彩就被憋醒了。陆渐行跟他瞎聊到半夜，察觉他的动作，眯瞪着看了一眼。

陈彩朝他笑笑，轻手轻脚地出了帐篷，往山下走了两步。等解决完回来，也没了睡意，在外面看日出。

天空渐渐转亮，周围的建筑轮廓渐渐清晰，灰色淡去，白墙转粉，又有人挑着担子去了湖边。没多会儿陆渐行也睡醒了，两人收了帐篷，去昨天钓鱼的地方一看，果然东西还在。

早上两人便回去让成叔烧了个鱼汤。饭后三人都洗漱了一遍，换上衣服，一同出发去墓地。

墓园离着这边却有些远，等一路开到已经将近中午了。

陈彩觉得陆渐行应该会有话说，自己一块儿进去不合适，便道："我在车里等着你们吧。"

陆渐行点了点头，从一旁拿过几样东西，跟成叔一块儿走了进去。

陈彩在外面看着，又打量周围，正发愣的时候，突然听到自己的手机响了。

他愣了愣，赶紧掏出来看了眼，却是孙泉打来的。

自己刚刚放假一天，孙泉这时候找，多半是有事。

陈彩犹豫了一下，还是接通了。

果然那边出了事。

孙泉问："雪莹的事情你知道了吗？"

陈彩一头雾水："我出来玩了，没关注信息。"

"你现在去看下，"孙泉道，"昨天有媒体去她剧组探班，今天中午网上就流出了照片，说是雪莹跟剧组男演员约会。我问过雪莹，那是试戏的照片，有人偷拍的。这事八成是剧组或男方所为，但现在还没证据，我现在应付着媒体避免事情发酵，你跟剧组联系一下，让他们准备出个道歉声明。"

陈彩不敢懈怠，挂了电话上微博一搜，果然上面有人疯狂转发那两张模糊的图片。是那男演员要关房间门，雪莹正好在门口，伸手进去，像是在拉那男演员的胳膊。

下面转发的多是男方粉丝，有的人在下面祝福，更多的则是开始辱骂雪莹。

辱骂的微博刷得满屏都是,"雪莹半夜幽会"的词条也已经上了热搜。

陈彩给雪莹那边打电话确认,谁想电话半天打不通,再找助理,助理道:"雪莹老师难过死了,正在跟朋友哭呢。"

"你让她接电话,"陈彩皱眉道,"现在哭没有用。"

过了两分钟,那边抽泣着接了电话,上来喊了一声:"陈哥。"

雪莹脾气不比梦圆,性子软,说话慢,对他又一直很有礼貌。陈彩原本心里着急,一听姑娘哭得不行,心里又软了一下,安慰两句,然后确认道:"你确定那是试戏的时候拍的吗?"

"确定,"雪莹说,"那场戏是刚开拍的时候就试的,后来因为换了酒店拍,所以那两条就废了。"

"当时在场的都有谁?"陈彩问,"你把记得的情况都跟我说一下。"

每个圈子里都有几个知名人物,就经纪人这行而言,出名的了那些除了资格老或能力高的金牌推手,还有不少就是擅长营销和炒作的。这个男演员的经纪人齐正就是后一种。他本人表演欲就很强,热衷于在微博上讨论时事,自称性格豪爽说话直接,实际做事狠毒不择手段。

男演员乔修原本是东视传媒的,合同未到期时候接了一部大热的剧,突然冒了头,就被这位齐正挖走了。东视传媒自然不愿,双方为解约一事来回扯皮,齐正便趁机开始炒作。

一方面发消息声称双方早已解约,同时控诉东视传媒欺压艺人签订不平等合约,另一方面增加曝光度,疯狂声援,并到处发写真照和采访视频博好感。这一波给乔修赚足了曝光度,齐正顺水推舟,接连给他接了几部剧,第一部的时候跟男明星争演员表排序,第二部跟女明星闹绯闻,闹完不等热度下去立刻回头跟女方撕破脸……到了雪莹这儿,陈彩听说剧组中有这人的时候还担心了一把,没想到两人没多少对手戏,竟然也遭了殃。

他心里猜着怕是男方搞的鬼,但是目前还没有证据,只能先从剧组下手。

雪莹把记得的细节一五一十跟他说了,又道:"孙姐让我找制片人。"

"你不用找了,坏人我来做。"陈彩安慰道,"你现在就洗个澡,吃点东西,好好睡一觉。先不要跟外界联系,媒体电话也不用管,有打到你那里的让助理接，然后转到我的手机上。"

雪莹"嗯"了一声。

陈彩又让助理接电话，问她雪莹的戏份还有多少。

助理道："剩下的不多，导演说还留了几个重要镜头需要补拍，差不多下周就能杀青了。"

陈彩心里有了数，又告诉她怎么应付那些媒体电话。

助理连连应声，心里踏实不少，忍不住道："谢谢陈哥，本来孙姐说让我看着接的，我以前没有过经验，特别怕说错话。"

陈彩知道孙泉现在的重点都在另一位女演员身上，恐怕不会拿出太多精力给雪莹处理这事，安抚了她两句，这才和剧组的制片人联系。

那制片人果然态度不好，不悦道："照片我也看了，爆料的都说是酒店的人拍的，我们剧组现在也很被动。"

"不管是谁拍的，这件事剧组都有不可推卸的责任，"陈彩沉声道，"这照片是你们试戏的时候拍的，能接触到的只能是剧组的工作人员，如果是内部人员所为，那是你们失察。如果是酒店人员所为，那为何拍摄时不清场？"

制作人道："这种情况很常见，怎么就你们家问题多呢，要么是请假，要么就出这种问题。"

陈彩忍不住冷笑了一声，他原以为剧组会重视一下，起码雪莹在里面是女二，又是带资进组的，没想到遇到这种制作人。

"请假的事情是合同规定的，我们做的没有问题。"陈彩看那人油腔滑调，显然是想应付了事，顿了顿再次重申道，"这事对雪莹的形象损害很大，所以希望剧组能在今天五点之前发一份说明，澄清绯闻照片是剧照，同时对雪莹进行道歉。如果没有做到，我们将终止合作，并保留追究法律责任的权利。"

这边通话的工夫，陆渐行已经从墓园里出来了。

陈彩冲他打了个手势，示意有事，他便在一旁安静坐着。

双方又扯了几个回合，那边好歹答应了。陈彩挂掉电话，简直想骂人。

陆渐行还不知道什么事，扭头问他。陈彩把事情原委说了一遍，又问他："我刚刚这么说没问题吧？会不会给公司得罪人？"

他入职后头一次处理这种事情，也不知道公司里一向是什么沟通习惯。

不过天颐这么大的公司,应该不用看别人眼色行事。

果然,陆渐行拍拍他:"你做得很好。"说完顿了顿,"我对经纪业务不如你们熟,但是人都是欺软怕硬的,在占理的事情上表现得强硬一点没问题。"

陈彩点点头,他也是这么想的,而且正因为天颐是大公司,一直以来不屑于炒作和吵架,所以之前也出现过旗下艺人被人贬低的情况。

陈彩以前作为旁观者,虽然觉得天颐这种资源在手,笑看热闹的态度挺"高冷",但看另一方也总能获利也会觉得不舒服。尤其是遇到乔修家这种"惯犯",只要一次没处理干净,之后恐怕会被反复地拉出来炒冷饭。

更何况炒作也就罢了,那一家的污言秽语太多,修图乱造谣,粉丝混杂一团,旁人看着都气吐血,更何况是雪莹这个当事人。

他觉得这事估计没完,心里不放心,犹豫片刻,对陆渐行道:"恐怕这事我得多盯着点。不行我就先回去。"

陈彩有些不舍得,这边简直就是避世桃源,他才来了一天,还没好好游玩一下,就出了这一茬。孙泉重点本来就不在雪莹身上,这事他不多盯一些,又怕像之前一样不了了之。

谁知道陆渐行想了想,干脆道:"我跟你一块儿回去。"

陈彩:"啊?"

陆渐行道:"我工作上也有点事情要处理,这次反正休息不成了,等这事告一段落,你再陪我回来住几天。"

两人商定好,立刻回去收拾了东西准备返程。

陈彩的直觉没错,下午他跟陆渐行到了机场,登机前再刷信息,果然见微博上多了一篇风扬娱乐对乔修的专访视频。

这篇专访正是昨天媒体探班的那一段。记者问乔修新剧的拍摄进度,又问到了合作的女演员。其中在提到雪莹的时候,乔修摸着鼻子不好意思地笑了下,随后大方夸赞,说雪莹是一位特别善良的姑娘,也是他见过的女演员中对人最温柔最体贴的。

这段采访这么看没什么问题,但这种时候放出来就忍不住引人遐想了。采访视频下面已经乱作一团。

陈彩不放心，互联网时代危机公关就是这样，如果不能在事情发生的前两三个小时抓住机会，那之后的信息传播多半都是以负面信息为主，更何况这次乔修的团队有备而来。

一旁响起了航班登机的提示，陈彩看了看时间，给孙泉去电话，汇报了剧组方面的沟通结果，忍不住多嘴，又问了句媒体方面联系得如何。

孙泉却道："我上午交给小钱去跟进了，他还没回复。"

陈彩是她的助理，不好反过来催促，只得答应一声。

等挂了电话，倒是灵光一闪，想起雪莹那边一个工作助理来。那工作助理做事很麻利，因为快杀青了所以提前了结束工作，这两天正要回来。

陈彩又给那人去了电话，正好那边打算下午离组。

陈彩小声叮嘱他："你去之前的那家酒店看看，就说是住宿期间在那边丢了一串珠宝，价值上百万，去看下监控是不是掉走廊上了。等找到试戏的那部分后，你先用手机偷偷录下来，录完了再问能不能拷贝一份。能拷到最好，拷不到就把手机录的发我邮箱里。"

那助理立刻答应了。

陈彩又找宣传部门的Allen要了几家媒体的电话，孙泉说的小钱就是上次让他去煮咖啡的那个老员工，陈彩平时没少见那人藏奸耍滑，这会儿也不敢指望，跟几家媒体通过气，等到最后时刻关机，跑上飞机又开始写通稿。

陆渐行一直在一旁看着，这种事情他帮不上忙，毕竟跟人打交道这块陈彩懂得比他多。于是只能帮忙干些体力活，拎包拿行李，落地之后再拉着他去打车。

车子一直开到公司，陈彩那边通稿已经发出去了，助理也传过来一份视频。

陆渐行问他："要上去吗？"

陈彩点了点头："你呢？"

"我回家。"陆渐行道。

下午剧组官方微博按点发出了一份声明。

上面写着网传的雪莹和乔修的亲密照实为剧照……拍摄这场戏时剧组没有清场，所以才有了照片外流事件，此事对艺人造成了莫大的困扰，而且因为提前被暴露这段剧情是一段高潮,所以也会影响电视剧播出时的冲击力,给剧组也造成了一定的损失。剧组依法保持追责的权利。

通篇两百多字,中间绝大部分的篇幅都在介绍电视剧的主要冲突和拍摄阵容,最后也没有正式向雪莹道歉。不明情况的一看,甚至分不清谁是受害者。

陈彩没下班,见剧组声明这样糊弄,给孙泉打电话商量对策,后者却道:"那边制作人跟我电话沟通过了,差不多就这样吧。"

"就这样不管了?"陈彩有些难以置信,"这摆明是乔修和剧组配合炒作,女一号他们不敢惹,就来欺负雪莹。"

雪莹一直是玉女形象,这种半夜私会的料自然热度高,等回头乔修和剧组的热度都赚够了,互相推诿,他们是无事一身轻,雪莹却肯定要吃亏一些。多亏今天陈彩发过了通稿,这样看着没大问题,要不然单纯等着所谓的转发,这声明能有什么用?

陈彩心里暗自生气,他知道对方敢这样,无非是认准了天颐一向的做事风格,不屑于也不善于跟人闹翻,尤其是孙泉现在对雪莹不是特别重视。

果然,孙泉反过来对他道:"已经澄清是剧照了就没什么了,小钱也联系好了人,会有人转发声明的……这事你处理得可以,不用过度紧张,过几天大家就都忘了。"

陈彩仍不死心:"但是雪莹……"

"那边安慰一下就可以,"孙泉渐渐有些不耐烦,跟旁边的人不知道嘀咕两句什么,才对他道,"我明天要跟方婷去国外拍杂志,现在正在去机场的路上,再有其他情况,等我到了再联系。"

她那边挂了电话,陈彩气得在座位上愣了半天,想想也没别的办法,只能先回家。

下楼的时候正好遇到宣传部的Allen,陈彩忙对她表示感谢,又约她一起吃饭。

Allen开心地应下,笑道:"你那个通稿发得不错,是请的谁代笔啊?"

陈彩含糊了一下:"一个朋友。"

"怪不得。"Allen看他情绪不高,关心道,"是还没弄完吗?"

"完了，孙姐说就这样了，"陈彩叹了口气，"可是你也知道那一家的德行，这次就这么放过去，我觉得是个后患。"

Allen劝道："其实就这样，今天你找我说要发通稿的时候我还惊讶呢，这不像是你们孙姐的风格啊。她一向瞧不起那些炒作的，觉得掉价。而且雪莹一直火不起来，她也打算放养了。你要是换一个人，比如禹一鸣那种粉丝号召力强的，陆总也青眼有加的，你看看她重不重视……"

陈彩听得一愣："陆总？"

"对啊，小陆总，"Allen见没别人，小声跟他八卦道，"咱公司也有意思了，禹一鸣跟小陆总私交不错，许焕跟了大千金混，现在就大陆总还没人扒上……不过也说不定，你觉得呢？"

陈彩先是惊讶许焕又巴结上了陆可萌，心里很是鄙视了一番。等听到最后一句又想笑，忙轻咳了一声，装模作样道："可能吧。"

Allen点头："我们天天忙死忙活地加班加班，也不知道老总们都干什么。"

陆渐行在家，不仅做好了饭，还找好了两部影片。

陈彩下班去找他蹭饭，吃完饭就窝在了沙发里，陆渐行拿了包零食，看他咔嚓咔嚓吃着，又听他为今天的事情打抱不平。

等陈彩声讨完，半包薯片都到肚里了。

陆渐行笑着安慰道："你做得很不错了，上次渐远还跟我说，公司的经纪业务弱了点。"

"哪里弱了？"陈彩看他，"从天颐出去的一线都有六七个了吧。"

"是啊，"陆渐行点头，"这不都出去了吗。"

陈彩："……"

"我来之前，公司有过一次导演出走，一次经纪人出走，所以这两大业务都受了影响。尤其那之后公司又调整了结构，经纪部门被分拆开，所以现在艺人和经纪人，都处于断层阶段。"

陈彩愣了一会儿，这么一想，天颐的确是有些青黄不接。

公司里剩余的几个一线都是成名已久的大腕儿了。虽然实力强，但是岁数普遍四五十往上，有的出于情分挂个名在这儿，公司抽成寥寥，有的接本子的要求很高，两三年不出一部作品，也就当个门面。

而他们往下，现在能当家的年轻一代基本没有。

而如今的经纪人中，VV姐虽然也很厉害，但是现在怀孕待产，鲜少露面。而孙泉和杨雪的配置都是每人手里三四个人，精力有限，便都优先照顾大咖和新人，想着早点捧出个新的一哥或一姐。

雪莹这么多年仍是三线，跟别人相比已经是捎带脚的了。资源上照顾着已经不错，为了她大张旗鼓做公关，显然不可能。

陆渐行说他："VV姐当初挖你们几个，就是因为现在的模式不成熟，部门间合作都相互推诿，部门内孙泉和杨雪又各有自己的小心思。"

陈彩微微惊讶，心道原来老板并不是对下面的事情一无所知。又一想，也正常，孙泉和杨雪互相拆台，损害的还是公司的利益。

他一时好奇，问陆渐行："除了我，VV姐当时还找过谁？"

"这个我还不清楚，"陆渐行想了想，"不过你刚刚说的那个她倒是提过。"

陈彩一愣："哪个？"

"那个，"陆渐行略一回想，"齐正。"

陈彩"哦"了一声，转过头去看电影，电影里的人头晃动，黑白默片的主角眨了眨眼。陈彩脑子里突然叮的一声，像是被人打通了任督二脉。

他愣了一会儿，突然从沙发上蹦了起来。

陆渐行被他吓了一跳，忍不住问："怎么了？"

"开工！"陈彩兴奋道，"要干活了！"

陆渐行："什么？"

陈彩一路疯跑回自己家，给孙泉打电话，那边半夜一点的飞机，此时正跟方婷在贵宾室休息，见是他的号码，顿时犹豫了一下。

孙泉对陈彩的感觉很复杂，她觉得这人作为助理来讲，聪明伶俐，用着趁手，一个人能干两三个人的活，自从入职以来，他把每样工作都完成得十分漂亮，叫人无可指摘。可是正因为他太聪明太伶俐了，作为他的上司难免会心生忌惮，怕不好掌控。

她每次想到这儿，便忍不住怀疑VV姐不知是给了她一个帮手，还是炸弹。

孙泉慢条斯理地接了，眉头忍不住皱了皱。

陈彩的态度却特别好，上来先讲法国朋友跟他讲的那边的天气，让孙姐和方婷都留意一下，在机场买件衣服。然后又讲了几家法国的小店，是之前某位时尚主编推荐过的。

当然他并没有法国朋友，天气是网上查的，主编的话是他之前为了吹牛做的功课。这次方婷过去拍杂志，孙泉倒是正琢磨趁机跟那位主编搞好关系，听到后一条果然很感兴趣。

"这个是她说的吗？"孙泉问，"我之前也听说过，但是忘了确切信息了。"

"是一段海外采访，我朋友翻译给我的，一会儿我找找原文。"陈彩说完顿了顿，问道，"这趟航班是不是十多个小时？那够了，我找到后发过去，这样你一下飞机就看了。就是你们好辛苦，连轴转的。"

孙泉笑了下："做这一行，哪有轻松的。"

"嗯，事情多，压力也大，尤其是孙姐你要忙这么多人，"陈彩趁机道，"今天雪莹这事，我回来想了想，也觉得我有点过于紧张了。主要是我以前没接触到咱公司这级别的腕儿，雪莹的剧组反正快杀青了。倒是方婷老师那边的杂志很难得。"

他说到这儿有些激动，拍胸脯道："不过孙姐你放心，你们大部队在前面冲锋，我跟小钱一定在后面做好后勤，照顾好雪莹和一鸣。"

孙泉没多想，随口嗯了一声："行，那你们俩多盯着点。"

她并没有想到陈彩就等她这句话，打算拿着鸡毛当令箭，等挂掉电话，见方婷看过来，举了举手机，叹气道："陈彩。"

"那个新来的助理？"方婷问，"这人怎么这么多事，下午一个劲儿找你的就是他吧？"

"可不是吗，VV姐塞过来的。"

"别理他。"

"不理不行，人家有后台的，第一天上班楼上的就让我去给他拿车钥匙，一个助理，竟然给他配辆TT，那小跑车是干活用的吗？显然是有后台。"孙泉叹了口气，思索道，"而且杨雪也虎视眈眈想挖人，所以现在是不敢重用，也不敢不用。"

"那就随他去吧，"方婷啧啧道，"八成是放这儿玩的，一个小助理还能翻出花来？"

他们这边闲聊了几句,便干脆靠在一旁合眼休息。

这边的陈彩却真的已经开始翻花了。

他做助理做久了,今天才意识到VV姐费尽心思挖人,可不是为了给手下人招助理的,终究目的还是想让他们来干活。

而跟齐正比的话……陈彩想了想,觉得自己在脸皮厚心黑上,可以试着和他较量一下。

他给雪莹打了个电话,那边果然没睡,而且因为今天哭了一场,眼睛肿得厉害,还影响了拍摄,晚上刚被制片主任骂了一顿。

姑娘委屈,助理说了几句也叹气。

陈彩问:"乔修那边呢?"

"今天看见他了,他还特意跑过来跟我道歉。"雪莹道,"他说网上骂我的都是抹黑他的,故意给他败好感的,他家粉丝从来不这样。"

陈彩:"……你怎么回的他?"

"我……"雪莹顿了下,声音小了下去,"我看他特别有礼貌,就……那些指责的话就没说得出口。"

她被乔修的粉丝骂肯定难过,也生气,但是又拿不准这到底是剧组的问题还是乔修的。别人笑着来解释,她就忍不住犯了尽。

雪莹以为陈彩会说自己,谁知道后者却道:"伸手不打笑脸人,面子上还是要过得去的,不要有压力。"

她微微惊讶,心里又松了口气。

陈彩笑道:"别想多了,好好休息一下,我明天去探班。"

第二天陈彩先联系了Allen给介绍那几个媒体人,昨天对方帮了忙,他这边自然要感谢一下,约吃饭的约吃饭,约不上的陈彩又跟人打了招呼,说自己正好在外面,看中某样东西觉得特别适合对方,但怕对方介意自己太自来熟。

他说话语速不快不慢,声音又好听,本就不让人觉得为难。加上那些都是Allen的熟人,经常跟天颐有合作的,此时也不见外。

陈彩便立刻买了七八份礼物,都是名牌的围巾、香水和钢笔,两两组合,包装得格外精致,开车挨个给人送去。

只是见完了人,还不能立马去剧组。

陈彩这事办起来的话肯定要花钱,但是现在是瞒着孙泉,他又不能找VV,其他人……

陈彩看了看自己卡里的余额,犹豫了起来。

刚刚礼物刷去好几万,这个他私交用,自然不能走公司账目。如果其他的费用还是自己掏……也不是掏不起,但他现在已经不是经纪人了,经纪人能拿抽成,经纪人助理却只能领死工资。

这波即便做成了,那也是给别人做嫁衣裳。出力可以,出钱……想想还是不行。

陈彩只得给陆渐行打电话。

"你要多少钱?"陆渐行问,"我让人给你送过去?"

陈彩还没决定好,犹豫着解释说:"这只是我的一个想法,以前我并没做过,这次也是大姑娘上轿头一遭。万一做成了肯定是行,做不成这钱就赔了。"他说到这儿又纠结,"要是你出钱的话,我们这算是公还是私?算公的这是不是越级太多了……要是算私,我觉得好像数额有点大。"

陆渐行头次见他这么磨叽,心里诧异,见一旁秘书示意时间,只得催促道:"多少?我这儿要开会,多的话你就晚上去找我拿。我身上带的不多。"

"不是立马用,"陈彩忙道,说完一狠心一闭眼,"少的话可能二三十万,多的话就没准了,可能上百万?"

陆渐行:"……"

陈彩以为自己说得多了,小声道:"我是看别人公关的价格估算的,当然会控制下预算。"说完又觉得难为情,改口道,"算了算了,没事,我自己掏吧。"

"掏什么?"陆渐行这才道,"我只是没想到你要这么点。"

陈彩:"……"

"那个陈导打着你的名号来一趟我都能给那么多,你自己用这点钱还用开口?"

陈彩:"……"

陈彩心里简直呐喊了,心想我不开口怎么跟你要啊,那导演要钱又不是去搞公关跟人吵架的,人家也能挣票房接广告创收好不好?又一想,总裁人傻钱多，傻得有点厉害，对了，那个阿姨都能骗他好几千，不行，以后自己得帮忙把把关了。

有钱也不能这个造法儿，太危险了。

"陆总，"陈彩认真道："我会尽量省着花的。"

陆渐行却不在意："不用省，买就买贵点的，效果好。"

陈彩在去机场的路上收到了转账短信。

很好，二百万。

陈彩开心地去了雪莹的剧组。

这次有了人民币撑腰，陈彩简直要牛气坏了。他原本也想给剧组买东西，毕竟拍戏这活儿工作人员都很辛苦，来点水果饮料花不了多少钱，但是能调剂心情，让大家开心半天。可是这剧组的制作人太恶心了。陈彩犹豫半天，还是忍不下这口气。

雪莹下午没通告，已经跟助理等了他一会儿。

陈彩见她状态还行，就是眼皮仍旧有点肿，便请她跟助理去了一家咖啡店喝茶休息。等到了地方，他又支开助理，拿出手机开门见山道："这个人你认认是谁。"

手机上是昨天那人发过来的视频，图像并不是很清楚，但能看到雪莹推门时，在她斜后方的那个人拿了下手机。

雪莹脸色一变，立刻认了出来："这是乔修的助理。"

"你确定？"

"他那天找我说想跟我拍合照，我因为带着妆，就给拒绝了。"雪莹惊讶道，"我是得罪他了吗？"

陈彩："……"这个"傻白甜"。

雪莹看着他的眼神，愣了一会儿，也想明白了过来："是他们故意的？昨天是乔修炒作的？"

"要不然呢，那么高的热度，恐怕花的钱也不少，"陈彩收起手机，看着她问，"你知道为什么乔修现在要炒作吗？"

"为了持续性曝光。"雪莹生气道，"热度谁不想要，可是有这么下作的吗？亏他早上还有脸说和他没关系，演技真好。"

"也可以理解，"陈彩却道，"不是所有人都可以像我们公司的一样，正统地通过电视剧出道，红了再进军电影圈。而且现在我们公司的这种正统军有时候还打不过人家,就是因为曝光少,热度低,时间一长,观众都忘了你了。"

"我知道,"雪莹叹了口气,低下头闷闷不乐道,"我现在不就这样吗。以前还能说是玉女,现在岁数大了,就成老姑娘了……再几年我都不知道自己能怎么样。"

陈彩点头:"是该转型了。不能到老都是玉女,而且也需要热度。"

雪莹听他话里有话,疑惑地看了过来。

陈彩道:"这次他估计没炒作完,而且剧组跟他一丘之貉。钱都花了,昨天没闹出水花,保不齐后面还有一波。"

他说到这儿顿了顿,看着雪莹笑道,"不过也不能完全算坏事。"

雪莹不明白:"什么意思?"

"他要炒作,你就装不知道。我会在后面推一把。他们不是骂你倒贴吗,说实话,乔修的热度比咱高那么多,不如就真贴一个。"陈彩一挑眉,"我会找人做公关,再安排采访……这次好好地贴上去,贴他一个生活不能自理。"

雪莹没想到自己也会有炒作绯闻的一天。

陈彩也没想到,这姑娘竟然一点儿都不排斥,甚至还有点欣喜。

雪莹抿着嘴解释:"我倒不是想炒作,就是不想一直顶着这个'人设'了,接戏太受限,很多喜欢的角色不能去演,同一种类型的演来演去我自己都烦……而且感觉我从来没有进步,反而还没以前有灵气。玉女这个词老了,我也老了。"

"那我们想到一块儿去了,"陈彩笑了笑,又道,"不过要掌握好度,不能显得你倒贴。"

"好的。"

"还有一点,"陈彩又严肃了一些,"也是最重要的一点。"

雪莹抬头认真地看着他。

陈彩指了指手机:"这件事是完全瞒着孙姐的。"

雪莹大吃一惊:"公司不同意?"

"公司有这个意向,VV姐私下找我谈过,"陈彩道,"就因为没有合适的人执行,所以才挖了我过来。现在做,用的也是我的私人资源,所以……你明白的，这件事需要保密。"

陈彩看她犹豫，在一旁又添了把火："当然，我一开始并没有想到你，毕竟你这边操作难度大，上面还有孙姐压着，如果不是这次的事情，我不会贸然找你。"

"我明白，"雪莹也知道自己在公司算是边缘人物，刚刚没起那种心思的话还好说，这都规划半天了，再眼睁睁看机会失去，难免心有不甘。

她深吸一口气，狠狠心上了贼船："我听你的，陈哥，说什么做什么，按你的来就行。"

陈彩心里暗暗松了口气，笑道："也不用太紧张，孙姐今天中午刚落地，那边外景拍摄差不多是两天时间，前三天我们相对安全。之后能糊弄几天就看你的表现了，这个她知道得越早，我们的计划越容易流产。"

雪莹点点头："我明白，我会提前想好怎么说。"

两人定好了计划，又简单聊了几句大致的规划和思路。

助理很快回来，几人又商量着去片场看看。

乔修的经纪人齐正这会儿正在跟剧组的人聊天，远远看见雪莹跟一个陌生男人并肩走过来的时候，他心里咯噔了一下，顿时有种不太好的预感。

这次炒作的确是他跟剧组配合的，剧组需要宣传，乔修一直拍戏没露面也需要热度，最省事的办法就是炒个绯闻。但是女一号他们攀不上，也不敢惹，这才把目标转向了女二号雪莹。

当然正常情况下，是齐正跟雪莹的经纪人通通气，双方配合着炒作一下，但雪莹这边有点特殊，天颐这公司"高冷"不说，雪莹的"人设"也不适合。剧组原本想放弃的，还是齐正给推了一把。

齐正那会儿已经琢磨好了对策，便神神秘秘对剧组的人道："这年头，闹绯闻其实没多少人看，就是粉丝当真，别人都知道是套路。真引起关注的还是得稀罕事。"

剧组人问："那什么事稀罕？"

齐正道："把常见的事情反过来就稀罕。狗咬人没事，人咬狗就热闹。坏人变好没人理，好人变坏，那就有人围观。"

双方一拍即合，这才有了把玉女拉下神坛，惹人围观的思路。

只不过这事有点缺德,所以两边都有些心虚,而且天颐的反应也跟他们预想的不一样,动作过于迅速了一些。剧组的声明一出,围观人群就散了。

齐正让人去打听,得到消息说是孙泉已经不管这事,去国外了。他心里正怀疑着是不是雪莹身后另有他人,就看到了远处新来探班的陈彩。

他忍了忍没忍住,干脆走了过去。

陈彩刚刚就看见齐正了,他在网上见过这位的照片,发现真人竟然长得还不错,一米七八的个头,光头,皮肤稍黑,下巴上留了一撮小胡子,打扮也很潮,胳膊底下夹着一个包。

两边迎头撞上,都笑着打了个招呼。雪莹给两人介绍。

陈彩忙热情道:"原来是齐总,失敬失敬!"

齐正有意探听消息,也寒暄了两句,问他,"还以为你是剧组请的帅哥呢,原来是孙姐的助理。哎,我以前怎么没见过你?"

陈彩装傻,笑呵呵道:"我是才来的,入职第一个月呢!"

齐正哦了一声,顿觉没什么兴趣了。

陈彩接着道:"我们孙姐出国了,因为昨天雪莹这儿出了点事,所以让我赶紧来剧组看看。"

齐正愣了下,又重新警惕起来,探问道:"你们孙姐怎么说?"

"孙姐说这剧组的人太不靠谱了,让我们在她上飞机前解决了,要不然她跟方婷在外面还得为这个烦心,"陈彩说完学着孙泉不耐烦的样子,拧起眉挥挥手道,"哎你们该打电话打电话,该忙什么忙什么,真是破大点事都来找我,公司白养活你们的啊。"

几个人都笑了起来。

"孙姐性子是比较急,"齐正笑道,"我跟她打过两次交道,女强人。"

"对的呢,但我比较崇拜齐哥你,"陈彩却冲他一眨眼,有些害羞地笑道,"你真人好帅喔,人也特别厉害,连小胡子都这么有个性……我能摸摸吗?"

齐正:"……"

这人什么毛病?

陈彩巴巴地看着他,眼睛一眨不眨,跟对他很崇拜似的。

齐正忍不住后退了半步，陈彩立刻又跟了过来。

"哎呀，不摸你的肚子啦，齐哥哥好见外，"陈彩声音越来越做作，又拿肩撞了他一下，眨眼道，"咱留个微信呗！"

齐正一身恶寒，有些招架不住，飞快地报了个号码，见乔修往这儿看，立刻找借口拔腿跑了。

"怎么了？"乔修正在补妆，见自家经纪人一脸吃瘪的表情飞奔了回来，忍不住问，"刚刚那人是谁啊？"

"一个小经纪，"齐正没好气道，"可恶心死我了，看着长得挺人模狗样的，上来就自来熟。"

而另一边的陈彩看他落荒而逃，也骂了句。

雪莹要笑死过去了。她刚刚看陈彩一秒变脸都傻眼了。

"我得回去了，"陈彩抬起胳膊看了看时间，又正常起来，笑道，"保持联系。"

"好的。"雪莹又紧张又期待，小声地补了句，"谢谢陈哥。"

陈彩马不停蹄往回赶，回到家里来不及休息，立刻约了早上答应吃饭的人见面。等跟人吃完喝完，又联系了他以前存过号码的公关公司。那公司还是许焕当初被人抹黑的时候，陈彩帮他挨家联系后，筛选出来的信誉好的那家。

老板还记得他，一听他现在在天颐，立刻笑道："厉害哦陈帅哥。"

陈彩哈哈笑着，边开车往回走边把自己的要求说了。

老板道："这个没问题，炒炒热度发发图可以，我们这边都是原创的，真人操作。但是老规矩，有争议的话题我这不接哦。"

电话突然嘟嘟响，有其他号码拨了进来。

陈彩一看是陆渐行，便干脆先晾着，继续跟老板说道："明白，咱都是正经人……不过你知道谁家接吗？"

老板："……"

"有备无患，以防万一吗，"陈彩道，"这样，我把话题和方向给你，你帮我找怎么样？风险高的价钱也高点……"

等好不容易商量好，再联系一个搜索引擎的广告，他也到小区了。

陈彩给陆渐行回拨过去，那边问他："你在跟谁通电话呢？"

"公关老大，"陈彩道，"我们在商量战略战术，要准备一场恶战了。"

陆渐行："……"

陈彩嘿嘿笑道："怎么了，陆总有什么吩咐？"

陆渐行哼了声："没事就不能打你电话了？"

"哎哟这口气，"陈彩故意道，"这花了钱的就是不一样。"

"你有意见？"

"那必须没有！要让老总物有所值啊！"陈彩胡说八道，把车停在陆渐行的楼下，抬头道，"开门吧总裁，我来上班了。"

陆渐行："……"

陈彩带了三部手机、两个本子，带着一身汗臭烘烘地来上班，进门就往沙发上冲。

陈彩把手机和本子都摊开，大马金刀地往沙发上一坐。

两个本子一左一右，左边是支出流水——万一这事做好了他升了官，这笔支出还是得跟公司要回来。右边是工作日志，他在上面草拟了几个话题。

电话同时拨出，打给王成君。

自从陈彩跳槽后，他跟王成君多是微信上互相留言，还没正儿八经聊过天。

那边接起，却是个陌生的声音，对他道："君哥吃饭去了，马上回来。"

陈彩愣了下，问："你是谁？"

"我是君哥的助理，"对方笑道，"陈哥是吧，我经常听君哥说起你，他昨天还念叨想回去看你呢。"

陈彩不觉也笑："不用了，让他回来给我回个电话，有点事找他。"

"好，哎君哥回来了，"助理喊了一声，那边窸窸窣窣响了一下，果然换成了王成君，"陈哥！"

王成君激动道："陈哥，我想死你了，你在哪儿呢？"

"在我家呢。"陆渐行在一旁插话。

陈彩吓一跳，忙挪到另一边，对那边道："在外面。你现在忙不忙？"

"不忙，收工了，"王成君道，"怎么了，是不是有事？"

"没什么，我就跟你打个招呼，"陈彩道，"你现在的新经纪人怎么样？"

王成君愣了一下，新经纪人对他也不错，但是对着陈彩，夸别人是不是显得有点无情无义？他刚要昧着良心说不好，就听陈彩继续道："我这有事需要跟文化传媒公司合作一下，到时候可能顺手捎带上你，你跟你经纪人打个招呼，不要紧张。"

文化传媒公司不就是公关公司吗？王成君跟陈彩在一块儿的时候经常瞎畅想雇公关怎样怎样，没想到刚一分开陈彩就用上了。

"好的，"王成君道，"怎么要用公关了啊？"

"看见一块肥肉，"陈彩嘿嘿笑道，"一个人也是吃，两个人也是造，所以多带几个一块儿吸吸血。"

王成君："……"

陆渐行一直在状况外，终于等他一个个电话打完，这才问："我还没问你，昨天怎么突然跑了？"

"我想通了，"陈彩在工作日志上飞快写着，头也不抬道，"公司里如果缺普通职员，那就按正规程序走就是了，VV姐何必去挖我？我就是一个新人，经验不足，人脉也少。以前我没想通，还以为她是看我帅，昨天你一提齐正我就明白了。"

陆渐行也明白了："因为你比较难缠？"

"不对，"陈彩严肃地纠正他，"是又帅，又难缠。"

脸皮厚，没负担，什么都敢干。

孙泉不在，他就是花果山的猴子，要翻天了。

第二天一早，网上就冒出不少乔修和雪莹的相关信息，先是微博，后是搜索引擎，有的名为《乔修雪莹半夜幽会，最后一代玉女"人设"要崩坏？》，也有的只是号召大家投票《娱乐圈的姐弟CP，你最看好哪一对》。

还有各种五花八门带小图的：乔修新女友曝光！这女人到底有什么魅力？

乔修雪莹拍戏再传绯闻，网友：这"狗粮"我们吃了！

乔修女友素颜出镜，青春靓丽甜美可人。

雪莹也谈恋爱了，细数我们的清纯女神。

……

齐正那边一觉醒来，简直要蒙了。

微博上的不说，就新闻首页带图推送可是不容易上的，肯定是有人在暗中操作。

而且那里面点进去都是雪莹的美照，说她如何温柔漂亮，如何低调敬业，获得业内人士夸赞，还说她从来不传绯闻，这次跟乔修八成是真的……言外之意女孩是好的，男的就不一定了。

再去看微博，那边也开始热闹了，有人开始扒昨天剧组的声明两边微博都没有人转，只有一堆营销号跟着凑热闹，这说明什么？照片是假的，恋情是真的。

也有人开始用剧组工作人员的口吻爆料，说昨天风波出来后，乔修还特意去安慰雪莹如何如何。

齐正心想莫非是剧组的那伙儿人？

可是再往后看，舆论口气不对啊，都是说雪莹这些年如何如何低调，自从出道后从来没传过绯闻，这次要么是真恋爱了，要么是乔修炒作。

齐正越看越不对劲，急匆匆去找乔修的时候，后者正在化妆间，雪莹正好也在，眼圈却是红的。

他心里直觉是女方的事情，冲过去就照着雪莹问："微博上的绯闻你知道怎么回事吗？"

雪莹没说话，她的化妆师看不过去了，对齐正道："你们两个大老爷们别都冲着小姑娘兴师问罪了，算什么啊！哭成这样我妆都没法化了。"

雪莹转过脸，也委屈道："我也不知道，我刚刚还是看微博有人骂我才知道的。"

她在剧组一直老老实实的，不像是有心机的人，齐正顿时又有些晕乎。

雪莹抽了下鼻子，按照陈彩教给她的，啜泣道："这事肯定不简单了，那天曝出剧照我就觉得不对，跟孙姐哭了半天，可是她说剧组解释了就行了，嫌我大惊小怪。我说怕有人故意整我，孙姐也说不怕，酒店里有监控，查查是谁拍的照片一目了然。"

齐正和乔修一惊，立刻对视了一眼。

雪莹立刻站起来，拉着齐正："我们现在就去查，今天我不拍戏了！一定要把害我和乔修的人抓出来！"

齐正心里咯噔一下，只得忙安抚她："查什么，酒店都换了。"

"离这儿不远，我现在就叫车。"

"算了算了，"齐正哪敢让她去，左看右看她都像是不知情，自己又心虚，忙道，"这事现在查出来也没用，还是得想对策。"

"什么对策呀，"雪莹说道，"你们粉丝把我骂得可难听了，说我是老狐狸精。"

"哎你别管他们，都是来闹事的，"齐正一个头两个大，见她这样也商量不成事，只得道，"算了，我找你们孙姐吧。"

"孙姐那边正半夜呢，"雪莹委屈道，"而且她上飞机前跟我说了，她很忙，要是再有事就让我找陈彩。"

"就是昨天哪个？"齐正也不愿跟孙泉打交道，一琢磨自己这事不好糊弄，只得拿出微信，通过了陈彩的好友请求。

他的微信名是"伟光正"，被人吐槽过好多次，但好歹还能看。谁想到陈彩的竟然是"纯情大兔叽"。

齐正怎么看怎么觉得自己被戏弄了。

纯情大兔叽上来就发了一个示好的表情包。

伟光正：微博上关于乔修和雪莹的消息，你看到了吗？

大兔叽：没有呀！

伟光正：你去看看，有人传他俩的绯闻，又上热搜了，我们商量下怎么应对合适。

他这边发完，又忍不住想要试探那边到底有没有搞鬼。

谁知道等了半天，大兔叽才回过来一条：今天周六啊，我们不上班的，等周一再看呗！

伟光正：啥玩意儿？

齐正这会儿心急如焚，无奈大兔叽消极怠工，他左右无法，又见这人似乎对自己很感兴趣，只得忍着恶心也示起了好，天上地下乱夸一顿，这才断断续续把自己的意思表达明白了。

大兔叽果然心怀不轨，发了几个卖萌的表情包后，强调道：正哥哥你说得好对哦！我真的好佩服你，你有经验还敬业，其实要不是你开口，我周末肯定是要出去玩的哦！

伟光正摸着自己的鸡皮疙瘩：那这样的话，我们就算谈妥了？

大兔叽：妥了妥了，都听你的！

伟光正：那我们分配一下？

大兔叽：好的！

齐正琢磨了一下，分了下活。

他的想法是现在既然热度有了，那就两边装傻，让事情自己发酵一会儿，等到差不多了双方再出来澄清一下。当然为了维持这个热度，并避免事情往奇怪的方向发展，所以双方多少都花点钱引导下舆论。

大兔叽毫无异议，双手赞成。

齐正这才轻松了一点，心想这人虽然恶心人，但什么都听自己的，也不讨价还价，倒是让人省心。

谁想他还没高兴两分钟，大兔叽就扭捏了一句：但是……

伟光正：但是什么？

大兔叽：但是我们没钱。

伟光正：不会吧？

大兔叽：（一个哭泣的表情包）正哥哥，你知道我们公司很严格的，不让私下炒作这个。而且这个归宣传部管，联系媒体申请费用也都是他们做……我们部门说了不算呀！

伟光正：那你刚刚满口答应什么？！

大兔叽：我当然答应了，你这么棒！

齐正想骂人，他强忍着最后一点理智，问道："那你刚刚说可以分配是什么意思？你们没钱怎么办？"

"我们虽然没钱，但是我们有人啊，"陈彩说道，"分配也可以，你出钱，我出力！"

齐正气得口歪眼斜，直接把微信退了。

他现在算是确定了，这次的事情八成不是天颐干的，小经纪虽然恶心人，但是说得没错，天颐的宣传部和经纪部就是一摊烂账，他之前听人说过，走钱的事情要扯半天皮。孙泉别说不在公司，就是在，这事办起来也不会这么快。

那是谁捧雪莹？莫非有大佬粉丝？

想来想去，也只有这一条解释最合理了。

齐正一直等到下午，见网上信息还是那一些，并没有明显出来抹黑乔修的，甚至有的还顺道夸了一下乔修，他便干脆顺水推舟，把之前没用完的那些消息一块儿发出来了，当然重点是以宣传乔修为主，带的也都是乔修的照片和视频。

乔修的粉丝原本忙着跟人争论，这下趁热搜还在，纷纷开始夸起了乔修。

整个周末，乔修和雪莹那点扑朔迷离、确凿证据都没有的破事，愣是挂了两天，虽然位置不靠前，但是讨论度也不小了。这效果比齐正预想的要好很多，就是有一点让他不舒坦——这件事上明显雪莹获利更多，她原来的粉丝都不到二百万，一个周末过去就疯涨了很多。

而且粉丝里还突然冒出了一批不省心的情侣粉，这两人互动不多，情侣粉就自己拿着放大镜找细节，先是剪辑乔修和雪莹的同框照，然后又把那天媒体探班的视频拿出来反复研究。

因为之前剧组的特意安排，那天雪莹跟乔修是挨着坐的。这下情侣粉们终于找到证据了。

乔修脚尖朝向雪莹——心理学说了，这说明人群中他跟雪莹更亲近。

乔修在雪莹说话时微笑——那是爱的微笑！

乔修挠了挠鼻子——这绝对不是鼻子痒，这只能是害羞！

甚至乔修的深呼吸，在摄影棚里热出来的汗，对着记者不满时微微皱起的眉……也通通跟雪莹有关。

同时又有人开始做他俩的视频，明明是两人在毫无相关的剧集里出演的角色，被剪辑大手们一剪，竟然挺像那么回事。

刚开始视频是小范围地传，后来有营销号凑热度，两人在一起的视频也很快热了一把。还有个了专门的话题——金玉夫妇。

金是指乔修上一部现代剧的角色，叫金冠宇。玉是雪莹的玉女称号。

乔修眼睁睁看着炒作变捆绑，简直要在心里把齐正给骂死了。

他催着齐正去否认。

齐正却道："现在去澄清有点早，这个热度刚刚好，你的粉丝也能安抚得住，等事态发酵一下，影响再大一点的时候，我们再出面，痛斥女方无良炒作。"

乔修皱眉:"你不是说不是他们公司吗?到时候他们能愿意?"

"正因为不是才不怕呢,他们不屑用营销号那一套,到时候我们这边一发消息,说什么是什么。"齐正道,"先这么着,下周杀青后你不是要接着去录一期综艺吗?热度持续到节目播出就可以了,到时候我会安排采访。"

他已经规划好了,到时候采访乔修的理想型,乔修只要回答年纪比自己小的,就等于否认恋情了。

周三的时候雪莹跟乔修同一天杀青,剧组拍了杀青照。乔修又跟雪莹单独合照了一张,两人一块儿传到了微博上。

果然情侣粉们开始狂欢,乔修心里冷笑一声忍耐着,直奔综艺录制地。

雪莹则跟助理回公司。一出机场,就见陈彩开着车在外面等着。

雪莹感激道:"陈哥,你怎么来了,我们打车回去就行。"

陈彩笑了笑,等她上车后才道:"一会儿有个采访,我直接带你过去。对了,孙姐联系你了吗?"

"联系了,她在微信上给我留言问了一句,"雪莹轻轻叹了口气,道,"我当时在拍戏,等收工后给她打电话,都没来得及说,她就挂了。"

后来再提及这事,孙泉还反过来说让她早点杀青就好,不要在意外界舆论,显然是压根儿就没怎么看消息,也不在意她这边。虽然这样省事了一些,但雪莹却难免觉得难过。

陈彩看她有些低落,却没安慰什么,一路把车开出去,等上了高速,他才将车窗降下来一点,又开了音响。

里面是沙哑迷人的唱着英语的女声,雪莹一时出神,忍不住跟着轻轻哼唱了几句。

陈彩这才道:"你唱歌很好听。"

雪莹笑了笑。

"我本来想安慰你几句,"陈彩也笑道,"但是有些话中听不中用,现在孙姐的确没空管你。"

"我知道,"雪莹看向窗外,苦笑道,"我没法跟方婷比。"

"没有方婷,也会有王婷、李婷,这事跟别人没关系,"陈彩看她一眼,"其实在什么行业都一样,会不停有新人进来,有能人进来。大家在工作上都是不进则退,只不过娱乐业周期快,看起来格外明显而已。再说直白一点,你到底行不行,还是得看你争不争气。"

雪莹扭头看着他。

陈彩问:"问你个私人的话题。"

雪莹愣了下:"什么?"

"你有没有找个人结婚生子、当全职太太的打算?"陈彩笑道,"你要是有心,想接触一下娱乐圈之外的人,机会还是挺多的。"

他问这话看着是闲聊天,但实际上有自己的打算。

雪莹愣了下,微微思索了一会儿,才认真道:"没有。我不想早结婚,即便以后结了,也不想放弃工作。"

陈彩心里有了数,点了点头没再说。

这个话题还是陆渐行跟他聊起来的,那天陈彩又要出去请媒体吃饭,陆渐行在一旁说风凉话,说你花花钱打打电话就行了,这么卖力干什么,回头她趁热度高找个老公嫁了,你现在白忙活了。

陈彩一个激灵,这个才想起来得先问问。还好雪莹的想法比较靠谱。

"那我先跟你说下这几天的计划,"陈彩道,"一会儿酒店那边的采访会问到你跟乔修的事情,记者我已经打点过了,你先看看采访稿,有不懂的问我。"

助理从后面递过来放在一旁的文件袋,雪莹有些惊讶。她跟乔修都杀青了,以后也不太可能有交集,还以为这波炒作过去了呢。

"怎么可能这就过去了,这才刚开始。"陈彩啧啧道:"不过乔修那边的惯例是炒作完就翻脸不认,我们这次抢个先,把他的嘴堵上。"

"然后呢,"雪莹看了一遍,心里有了数,问陈彩,"还需要我做什么吗?"

"需要,"陈彩道,"采访完你回家休息一下,明天我们出发去录综艺。"

"录综艺?"雪莹大惊,"哪个啊?"

陈彩道:"就乔修这次要上的那个。"

"可是我什么都没准备……"

"你什么都不用准备,"陈彩笑了笑,"这次事情有点急,来不及安排了。所以我们这次不当嘉宾，当观众。"

雪莹："……"

"那边也已经找过人了，这期的嘉宾比较多，其中有跟你一块儿参加选秀的那个菲菲，"陈彩道，"我们已经通过气了，对外就说你是去给菲菲加油打气的。其他人怎么想我们就不管了。对了，打扮美一点哦，明天镜头会多给你一些。"

他说到这儿又想起之前跟齐正的聊天，坏心眼地嘱咐道："如果碰上乔修他们，问起你怎么去了观众席，你就说……公司没钱……"

第8章

第二天陈彩和雪莹坐在了演播厅的观众席上,雪莹在前排中间,陈彩跟她隔了段距离,躲在了一旁的摇臂后面。

前面的录制流程还比较顺利,直到乔修登场,现场才有一点骚动。

乔修这天身体不太舒服,可能是水土不服,也可能是吃的东西太辣了,总是不自觉地想清嗓子。可是他又不敢清,因为这次的机会是齐正好不容易找人才把他塞进来的,原本节目组是请了一个刚蹿红的唱跳组合,他年纪比人家大,又不会唱跳,塞在里面多少有些格格不入。

彩排的时候他台本看了好几遍,好不容易准备了几个有看头的话题,等上场往观众席一看,立刻就惊呆了。

观众席前面正中间那位,除了雪莹还能是谁!

虽然雪莹的长相在娱乐圈只能算一般,但气质清纯、皮肤好,又肩背挺拔有明星气质,在人群里便格外扎眼。

乔修忍不住多看了几眼,心想这女人怎么来了。他眼神飘忽,轮到他的时候主持人喊了两遍他才有了反应。

那主持人也知道最近大热的"金玉夫妇",立刻调侃道:"虽然我们都知道今天呢,现场是有金也有玉……但是请不要在工作时间谈恋爱好吗?"

其他众人都起哄欢笑,气氛顿时热闹起来。

乔修心里恼火,脸上却驾轻就熟地配合着害羞笑了笑,赶紧接着做了自我介绍。但因为有开场的这一茬，后面的录制里主持人便顺水推舟，接着金玉夫妇的话题展开问了下他杀青的新剧，同时做了个宣传。

齐正在台下也要气死了，他也看见雪莹了，恨不得立刻把这女人赶出去，但是显然来不及了。而且乔修状态又不好，接不住梗不说，还几次被人带着往雪莹身上靠，齐正最后急得拿了提词板写了几个大字提醒乔修。等到中场休息，先去匆匆找主持人，把现在的情况说了。

主持人很诧异："你们现在的金玉夫妇不是正热吗？"

齐正叹气道："都是女方炒作起来的，我们乔修不愿配合，原本这事想睁一只眼闭一只眼，谁想到女方也太能倒贴了，竟然追到节目里来了。"

主持人做综艺这么多年，圈内人脉广，早就对齐正的习性有所耳闻。如果换成别人他也就打个哈哈这样过去了，可是雪莹当初就是从这边电视台选秀出去的，这些年虽没多联系，但是对他一直很感激，逢年过节也会发短信祝福。

齐正把女方埋怨完，主持人便淡淡道："那可能是凑巧了，雪莹是我们邀请过来的。不过你说不提，那我们接下来就不提了好吧。没别的事我们就去准备了。"

齐正看他似乎不悦，觉得自己可能说错了话，犹豫着要不要继续去找导演。

一旁有个工作人员正好喜欢乔修，便忍不住拉住他小声提醒："别找了，乔修在台上不太熟练，几位老师的话他也接不住，有这个话题还能多露露脸。要不然后期把这些给你来个'一剪没'，等最后一播都没几个镜头能看。"

齐正左右为难，但也知道对方说得在理。这次又不是专场，乔修的时间本来就少，不能再剪了，这些起码都是素材。

他忍了忍，又坐了回去。等乔修录完已经是晚上，后面还有一个上节目来宣传的剧组，他们走的时候往回看了眼，雪莹还是在那儿坐着。

"坐吧，"乔修心里又气又恨，没好气道，"我听他们说了，今天估计还得录两三个小时呢，她就在那儿录到半夜吧。"说完又恨恨道，"真不像话，倒追到节目里来。"

"现在我们肯定是不能发声的，"助理开车，齐正给酒店定好位，这才继续道，"先回去休息一下，好好吃饭。我晚上联系下你的粉丝，让粉丝去出面。这一家人也真是的，简直就是狗皮膏药。"

他们这边气哼哼地回去，等吃完饭要联系粉丝的时候，就见网上多了条视频推送。

那条视频采访看着就是在酒店进行的，好像是××粉丝的活动，粉丝做完什么任务，网站就放出采访视频。

雪莹还穿着杀青时的衣服，上来对记者歉意地点头微笑，说自己才从机场赶过来。

记者立刻笑着说没关系，又问她最近是不是一直都这么忙，累不累。

雪莹点头说最近有点儿，今天刚回来，晚上跟爸妈一起吃个饭，明天又要去外地。

记者问能否透露下新的行程。

雪莹便道，是好友菲菲回娘家去录节目，自己要去支持一下，赴一场十年之约。说到这儿还给菲菲担任女主的新电影做了下宣传。

其他的问题都是无关紧要的个人爱好，直到最后，那记者突然问了一个最常见的问题——你的理想型是什么样的？

雪莹微微惊讶，问为什么会问这种问题。

记者道，看看你的喜好跟我们猜的是不是一样。

雪莹俏皮地笑了笑，随后半开玩笑道：那你们要失望了。我以前喜欢黏人弟弟的时候外面都流行大叔，后来我喜欢大叔了，外面又流行黏人弟弟了。所以我觉得我这人的喜好很不一般……

因为"金玉夫妇"的热度正高，所以也不知道是公关消息还是营销号蹭热度，一个个大标题都挂了出来。

雪莹疑似否认恋情，且看她怎么说……

金玉夫妇正当红，雪莹却说自己不喜欢黏人弟弟？喜不喜欢不知道，但这女孩的情商似乎有点高……

雪莹说自己的喜好不一般，怪不得她跟乔修这么般配……

齐正被逼得进退两难，这下才后知后觉，发现是自己大意了。公关可能是大佬粉丝买的，但采访绝对不可能是他们安排的。

他气得够呛，千年坑人的冷不丁被人坑，立刻打电话去找孙泉。

孙泉被他一说还蒙了半天，听他这边控诉完，心里也明白了是怎么回事。她等挂了电话，转而找陈彩质问。

陈彩刚和雪莹录完节目出来，一看是她的电话，立刻对雪莹比画了一下，躲到避风处去接了。

孙泉问："雪莹的事情是怎么回事？齐正电话都跟我讲了。谁让你们这么做的？"

陈彩无辜道："孙姐，这事儿不是你说让我跟小钱看着办的吗？"

孙泉："……"她何曾说过这种话，当时在机场不过是随口客气。

她心里着恼，冷笑道："我说让你跟小钱去炒作了？公关怎么回事？采访又是怎么回事？"

"采访就是人家网站的活动啊，雪莹的粉丝通关了，就安排了五分钟的采访，这个不行吗？"陈彩道，"公关我就不知道了，你不是说那是剧组搞鬼，既然出了声明不让我们追责的吗……"

"你少油腔滑调的，陈彩！"孙泉一听他不正经说话，简直要气死了，"剧组炒作已经过去了，之后雪莹的通稿也是剧组炒的？你少糊弄我！"

陈彩那边不说话了。

孙泉越想越生气，刚刚齐正说得很难听，她很少被人这样讲，这会儿怒气自然都转移到了陈彩身上。当然除此之外，她更恨的是这人在自己眼皮子底下搞小动作。

"怎么哑巴了？你别想蒙混过关，我明天就回去了。"孙泉冷声问，"公关是你跟小钱谁干的，你最好现在给我讲清楚。"

陈彩这才"嗯"了一声道："行，那我就坦白了吧。"

孙泉按下了通话的录音键。

"其实公关真不是我买的，我又没钱，公司也没给。"陈彩说到这儿顿了顿，叹气道，"所以我不得已，用出了我的秘法，网上的公关，其实都是我一个人的影分身。"

孙泉："什么？"

"我每天需要打坐七七四十九个小时，然后用意念附着在各路网线上，评论是我一个人发的，图片也是我一个人找的。"陈彩道，"我这些年一直战战兢兢，就怕别人发现我的异能，然后被抓去异能局做实验……"

"你……"

"你不会录音去举报我吧，"陈彩委屈道，"除了妈妈外，孙姐是唯一个知道我秘密的人，我相信你，你一定不会那样的……"

话没说完，电话嘟嘟嘟，被人挂了。

雪莹离他离得不远，听得又想笑又心酸。两人低调地跑来录节目，这会儿便也低调地在外面找小吃。

雪莹犹豫了一下，狠心道："陈哥，这次花了多少钱？"

陈彩刚买了一碟子炸串，等着老板下锅，随口道："三十三。"

"……"雪莹摇头笑道，"我不是问炸串多少钱，是问这次的宣传什么的花了多少钱。这钱不能让你倒贴，花多少回头你告诉我，这个我自己出。"

陈彩扭头看她，笑着摆了摆手。

雪莹忍不住道："真的，你又不能从我这儿拿提成，都是死工资，一年薪水才多少……"

"那等以后再说吧，"陈彩话没说死，等接过炸串的碟子，找了个外面的小凳子坐了，这才叹气道，"这才是个开头，让你重新回归到大众视野，但是如果后面不能蓄力，那也是白热闹一场。"

乔修去年大火，一直不间断地营销也是因为这个，人气这种东西很虚，大家又都喜新厌旧，所以必须不停地出来露面维持曝光度，让大家保持有一定的印象。

当然一直营销也会消耗人气和好感，这时候就需要及时有新作品出来支撑。

说到底，要走得远，还是得靠作品说话。

"孙姐明天就回来了，你趁机跟她提一下接拍转型作品的事，"陈彩认真道，"她在这方面经验丰富，比我强。你现在演技还不够成熟，尽量让她给你找大导演的戏，哪怕片酬少要一些。"

雪莹点点头，又看他一眼，担心道："明天你回去后，是不是要挨批？"

"没事，"陈彩无所谓道，"关起门来随便训，反正是一家人。"

两人吃了点夜宵匆匆回去休息，又赶早班飞机回了公司。

孙泉中午抵达，风风火火赶来公司，刚下了开会通知，转头却又取消了。

陈彩略感意外，没过多久，就见这层的办公区门口一阵骚动，随后VV姐跟陆渐行一前一后走了进来，直接进了外面的一间会议室。

陈彩八卦心起，伸直了脖子探头往外看，凑巧陆渐行往这边扫了一眼。他眨眨眼，又小心溜了回去。

两分钟后孙泉和杨雪一左一右，风风火火夹着文件夹去开会。

会议室的门被人关上，把外界的好奇探究和声音一块儿隔绝了开来。

VV已经有段时间没来公司了，她这胎怀得不容易，全家人都提心吊胆，她也担心有什么意外，于是近期一直歇在家里。这次过来实属无奈，虽然尽量穿了平底鞋，暗暗告诉自己要冷静，等一进公司，还是忍不住动了气。

幸好遇到陆渐行，一直扶着她。

这会儿他们经纪部门开会，陆渐行便也在一旁守着，顺道听听。

孙泉和杨雪互相看了一眼，各自心里有鬼，都垂着眼不说话。

VV深吸了一口气，这才沉声道："当年六一姐离开公司之时，曾跟我彻夜长谈。她当时是另有了自己的发展计划，但并不适合带上你们俩，因此希望我能对你们俩多多看顾，又说你们是可造之才。这几年我顶着多方压力，给了你们全然的信任和支持，二位工作上的成绩大家也有目共睹。我原本以为自己得了两员干将，甚至近期在考虑，提你们做轮值总经理，看将来谁更适合接替我的位置。"

她说到这儿一停，一字一顿道："可是我万万没想到，你们会将个人恩怨代入到工作中，甚至愈演愈烈，到了不择手段的地步。如果不是昨晚有人给我打电话，我连夜挨家媒体联系打点，恳求他们不要发布这些消息，是不是今天的头条就要被我们天颐占了？是影帝许焕出轨丑闻，还是阳光男孩禹一鸣夜会名媛？"

杨雪一怔，率先反应过来，否认道："VV姐，这事跟我无关，我并不知道这件事情。"

孙泉也紧接着道："我昨晚还在飞机上，这段时间一直跟方婷在国外，对此也不知情。"

"撒谎！"VV见这两人仍是狡辩，一时怒极，拍桌子问道，"你们真当我什么都不知道？要不要我把你们联系狗仔的号码念出来？给你们说个一清二楚？"

那两人一听号码，立刻变了脸色。

陈彩在外面等得抓心挠肝的，里面的人开会已经开了两个小时了，其间VV姐的秘书进去添了两次水，第一次的时候门缝没有关紧，外面众人都听到了VV姐的怒斥声，等到后一次，里面却又安静到落针可闻了。

大家都颇有些山雨欲来风满楼的预感，各自噤声做事，也不敢胡乱走动。又等了十几分钟，会议室的门终于被人从里面打开，陆渐行扶着VV姐转身去了办公室，杨雪和孙泉跟在后面，但都是灰头土脸。

陈彩等了一天，挨批没挨着，临下班的时候，却收到了内部电话，通知他和另一位同事去VV姐的办公室。

陈彩跟同事皆是一头雾水，不知是福是祸，等推门进去，就见陆渐行不知道什么时候已经离开了，VV姐见他们进来，推过来两份材料。

"部门内要做下职位调整，现在执行经纪的职位有两个空缺，"VV姐道，"我现在提名你们两人，你们有意见吗？"

同事似乎早有准备，立刻点头道："没有意见。"

VV姐面露疲惫，将资料递过去，挥手道："那你先拿回去看看，我把杨雪手下的曹欣分给你。没有问题的话下周一你找人事报到，同样合约是一签一年，来年没有异议自动续约。"

同事高高兴兴地出去了。

陈彩慢了一步，等人出去，才赶紧小声表态："我也没异议。"

VV姐"嗯"了一声，撑着桌子站了起来，却对陈彩道："你在沙发上坐一下。"

陈彩一看这谈话架势，心里提起警戒，忙去沙发上坐了。

VV姐靠在办公桌上，往外面看了眼，忽然叹气道："就在不久前，陆总在你现在的这个位置上坐着，我们聊天，我说想要挖几个能员干将过来。当时正好杨雪敲门，说你那边拒绝了。"

陈彩不知道这事，愣了下，诧异地看着VV姐。

VV姐却不想深谈，转过脸看他一眼，摇头道："你很聪明，当初我找的人里，你入行最晚，名气最低。虽然能力有，但并不高估自己。"

陈彩听着话里有话，忙打哈哈道："VV姐，我哪里做得不好，你就直接批吧,这样听着怪害怕的。"

"那我就直说了,"VV姐垂眼看他,慢声道,"陈彩,你这次犯了职场大忌。"

"对于领导而言,下属的忠诚度永远是首位的。比如我对于陆总的决定不满,那我可以踢开他,去替公司做另一种决定吗?不能。屁股决定脑袋,这是最基本的。你这次做的,好听点叫险中求胜,难听点,是阳奉阴违。"

陈彩没想到她说得这么直接,脸色一热,张了张嘴,却又觉得无可辩驳,只得低下头乖乖认错道:"是……这点我做得不对。"

VV姐这才叹了口气,又给他递了台阶,道:"你知道错就好,好在我对你有所了解,知道你这次是一时情急,考虑不周,所以才犯了这种低级错误。不过也借此也给你提个醒,聪明是好事,但一定不要聪明过头,反被聪明误。"

陈彩仍是点头说是。

VV姐将材料递过来:"我把雪莹调给你了。撇除掉其他因素不说,这次你的处理还算合格,有其他需要注意的地方,我也都给你标在了后面。下周综艺节目播出的时候注意一下新话题,捆绑不宜太紧,雪莹和菲菲的十年之约可以热一下。"

陈彩刚被打一棍子又被喂了颗糖,心里哭笑不得,又隐隐佩服,忙点头道:"好的,我会注意的。"

说完一顿,又补充说,"以后我也会不会擅作主张了,实在不懂的就跟VV姐请教。"

VV姐点点头,又笑了下:"行,你们陆总有我的私人手机号。除了工作,你俩要是吃个饭喝个小酒,也可以喊我。"

陈彩一听就知道VV姐多少还是看了陆渐行的面子,耳朵一热。

VV姐道:"你去忙吧。对了,孙泉仍是你的组长,一会儿过去给她道个歉。"

陈彩应下,等出了办公室的门,这才发现自己刚刚竟然出了一身汗。

VV姐的气场太强了,他这会儿才悄悄松了口气,又去了孙泉的办公室道了个歉。

后者脸色不太好，也有些心不在焉，挥挥手就让他走了。

陈彩一直等回到家，才开始后知后觉地高兴起来。

他又回想了自己这次的行动，的确是过于冒险且容易授人以柄。好在这次算是惊险度过，以后孙泉跟他的直接交集也不会太多，顶多是商业活动上被拿捏一下，也不要紧。

这样一想顿觉前途都光亮了起来，现在好歹是个经纪人了，不是给人做助理听摆布了。以后工资都不一个算法。

陈彩越想越乐，美滋滋先给雪莹发了信息告诉她这个喜讯，又想到另一个有功之人，立刻跑去阳台，嘿嘿笑着给陆渐行打电话。

陆渐行此时正在外面应酬，见是他的号码，找了个借口出去接了，就听陈彩在那边大呼小叫。

陆渐行无奈道："行了行了，不就是个执行经纪人吗，别整得跟范进中举似的……"

陈举人在那头作疯癫状嘿嘿笑，过了会儿问："你干什么呢？"

陆渐行道："吃饭呢。"

陈彩好奇："都跟谁啊？"

陆渐行往回看了眼："许焕在，你要来吗？"

陈彩自己待不住，边说边往去换衣服，嘴上假惺惺道："我就不去了吧。"

陆渐行笑了笑，聊了两句，把电话挂了。一直等到饭局结束，他跟那一行人出来，就见门口停了一辆眼熟的车。

很扎眼的小橙。

陆渐行给陈彩这车用的时候只是觉得颜色好看，这会儿却有点后悔，突然觉得这车过时了点儿，不如新出的张扬霸气，远远配不上驾驶座上那张嘚瑟的脸。

陈彩特意在家里洗了澡换了身衣服，就跑来饭店门口接人，摆姿势都快摆累了，好歹把人等出来了。

谁知道有人比总裁走得快，许焕今晚喝得有点多，远远看着就是陈彩，忍不住快走几步过去确认了一下。

陈彩嘴角抽搐，维持着表面和气，笑道："你好啊，许影帝。"

许焕哼了一声。看看这人，又看看这人的车。

两人见面，格外见不得对方好。

"你这车，别人送的吧？"许焕冷笑道，"没出息！"

陆渐行在几步之外听见，正要过去给这醉鬼一脚，就听陈彩在那儿哈哈笑。

陈彩连连点头，赞同道："你还真说对了，这是别人送的，不过这不叫没出息。你看那两辆车了没？"

许焕知道他坏心思多，却又忍不住回头去看。

后面停的两辆，一辆是他的，另一辆是报废搁置的。

"要是你也有人送的话呢，黑色是你之前的车，报废的才是真正配你的车，"陈彩说完一顿，摇头晃脑，一本正经道，"你这种才叫没出息。"

陆渐行在回去的路上快要笑死了。

许焕被打包接了低价代言的事情，整个公司的人都知道。他这人平时人缘不好，因此不少人暗地里笑话他，说他天天跟着陆可萌当小狗腿，可是越当越便宜。

这种风言风语也传到了许焕的耳朵里，他平时就当不知道，陈彩这次说他脸上，还笑话他是报废车，许焕当场就跳脚了。幸好那助理看着有外人在，怕他闹出笑话，赶紧给拖走了。

陆渐行笑了会儿，又扭头看陈彩开车也嗦嗦瑟瑟的，伸了下腿，故意道："回头给你换辆车，这辆太小了。"

陈彩斜着眼瞥他："换什么车呀老总？"

陆渐行问："你喜欢什么车？"又想了想，给陈彩建议道，"这个新出的奥迪RS也好看。或者你喜欢别的牌子也行。"

陈彩笑了笑，他虽然笑话许焕，但是自己并不痴迷车。

陆渐行倒是较了真，从包里找出来一张名片，递给他："你联系这个人，让他给你报一下驾驶课。反正提车也得等段时间，你抽空先去好好练。"

陈彩瞥了一眼，见上面印着一串金色字迹，好笑道："我是逗你玩的。"

陆渐行侧过脸看着他，摇头道："我没有逗你玩。你看你外形条件也好，开辆好车更配。"

他今晚喝得比较多，脸上带着红晕。

陈彩微微侧过脸，眼睛仍旧看着前方，提醒道："我开车呢，你别闹。我这技术可不如成叔。"

陆渐行笑笑，果真闭上嘴，老老实实坐稳了。

等一路安稳到家，下车时陈彩要过去扶他一把，陆渐行才摆摆手解释道："我没醉，就是不太能喝酒而已。"

"那以后不喝行不行？"陈彩疑惑道，"让许焕那样的多喝点，你一个老总能躲就躲了吧。"

他说完又想起今天一行人里打头出来的那两个，有些好奇，"今天我没看错的话，那两人是田七和马宝？"

田七是个老牌导演之一，不过近几年开始走下坡路了，接连拍了几部片子票房不行，口碑也不好，投资商赔得不少。马宝是他的御用副导演，也是合作了很多年。

"嗯，"陆渐行抹了把脸，"电影部太缺大导演了，吕涵不行，贾导也不行，只能试试田导了。"

对于影视公司而言，大腕明星虽然稀缺，但起码有个流动率，每年都有人努力往上挤，遇到好的剧本和导演，再有靠谱的经纪人一推，说蹿红也就蹿红了。

可导演却不一样，业内有票房号召力的大导演一共就那几个，新人出头慢，签约也有风险，所以天颐只认几个大导演，陆渐行到现在，知名的几个差不多拜访了一圈。

陈彩知道其中还是牵扯公司的投资方向和安全这些，扯来扯去复杂得很，他对这个不感兴趣，只是心疼陆渐行。

等两人上楼，陈彩难得细心了一次，让陆渐行在沙发上歪坐着，自己热了两条毛巾递过来给他擦手擦脸。

陆渐行要起来喝水他不允许，自己跑去接了一杯过来。陆渐行要拿东西他也不让他动，啪嗒啪嗒穿着拖鞋乱找一通。

陆渐行只得闭着眼听他的话乖乖坐在那儿，看着陈彩忙来忙去，跟个勤劳小助理似的。

十分钟后,小助理终于歇了脚。

陆渐行却已经傻了。

他的左手边放了毛毯,右手边是电视遥控器,旁边放着陈彩从厨房挪过来的边几,上面放着温水、纸巾和果盘。正前方则是一个平板支架,陈彩刚刚调整了合适的高度,他坐在那儿抬眼正好看到屏幕。

陈彩坐在边上,一脸随时过来伺候的表情。

陆渐行:"……"

这架势,跟照顾痴呆老人似的。

以前陈彩可没这么勤快过。

陆渐行越看越不对劲,先问:"你是不是做了什么对不起我的事情?"

陈彩一头雾水:"……没有……吧,怎么了?"

乱花钱不算?二百万快造完了……

"无事献殷勤,非奸即盗,今天你这样可不正常。"陆渐行瞅着他,"……跟你说了我没醉,回头休息一下就好了。"

"真的?"陈彩道,"那你还挺好的,不像我,看一眼酒瓶子就倒。"

陆渐行瞅他,一脸不信。

"你不考虑找个助理吗?"陈彩提议道,"你看连孙泉都有两三个助理跟着,你一个大老总,总不能身边除了秘书就没别人。找个能喝的助理,以后酒场别自己来了。"

陆渐行垂下眼,思索着没说话。

陈彩又想起今晚自己说要去接他的时候,成叔的话,顿了顿,有些为难道:"而且成叔……"

"成叔想退休了,"陆渐行主动道,"这个我知道。"

"那你怎么打算的?"

"就中秋节后吧,"陆渐行想了想,"现在公司的事情太多,等中秋的时候,我好好摆个宴谢谢他,至于助理……"他似乎有些犹豫,"助理就先不要了,我父亲一直教我,象齿焚身,财不示人……他当年就被这些人坑得很惨。"

陈彩愣了下,心想怪不得一开始的时候陆渐行警惕性那么高,以为谁都是要故意接近他,跟有被害妄想症似的。不过这人心思还是单纯,一旦觉得别人可以信任了,就不太懂得划分界限。

不过话说回来,陆渐行的确比自己想象的有钱,这种身边的人万一不靠谱的话的确会有危险。

"那要不然以后再有酒场的话,我如果有空,你就带上我。"陈彩道,"我一人干翻一桌没问题。"

陆渐行没想到他会提这个,心里又高兴又感动,故意道:"你刚刚不还说看一眼酒瓶子就倒?这样岂不是没开场就不行了。"

"不会的,"陈彩一本正经道,"我到时已经被一样东西蒙蔽了双眼,看不到酒瓶子了。"

陆渐行问:"什么东西?"

陈彩神秘一笑,假装从自己的胸前的小口袋里往外掏东西。

陆渐行好奇地凑过去看,就见陈彩突然转身,捏了个手势过来。

"就是它,"陈彩笑道,"对陆总的一片忠心。"

陈彩想起晚上自己提出要去接陆渐行的时候,成叔言语中流露出的欣喜和轻松,他说老伴儿这几天身体不适,白天还好,一入夜就容易发烧,所以他特别担心出门后她有问题。又说最近陆渐行都应酬到很晚,自己老眼昏花,晚上开车也格外紧张。

陈彩知道他的言外之意,其实以成叔的年纪,能陪陆渐行这几年已经算是不容易了。可是今晚真当他开口提起,看到陆渐行微微愣神的一刹那,他还是心疼。

成叔一走,陆渐行身边就没什么人了。

陈彩心里叹气,好在现在离着中秋还早,这段时间他多陪伴一下,或许能让陆渐行早点适应。

陈彩心里打算得好,却忘了计划赶不上变化。

周一他去人事那边更改合同,经纪人的位置还没坐热,就被雪莹的助理提醒下旬有个电影之夜,而孙泉由于之前一直忙方婷的事情,并没有给雪莹租借礼服。

陈彩心里叹气,礼服租借一般要提前一个月,现在时间不足十天,这上哪儿找合适的。

雪莹倒挺开心，跑过来找他玩，兴奋道："之前孙姐一直让小钱给我借衣服，他们借的衣服我不喜欢，也不敢说。这次我们自己选呗！"

虽然大家还是一个部门，但她显然拿着自己跟陈彩当小团体了，说话都恨不得挤一块儿。

陈彩被她逗笑，又忍不住犯愁："我之前没跟品牌公关打过交道，这方面还不如小钱呢，不行还是得找公司出面。"

他说完想了想，却不记得雪莹有过红毯照，一边上电脑找图一边问："你之前穿的是谁家的？"

雪莹脸一红，有些尴尬："其实我也不知道。"

陈彩："……"

"大牌的又借不出来，孙姐认识的那些顶多能给方婷穿穿，所以我的都是各种各样的牌子，小钱记不住，我也不好意思问。"

陈彩正好找出图片，看了眼，顿时也明白了。

雪莹之前穿的礼服都是千篇一律的白色A字裙，无论冬夏都是一样的材质和款式。幸好她的腿又直又长，体态也好，这才没让人觉得土气。

但是总穿一种衣服本身就不太好，造型上一直披肩发，也不够清爽利索。

陈彩心想，这还真是得换了。

服装得换，造型师也得换，正好现在要让她转型，不如就从红毯开始。

不过大牌那边别说他不熟悉，就是认识，按照雪莹的咖位多半也会被拒。

"这样，衣服我们就找服装工作室租一下，看有没有短时间内能提供礼服的。不过在这之前，"陈彩歪头打量了一下雪莹，"得先确定你以后走的风格。"

这种事上他不敢擅自做决定，找公司里的人打听了一下，问来几个挺有名的造型师的号码。

电话拨出去，无一例外地遭到了拒绝。大牌造型师的行程跟明星差不多紧张，甚至有的一线明星也要提前跟人预约。陈彩一个个电话打出去，直到最后一个都不抱希望了，倒是峰回路转，捡了个漏。

那个造型师的秘书起初也是回绝，等陈彩报出公司姓名之后，没想到那边又改了口，说可以谈。

双方约在一处婚纱馆见面。

陈彩先是被这富丽堂皇的地方闪得有点晕,等一见面,又被造型师吓了一跳。

造型师个头不高,见面就抱着胳膊,冲他道:"要不是我有个不省心的弟弟,我是没时间过来的……就那个谁跟那个谁,还有你们公司的方婷,都扎堆地来找我,让我给推了。"

陈彩愣了下,还以为自己听错了:"你弟弟?"

跟他有什么关系?

造型师"喔"了一声,瞥他:"蒋帅啊,不认识吗?"

陈彩一脸吃惊。

"他说让我帮帮忙,给他个面子。"

陈彩震惊了:这是蒋帅他哥?怪不得自己能约上。

不过这人也是真忙,等团队人员已经准备好之后,他一边在旁边指点一边不停地接电话。

陈彩在一旁听着,这些电话里既有几位大牌明星来联络情感,约他逛街吃饭,也有助理的行程安排,无非是飞来飞去,看秀参展。

陈彩暗暗咋舌,心想怪不得这位号称空中飞人,真是炙手可热。

化妆师在一旁忙着试妆。这位接完电话后观察了一会儿,这才找了个椅子坐下,对陈彩道:"你们家雪莹底子不错,皮肤好,五官比例匀称,头小脖子长。身材虽然不太丰满,但是穿衣不影响,腿很美,是个优势。你刚刚在电话里跟我讲什么?"

陈彩忙道:"我说她以前的造型不太有风格,想请蒋老师你帮忙整体设计一下。比如……"他回头看了看,犹豫道,"她走中性风可以吗?"

雪莹转型的话,从玉女转到熟女会很危险,做不好就是自毁形象,更何况她的气质不同于梦圆,并不适合走妖艳成熟风。

陈彩知道转型主要还是靠作品比较稳妥,这会儿还没有合适的角色,便先琢磨着在衣着打扮上下下功夫。

造型师思索道:"中性风她不太适合,头发能剪短吗?"

"不能。"陈彩摇头。

他之前听说有个洗发水想找雪莹合作,但是还没谈成,所以头发得先留着。

"那倒是可以试试飒爽帅气的仙女风格,"造型师道,"化妆看看,店里正好有几套衣服可以试试。"

陈彩这才知道这婚纱馆也是他的,对外也做礼服租赁,但因为定位高端,大多是全球限量款,所以一般不对外人开放。

雪莹原以为过来就是化个妆换个衣服,没想到大师团队足足跟她折腾了三四个小时。每次化妆就很久,从发型妆容到礼服,最后敲定了三套。

当然礼服如果用的话需要自己付租金,这次没等陈彩说话,雪莹自己刷了卡。

两人从婚纱店出来后都累得够呛,陈彩觉得这姑娘有点傻,出来后忍不住道:"这钱可以公司出的,你怎么傻乎乎地自己掏呢。"

雪莹开心地挽住他的胳膊,笑嘻嘻道:"你刚上任,可别让你为难了,十几万我还掏得起。再说这要不是认识,我都没机会穿这些衣服呢。"

陈彩也知道,刚刚那化妆师说了,店里的婚纱对外租借的话一般是卖价的三分之一,礼服因为都是高级定制,所以给明星报出的价格只能更高。今天雪莹算是运气好的,整体效果很棒,到时候不管红毯照还是合照,肯定会令人惊艳。

雪莹也沉浸在刚刚美美的衣服中,笑道:"要不是这衣服不能重复穿,我都想买了。天啊,YC那个小裙子也太美了。果然女人就是要用钱养。"

"那你加油挣,"陈彩看她是打心底里高兴,也跟着打趣道,"我等着你红。"

两人说说笑笑,没想到几天后雪莹就开始有蹿红的征兆了。

这事的起因原本是网上有剧组的工作人员爆料,说雪莹这次如何费尽心思炒作,要靠着绑定乔修上位维持热度。因为金玉夫妇的热度还没过,这个帖子一出,自然引来一批粉丝和"吃瓜群众"。

那爆料人倒是清楚人的好奇心理,每次都只说一点点,到了关键时刻就让大家自己想。等到下面吵作一团的时候,他再接续着往下继续说。

每天爆料一两点,从雪莹拿角色带资进组开始,开讲她的选秀路,怎么成的名,中间还断断续续加点别人的料,真假参半,折腾了三四天,又专门拿着剧组的很多细节问题来唬人。

陈彩一眼就看出是齐正团队所为，他心里有了数，给雪莹之前拍戏的酒店打电话，说自己是××剧组的人，要去查一下监控云云，那边果然回复监控前阵子坏掉了。

陈彩心里暗骂齐正这人果然下作，但是因为综艺节目周五晚上播，乔修那方官方也没动，所以他便也按兵不动，静等后续。

当然转移视线的方法他也会，比如扯着剧组其他人下水，把所有人都贬一下，专门抬高乔修，让乔修成为众矢之的。又或者放一把烟幕弹，假装是乔修要炒作跟女一的关系……但是这些招数虽然好用，但难免要波及无辜，这种事齐正能下手，陈彩却做不来。

一直等到周五早上，眼看舆论发酵到了顶峰。

乔修大概见他们连续几天没回应，有些忍不住了，一早发了一条微博：害人之心不可有，防人之心不可无。

配图是当晚要播的综艺，乔修在做游戏，上面写着播出时间。

这图一看是综艺节目的宣传照，但是这宣传却有点一语双关了。

乔修的粉丝原本一直说雪莹蹭热度，这下更加确定自家乔修被缠上了。微博论坛各处都有讨伐雪莹的帖子，又有人爆料自己参加了上周的节目录制，女方的确有些过分，追到了节目里，不信大家去看看，观众席上会有雪莹。

各处也分不清是公关还是粉丝，来势汹汹，乱作一团。

陈彩一天内收到了数家媒体的电话，但好在公司大，大家言语还都比较客气，他一一应付完，又给电视台的人打了个电话致歉，怕这次风波会影响到节目。

电视台的人笑了笑，反过来安慰道："不要太在意这些，不会影响的。节目该怎么播怎么播。"

陈彩这下吃了颗定心丸，又安慰雪莹让她不要受影响，自己安排了晚上"十年之约"的话题后，这才开车回家，守在了电视台前。

晚上八点，综艺节目准时播出。

当时录制的时候，先录的乔修和那个组合的部分，后面才录制的菲菲剧组的宣传。等到播出，陈彩才发现剪辑把两者反了过来，上来先是菲菲他们剧组宣传。

主持人让大家做自我介绍，等到了菲菲这儿，主持人慨叹道："第一次见菲菲还是十年前，那时候小姑娘个头小，来参加选秀，见谁都笑着露出一对小虎牙，老思（师）好……我是第饿（二）名……"

台下众人哄笑，主持人笑道："现在菲菲是大姑娘了，那么请问……普通话练好了吗？"

大家又笑，菲菲忙笑道："好了好了，其实那时候我就在练普通话，因为当时跟雪莹一个宿舍嘛，她普通话好，没事就拉着我练。"

主持人问："你当时跟雪莹的关系特别好是不是？"

"是的，我们现在关系也很好，"菲菲按照之前商量好的，继续道，"我印象比较深的就是，我俩当时跳舞不太好，怕被淘汰，半夜一块儿在练习室练舞练通宵……"

主持人点头："对的，这一段我也有印象，你知道今天谁到现场了吗？"

菲菲笑着点头："知道。"

镜头扫到观众席，雪莹在台下抿嘴笑着，安安静静地挥了挥手，既不抢人风头，眼神又温柔，让人心生好感。

菲菲道："我跟雪莹有个十年之约，就是如果十年后我们有谁回来登台的话，一定会去给对方加油助阵。她本来也是刚从剧组杀青，我没想到她能过来。"

雪莹在台下捧着脸，还有点脸红，神情害羞又可爱。

主持人接着话题道："那我们这次的电影《十年》是不是也是讲青春、梦想跟友情的……"

话题自然过渡到了电影的宣传上，而且因为刚刚的煽情的部分在，大家聊起似乎都挺感慨。

网上相关话题已经开始多了起来，陈彩之前已经联系好了营销号和媒体，一边发起活动，一边全网推送通稿。

当初他找菲菲那边的时候，对方正好也想找雪莹，这下双方配合宣传，雪莹只是小小露了个脸，陈彩却大方帮忙剧组造势，菲菲和剧组自然都十分乐意。

等到节目中段，乔修才跟另一个组合上来。

大概当初齐正找过主持人的缘故，里面关于金玉夫妇的大部分内容都已经删减，只留了最初调侃的一段。台上乔修配合地害羞笑，镜头里的雪莹却明显愣了一下，有些闪躲……

同样的互动，在之前认定这两人般配的情侣粉眼里自然是非常甜蜜，因为台上的乔修更主动。但在两边的粉丝眼里看，都是对方在倒贴。三方粉丝再次争论起来了。

陈彩同时开着几部手机和电脑，看不同的网站和论坛，等到节目一播完，网上便流出了一张监控动图。

一名酒店工作人员称，前阵子有个××剧组在这边取景，他第一次近距离接触到明星，没想到太幻灭了，其中某个当红"小鲜肉"恶心得很，不仅对酒店的人呼来喝去，工作人员还骚扰女演员。那女演员脾气太软，一直不吭声。今天的事情事实并不是大家传的那样，他别的不清楚，但知道当初炒作的图可是男方助理拍的。

下面监控的动图十分清楚，剧组拍摄，雪莹去推门，斜侧方的一个稍胖的男子偷偷摸摸举起了手机。后面附着那男子跟乔修一块儿进酒店的图片做对比，显然是同一个人，那男子身上穿着的还是乔修后援会送的T恤。

酝酿多日的风波因为女方一直没回应，大家还以为是想不了了之，冷不防这时候突然来了反转，"吃瓜群众"纷纷转战阵营，不管感不感兴趣的都来掺一脚了。

很快又有新的讨论话题——"季童、张可、易小青……多图开讲娱乐圈新'插刀王'乔修"，"细数乔修出道十大功，整容、炒作、耍大牌……"

这边对应的公关很快加入了，一边争论，一边开始新话题。

晚上十一点，热门微博成了"雪莹躲着也中枪？不如来看看女神这些年塑造的经典形象"……

其他的都是关于雪莹和菲菲的。匿名论坛上则是各种爆料乔修的帖子。

陈彩这边正忙得满头大汗，几个手机响个不停，冷不防VV姐竟然突然来了电话，上来就道："差不多先这样吧。"

陈彩愣了下，有些不甘心："这才哪儿到哪儿呢，不过瘾。"

"这次过不了瘾了，"VV笑道，"今天有个综艺找我，想要让雪莹参

255

加他们下一期的节目录制,正好乔修也在,不好太僵。"

陈彩心想怎么又是综艺,问了句:"哪个?"

"《二十分之一》,那个生存逃脱类的。"VV姐道,"乔修参加过几次了,节目组想多找几个女嘉宾。你觉得怎么样?"

陈彩犹豫了一下。

《二十分之一》是一项户外真人秀,有点类似于《饥饿游戏》,节目组设置各种情形和关卡,嘉宾们想办法通关生存到最后。其间会有很多黑衣人进行抓捕,所以动作慢的比较吃亏,有的上去不到两分钟就下场了。

因为节奏快,又时常能看到嘉宾出丑,所以现在热度、收视率都挺好。但正因为邀请人数太多,所以做过几期后,节目组就遇到了瓶颈。不知名的小鱼小虾大家不爱看,大牌的明星要么行程紧,要么不喜欢,也不来,能请的差不多请了一遍了。

现在雪莹跟着乔修热度上来了,又出道几年有名气,片酬又不高,节目组如果能让两人一块儿参加,借着话题或许还能有新看点……倒是挺会找便宜。

幸好两边还没正式撕破脸,缝补缝补能继续装。

"当然了,还有一点就是惜梦家纺有意植入,那边正在谈价了,雪莹是代言人。"VV姐道,"如果配合好了,对雪莹、乔修和节目组,算是三赢。当然我的想法是,看能不能争取个常驻下来。"

"我觉得可以接。但是齐正那边……"陈彩道,"这人太阴了,一开始不是他踩雪莹,我们也不会理他。"

"他下午找我道过歉了,说不清楚网上的情况,乔修那微博没有别的意思,希望我不要介意。"VV姐笑道,"不过我跟他讲,雪莹的经纪人现在是你,具体事务都是你负责,但你那边晚上有应酬,让他晚点找你亲自谈。"

陈彩心道怪不得,敢情今晚上是先给我时间,让我骂过瘾呢。

不过这会儿有了监控为证,剧情反转得太厉害,乔修的前对家们纷纷下场参与狂欢,他收手也没事。

"好的,"陈彩立刻假惺惺道,"本来大家就没什么矛盾,我一会儿跟他联系。"

他这边挂掉电话,换号到专门加齐正的小号上,果然那边发了好几句话了。

陈彩往沙发上一躺，找了个舒服的姿势，懒洋洋地捏着嗓子给人发语音："怎么了呀？"

伟光正大概等久了，问：你电话怎么一直打不进去？

纯情大兔叽：在喝酒呀，手机设置免打扰而已，正哥哥这么着急……我打给你？

他发完信息，从微信上拨了号过去。

齐正在那边虚伪道："陈帅哥好忙啊，一直联系不上。"

陈彩"哎呀"了一声，在那儿叹气："没办法呀，要应酬的，我们公司哪儿都好，就是大人物太多了，哪个都不敢得罪。"

齐正说："那就好，今天白天的事情你知道吧？也不知道剧组的谁跟雪莹有仇，非把我们乔修拉下去栽赃，我跟你们VV姐说了，怕伤了咱两家和气。"

"什么事情？"陈彩道，"我今天太忙了，都没上网呢。"

"……"齐正说："没上网正好别看了，免得生气。"

"哦哦我刚看到了，"陈彩道，"是这个说一说雪莹捆绑乔修炒作吗？"

"对啊，"齐正道，"一看就是个来搞事情的。"

"没事的，正哥哥你不要往心里去，"陈彩道，"这种莫须有的分分钟被'打脸'。让乔修转一下，发个澄清，看他还乱讲……"

齐正："……"

"……不理他就行了，要不然越给他存在感他越蹦个没完，"齐正咳了一下，赶紧谈正事，"那个《二十分之一》的事情，VV姐跟你说了吗？我有个想法……"

陈彩虽然很讨厌齐正这人，但是不得不承认，他能把乔修捧起来也是真有些本事。一个逃生类节目，因为乔修和雪莹现在的绯闻关系，立刻被他安排出了十几种剧情……

陈彩一边在心里骂一边想，这位不去当编剧真可惜了，这些剧情虽然烂，但是观众都爱看啊。

两人商量完，这下算是达成了一致，于是各自的公关都散了，齐正花了不少工夫到处删帖。

酒店的动态图传播太广，没法删又不能承认，最后一块儿推到了爆料的匿名用户头上。

乔修工作室早上八点发了声明，表示此人并非乔修的助理，发帖是为了泄私愤，帖子内容纯属造谣。之后又为此次用人不当造成的不良影响向公众道歉。

这段时间被各种消息折磨得死去活来的情侣粉们喜极而泣，纷纷让官方发两人合照。

不明真相的以为人红是非多，是有人嫉妒乔修和雪莹。

知道情况的倒是暗暗嘲笑了乔修一把，不过两家互相扇完耳光还能继续坐下喝茶，也都是本事。

当天中午，《二十分之一》官微发布新的嘉宾阵容，同时提到了乔修和雪莹。

雪莹带着宣传词转发，再一看，微博粉丝竟然快要四百万了……

她开心地给陈彩打电话，然而那边一直在占线。

陈彩这段时间忙疯了，好不容易抽出时间陪着陆渐行在外面吃午饭，就听电话响个不断。

其中最意外的一通电话来自VV姐，她语气随意，内容却让陈彩愣在了原地。

"陈彩，经纪部副总的位置，你有没有考虑过？"

VV姐产期将近，这时候经纪部的副总，无疑是整个部门的一把手。陈彩抓着手机，心如擂鼓，周遭的声音潮水般褪去，耳畔只有心脏强力且快速的咚咚咚声。

陈彩咽了口水，缓缓吐息，等那瞬间的震惊减缓后，他看了眼对面的陆渐行，随后低声道："VV姐，恐怕以我的资历，还不能胜任这个职位。"

经纪部的人员复杂，VV姐之下是孙泉和杨雪两员大将，这两位无论年纪、资历还是圈中人脉都在自己之上。更何况她们在公司多年，各有心腹，树大根深。自己如果被突然提拔，恐怕也是被人当成了试局的棋子，放入鱼群的廉价鲶鱼。

况且，他还要考虑到陆渐行。陈彩自己单枪匹马的话可以豪赌一把，无非富贵险中求。但有陆渐行在，他就要考虑别人利用自己的目的，是不是也跟陆渐行有关。

VV姐那边安静了两秒，似乎也后悔了："是我考虑不周了。今天也是一时兴起，喝了点酒，就有点想当然了。你就当我说醉话了，这事当没发生，别往心里去。"

陈彩笑笑，"嗯"了一声，看了眼对面的陆渐行。

陆渐行疑惑地挑了下眉，想问陈彩怎么了，却见陈彩刚挂断又有电话进来，这次是雪莹，欢欣鼓舞地说粉丝的事情。

陆渐行只得止住问话，一脸不高兴。

陈彩忙举手讨饶，又见反正是在包厢里，干脆开了外放，对雪莹道："我跟陆总吃饭呢，开免提你不介意吧。"

雪莹笑着说："不啊不啊，老总也在啊！帮我问个好。"

陈彩答应了，又笑着叮嘱："你别激动，粉丝数有时候也有水分，不要慌。"

"我记得以前好像才二百出头的……"雪莹仍是感到难以置信。

"随便一个网红粉丝都比你多，"陈彩道，"方婷都两千多万粉，你这还不到她的零头呢。"

雪莹这才踏实了一些。

陈彩又叮嘱道："私信什么的别看啊，你那个号就登一下做做宣传就行。乔修女友粉比较多，你们这捆绑还得一段日子。"

"我知道，"雪莹在那边笑道，"我有个小号，陈哥你的微博叫什么？我关注一下你。"

陈彩很长时间没打理了，这下才想起来微博认证还没改呢。又一想反正那个也是私人用得多，干脆直接用手机注册了一个新的，把名字告诉了雪莹。

陆渐行等这两人聊完，也想起来了，凑过来看："你们都爱用微博吗？"

"对啊，我最近太忙给忘了更新了，"陈彩忙登上旧号，先把"鱼猫娱乐，王成君经纪人"的介绍改了，又把以前涉及工作的部分设置了隐藏。

其中有一条是在他帮梦圆骂完许焕后发的表情,现在想想也是无巧不成书,如今雪莹的惜梦家纺,他当时可是差点给梦圆抢过去……

两人下午各自回去上班,陈彩今天想起梦圆,便琢磨着那个综艺既然缺女嘉宾,不知道能不能给那边搭个线。

他正在这儿犹豫,就听内线电话响了。

陆渐行道:"你关注一下我。"

陈彩:"什么?"

"我刚注册的微博,"陆渐行道,"用户4288……"

陈彩挂了电话搜了搜,还真是,陆渐行刚注册上还没改昵称,看着跟个"僵尸号"似的。

他点了关注。很快"用户4288"也关注了他。

陈彩心里觉得好笑,以为没事了,就听电话又响了。

"那个粉丝……"陆渐行理直气壮地问,"怎么弄?"

陈彩没想到陆渐行偶像包袱这么重,震惊道:"你打算有多少粉丝?"

"两千万吧,"陆渐行说,"总不能比方婷少。"

陈彩:"……"

幸亏陆渐行没直接交给秘书去办。上哪儿去给他弄几千万粉丝。

"你要这么多粉丝干什么?"陈彩对着电话小声问,"你又不出道。"

陆渐行说:"那我发了微博谁看啊?"

陈彩简直哭笑不得,"等回去我帮你设置吧,今天我没什么事,能早点回。"

雪莹那边戏拍完了,电影之夜在周末,综艺录制要下周一。这两天陈彩难得能有空休息,没等下班就溜了出去,先去超市买了菜。

等先回去把红烧肉炖上,陆渐行那边也下班了。

陈彩跑过去开门。一开门,陆渐行就皱了皱鼻子,好奇道:"你做什么呢?一股酒味儿。"

陈彩道:"红烧肉啊,刚给我妈打电话学的。用了一整瓶黄酒。"

陆渐行难得见他下厨,觉得稀罕,跟在后面看。

陈彩道:"你手机拿来,我给你设置下信息。"

陆渐行把自己的递过去,顺道问:"我在网上看乔修跟那个易小青谈过恋爱,是真的假的?易小青比他大十几岁吧?"

这一条是之前陈彩跟乔修闹翻的时候,乔修的前冤家给挖出的八卦。

"真的,"陈彩道,"要不是易小青举荐,乔修也演不了那部大火的剧。现在造星导演一共那么几个,谁不是红着眼往上挤。不过乔修操作也挺上不了台面的,这边哄着金主姐姐,那边跟小仙女炒作,破除传闻。"

陆渐行恍然大悟,一副"吃瓜群众"的样子。

陈彩回头看见,觉得诧异:"你该不会不知道吧?"

"我不知道啊,"陆渐行道,"传闻太多了,我又没人可以问,也不知道哪个是真的哪个是假的。"

陈彩:"……"

怎么以前没看出他这么爱"吃瓜"?

不过陆渐行在外一直扮"高冷",还立什么精英"人设",别人能跟他说这个才怪呢。

陆渐行又问:"那个文制片要挖许焕是真的假的?"

"……"陈彩,"那个是假的。"

"哦?"陆渐行两眼亮晶晶的。

"要挖他的是投资方,"陈彩道,"那个金主说给他砸一千万投资一部剧,让他当男主,不过他给拒绝了。"

"……"陆渐行表示惊讶,"还挺有骨气。"

"不是,"陈彩道,"他是觉得少。古装电视剧投资那么多,哪怕几年前一千万也拍不来。他觉得这事不靠谱,所以就没去,演了后来拿影帝的电影。"

不过这期间陈彩跟许焕联系很少,仅是几次电话听说的而已。

那个影帝许焕拿得也有点虚,当时是两虎相争,他从中得利。当然跟乔修他们比的话,许焕科班出身,实力仍旧能高出几个档次。

作为经纪人,对很多人的黑历史都很清楚,但是行有行规,陈彩只要还做这个,会跟对家吵架爆料,但绝对不会对许焕这样,除非他跟许焕成了对头。

"上次孙泉让我去找吕涵的时候,我就琢磨过了,哪怕公司内部有争斗,可以抢东西,但是不能互毁前程。"陈彩叹了口气,"要不然好好个公司,得让自己人给折腾垮了。"

陆渐行赞同地点头:"你说得对。"说完有些慨叹,"可惜大部分人都不懂。"

"你不担心?"

"天颐这边我也只是工作,"陆渐行道,"看看什么项目能挣钱,大部分都是渐远做决定,我主要把控着收支平衡,避免他们花超了。"

当然近年事态发展渐渐有些超出他的控制。

公司里的股东现在分两派,一派是陆渐远这边,操作保守。另一派则是大小王,投资激进。双方除了在投资项目上的分歧外,主要的矛盾还是在于公司的上市计划上。

天颐的上市之路已经筹划多年,然而屡屡受阻,陆渐远虽然是学金融出身,但因为之前一直在天颐做事,所以感情反倒比较深厚,做什么都是稳妥起见。现在天颐的财务状况良好,不能上市他也不着急。

大小王却不一样,他们本就吃过资本的亏,现在又认识的几家投资巨头,因此这回恨不得早日掰回一局。

于是这边屡次在董事会上发难,先是提议天颐可以融资,利用对赌引进巨额资金,又质问陆渐远既然是学金融的,为什么这些年一直不同意公司以VIE模式[1]上市。

陆渐行倒是因为临时空降,所学跟金融投资完全没有关系,每次都在上面当隐形人。当然每次需要投票表决的时候,他仍是会支持陆渐远。

陈彩对这些具体的也不懂,但是行业里对赌吃亏的不止一家。投资巨头等于是庄家,赢率算得清清楚楚,行业里的新生力量想要拼一把还可以理解,天颐运作这么多年,着实没有必要。

这事上他也支持陆渐行,只不过他们这些职员的意见并不重要。

第二天陈彩难得睡过头,被人喊起来的时候都蒙蒙的。

陆渐行跟他招呼:"你今天还出去吗?钥匙给你放在茶几上了。"

陈彩有些意外:"你要出去啊?"

---

[1] VIE(Variable Interest Entities,可变利益实体)模式是一种允许境外公司在没有直接股权关系的情况下控制国内公司运营的特殊结构。

"渐远说今天家里聚餐，爸爸让我也过去一下。"陆渐行道。

陈彩抱着被子翻了个身，他最近太累了，只想好好睡觉。

陆渐行参加家宴的次数不多，一年之中除了重要节日，也就长辈大寿的时候家里人才会聚一块儿，而且重头戏也都在晚上。

反正那边有他的房间，所以他一般都会住一晚，第二天回。

陆渐行没说完，就听见手机响，陆渐远来电。

陆渐远在那边问："哥，你到了吗？他们改地方了，去广益亭吃。"

广益亭是一家会所的包厢名字，一般他们商务应酬才去，陆渐行有些疑惑："怎么去那儿了？"一想，又问了句，"都有谁？"

"我也不知道，昨天跟我说的时候是说一家人吃饭，又让叫上你，"陆渐远说完啧了一声，琢磨道，"不过我觉得有点怪，刚刚小姑的秘书好像也来了……"

带秘书？这是什么情况？

陆渐行皱眉："一会儿过去，差不多要二十分钟。"

兄弟俩挂了电话，陆渐行扭头就见陈彩瞪圆了眼，一脸狐疑地看着自己。

"这是鸿门宴吧？"陈彩道，"怎么还带秘书了？"

陆渐行按了按眉心："你听见了？哎，你起床干什么？"

"我给你当司机！"陈彩飞快地穿衣服，道，"你万一也需要秘书充场面了，我拍马就到！"

五分钟后，陈彩坐在了副驾驶上。

陆渐行开车，无语道："让你去念驾驶课也不去，胆子这么肥，什么都不学也敢摸超跑。"

陈彩瘪着嘴，委屈道："我哪知道你今天要开这辆啊。再说我天天那么忙，哪有空去上课。"

陆渐行给他的名片是帮忙报名学跑车的驾驶课程的，陈彩那天好奇，打电话问了问，基础班就要十几万。

陈彩放下电话的时候，竟然不知道是该为陆渐行要给他开跑车而高兴，还是为自己穷得连驾驶课都报不起而伤心了……真是贫穷限制想象力，他以前也没想过开超跑还得先上课。

"你什么时候学的这个?"陈彩感到心痛。

陆渐行哼了一声:"拿身份证的时候。那时候国内还没有,出国学的。"

"真好,"陈彩羡慕道,"不像我,拿身份证的时候还骑小电驴呢。"

"你现在学也不晚。"

"我现在没时间啊,天天忙得要死。"

陈彩老老实实坐着车,一直到了会所楼下。

时间还早,不远处却已经聚集了不少人,衣着打扮看着都颇为讲究,听到车子的轰隆声都齐刷刷地朝这儿看了过来。

陈彩不想跟那些人打交道,便道:"我在车里等你吧。"

"你不吃饭?"

"你们家里人聚餐,我去也不合适。"陈彩往外看了看,见这会所单独圈了一片地,不远处便是茶餐厅和奢侈品店,便指了指对面的一幢小楼,"那边是衣服店吧,我正好过去看看。看完就在那边吃了。"

陆渐行点了点头。陈彩等他走了,又在车里坐了会儿,估摸着那边起码得两三个小时才能结束,便打电话骚扰BB,请他过来喝茶。

陆渐行一直走到楼下,才发现今天来的人很多,叔伯姑侄的都聚齐了。

陆老弟已经在那儿等了他一会儿了,见他从远处过来,先是诧异:"就你自己?"

他刚刚明明看见车里两人,还以为陆渐行也带了秘书。

陆渐行"嗯"了一声。看了前面一眼:"今天是什么日子?"

"发难的日子。"陆老弟脸色暗下去,拍了拍他的肩膀。两人一块儿往里走。等进到会所大堂,周围没什么人了,他才压低声道,"爸爸身体不好了,王董他们这段时间不知道给可萌灌了什么迷魂汤,让这丫头片子跟我们对着干。"

陆渐行微微挑眉。陆家亲戚里,陆可萌是跟他最不对付的一位。他原本还在陆可萌过生日的时候送过跑车,结果那天对方阴阳怪气地说他养父母,陆渐行一气之下又给收回去了。从那之后陆可萌对他敌意更盛。

只不过天颐传媒里占股份最多的是陆渐远,陆可萌这样还跟大小王混在一块儿,可是吃里爬外了。

这种事跟自己一般没什么关系,陆渐行没多想,跟陆老弟一块儿上楼,到包间里落座。

意外的是陆爸爸已经在里面等着了,他身体不好,座椅四周便都铺满了软垫,这会儿恹恹地坐在那儿,比平时多了一股行将就木的腐朽气息。

陆渐行忽然想起了自己的养父,那位老先生比陆爸爸要大出十几岁,临去之前头发已经全白,却从没露出过这种颓废之色。他跟陆爸爸交集不多,此刻除了觉得此人可怜之外,并没有太多的感慨。倒是陆渐远心里难过,快走几步过去,低声喊了声"爸"。

陆爸爸抬眼看他,缓缓点了点头。

陆老弟问:"你怎么自己在这儿,我妈呢?"

"出去了,"陆爸爸叹了口气,"她说……"到这突然一顿,突然抬眼看了看陆渐行。

陆渐行明白过来,转身要走,陆爸爸却又道:"罢了,你一块儿听听吧。"

"我这身子可能也支撑不了多久了,"陆爸爸叹气道,"等我死后,你们母子几个再分难免会有纠葛,所以我打算这几天就召开股东会,把股权提前转让给你们。你妈妈和你们兄妹三个,四人平分。"

陆渐远喉头一哽,但也知道这是早晚的事情,只点了点头。

陆渐行反倒是眉头一挑,明白了什么。

果然,陆爸爸道:"但是问题就在这儿。按照原来的比例,你自己持股35%,我这儿有20%,公司里大小决定基本就是你说了算了。可是以后……你明白了吧……"

陆渐远心里咯噔一声,哪能不明白。

现在天颐的股份他占35%,陆爸爸20%,陆渐行5%。因为陆渐行和陆爸爸完全支持他,所以公司的局面一直是他稳稳掌控,不用顾虑其他人。

但如果这次陆爸爸把那20%股份四等分全分了……那他这边只有他的40%、陆渐行的10%,其他亲戚跟陆可萌一样,都靠不住,如果以后他们投靠了王董那边,以后公司就是两派对立,很难看了。

"我想多给你,你妈不同意。如果等我死后按遗产分,加上你爷爷奶奶,你得的更少……"陆爸爸道,"我已经尽力了。今天吃饭,来的亲戚多,你也劝劝她,家和万事兴啊。"

陆渐远看他虚弱成这样,也不忍多说,只点头道:"我知道了。"

等到吃饭,一家人围桌落座,陆爸爸吃了几口体力不支,便被人背到一边去靠着沙发坐着。

陆渐远正要跟陆渐行说话,就听席间一直安静的姑姑问他:"渐远,你们公司现在缺人的吧?"

陆渐远微微一愣,看了眼一旁的表弟一眼,诧异道:"笑成不是还没毕业吗?"

"没毕业,但要找实习的啊,"姑姑笑道,"我想着他学的还是管理,去外面找,不如来自家的公司,所以你给看着安排安排?"

陆渐远没多想,给亲戚安排职位不是大问题,于是点了点头:"那回头我看看。"他说完问表弟,"你想去哪个部门?"

表弟偷偷瞧他一眼,没说话。姑姑立马道:"怎么还分部门呢,就跟你们兄弟俩一样当个老总不就行了。"

"老总?"陆渐远觉得离谱,"公司高层职位已经满了,没有老总给他当。而且笑成刚毕业……做秘书或者助理还可以试试。"

"你说笑呢吧,"姑姑却笑道,"不是我说你啊,就你哥,渐行那点本事都能当老总,怎么我们笑成就不可以?笑成可也是985呢。"

她说到这儿顿了顿,哎了一声,又道:"而且不是我说啊,有些人就是命好,便宜两头占。你说那边当爹的要不行了,给点股份,这边当爸的也给点股份。这是命里带财哦。"

陆渐远一愣,皱起了眉头。

他刚要说话,就听陆可萌也嗤笑了一声,啧啧道:"不光命里带财,还带煞呢。要不然怎么谁给当爹谁倒霉。"

两人赤裸裸地指向陆渐行,后者脸色还没变,陆渐远已经怒了,把酒杯朝桌上一拍,呵斥道:"你说话客气点!这是我们大哥,你不认我还认呢!"

"怎么不客气了?"陆可萌扬起下巴,不服道,"我对他不客气,对你也不客气。你是不是天天给人打下手打傻了啊。咱爸这么多年一直想着上市,到了你手里,公司资质这么好,大把的资金等着进来,你就死活不同意!"

陆渐远冷笑道："恐怕傻的是你的，我就说王董一伙最近怎么这么嚣张，敢情是家里有内贼，跟人里应外合呢。"

"你不能这么说你妹妹，"陆妈妈一直在旁边坐着，此刻才慢慢开口道，"我也觉得你的做法过于保守了，东视传媒的王太太以前也跟咱家差不多的，但是人家就早早融资上市了。别的呢，我们不懂，反正她那六百万变成三个亿可是真的……"

"你们知道的我都懂，我也并非不想让大家挣钱，"陆渐远无奈道，"但众银这次跟王董的对赌，无论怎样他都不会亏，只是挣多挣少的问题，而公司我们一旦对赌失败，很可能会失去公司的控制权。"

"但是你不对赌，众银也不会投资，"姑姑道，"公司现在也缺钱的吧？请导演要花钱，投资电视要花钱，你没有钱怎么办呀？"

"我们还没到没钱的那一步，"陆渐远道，"我跟大哥也会一直严格把控，今年公司的项目多，只要挺过去，明年会是丰收年。不管怎么样，在这个紧要关头，还是请大家不要一家人存两条心。"

他说完见几人表情各异，心里恼火，却也无法。回头去看陆渐行，后者倒是什么都不管，只低头慢吞吞地喝汤吃菜。

陆渐远心里发闷，这时候，陆渐行可能是唯一一个还能支持他的人了。

他想到这，忍不住问："哥，你觉得怎么样？"

陆渐行果然点头，痛快道："我完全支持你，你说了算。"

陆渐远轻轻松了口气。

一旁的陆妈妈却忽然咳了一下，抬眼看了过来："那个，渐行，你的股份……是不是要再商量一下？"

陆渐行一直默默吃饭，闻言一愣。

陆家里，唯一不主动对他说话的就是这位。

陆妈妈道："其实原定呢，你爸的股份主要是给渐远和可萌的。"

陆渐行："哦。"

"现在你既然回到陆家，不分给你，也不像话，"陆妈妈笑了下，抬眼看着他，"但是5%是不是有点多？你之前已经有5个点了。"

"还是不一样的，"陆渐行认真道，"我自己的5个点，是我父亲真金白银投资的。这次的5个点，是我爸应该给的。"

"那不能给这么多啊，"陆妈妈道，"他快不行了，脑子糊涂，我是不同意这样的。"

"没办法,"陆渐行道,"当年你婚内出轨跟我爸乱搞的时候,我跟你前夫也不同意的,能怎么样呢?认命吧……"

此言一出,席间顿时一阵寂静。

陆渐行一直跟个面人似的,不怎么说话,脾气也好,这还是头一次看他呛人。

几位亲戚都十分惊讶,又觉得话题尴尬,于是都默不作声,拿眼瞧着陆妈妈。

陆妈妈数年前便拿大儿子当作污点,恨不得早早抹去,二十多年不怎么联系,也毫无母子亲情,这会儿越看便越觉得可恶。

谁知道陆渐远偏偏帮着那边,竟然道:"我大哥在外吃苦这么多年,家里欠他的不是一星半点,如果不同意,那也只能给他多分,没有还少分的道理。"

陆可萌见状冷笑:"那这样干脆别分了,等着以后分遗产吧。"

"好,"陆渐远怒极,拍桌而起,"既然如此,那你等着,趁着爸爸还在,我明天就提议开股东会,第一个把你踢出去。"

他说完拿起自己的东西,一脚踹开椅子先行离开了。

陆渐行不放心,拿了东西要跟过去,回头的时候就看见陆爸爸在包厢的一角,看着一家老小为了自己什么时候死掉吵翻了天。来的时候他只觉得可怜,这会儿想起他的生平,也算玩弄资本叱咤风云的一位,未免又让人觉得可悲。

陆渐行微微一怔,随后垂下眼,转头大步走了出去。

陆渐远已经在楼下了,点了根烟,又着腰在那儿站着。听到后面的脚步声时,他也没回头,只弯下腰去,显得有些沮丧。

陆渐行拍拍他的肩膀,劝道:"别急,王琦导演手里还有7%,或许可以争取一下。"

"不好办的,王导一向是随大流,站在人数多的那边。"陆渐远苦笑道,"你知道为什么她想让你少分吗?"

"知道,"陆渐行淡淡道,"我少就等于你少,他们有控制权之后,要做什么就容易多了。"

陆渐远叹了口气:"我忽然觉得有些不踏实。姓王的疯了,他现在简直是无所不用其极。"

兄弟俩站在台阶前一块儿往远处看,正午的阳光有些刺眼,陆渐远又站了会儿,忽然问:"如果,天颐需要巨额资金了……"他转过脸,忽然看向陆渐行,"你会出钱帮忙渡过难关吗?"

陆渐行微微眯了眯眼,却道:"我没钱。"

(未完待续……)

图书在版编目（CIP）数据

戏精守护者/五军著.-- 武汉:长江出版社,
2025.5.--ISBN 978-7-5492-9847-1
Ⅰ.I247.5
中国国家版本馆CIP数据核字2024X5B454号

戏精守护者/五军 著
XI JING SHOU HU ZHE

出　　版	长江出版社
	（武汉市解放大道1863号 邮政编码：430010）
策　　划	力潮文创-白鲸工作室
市场发行	长江出版社发行部
网　　址	http://www.cjpress.cn
责任编辑	李剑月
策划编辑	唐　婷
特约编辑	波菲 笛庚喵
封面设计	吴思龙 Semerl
插图绘制	米米桃 鹿寻光
印　　刷	北京盛通印刷股份有限公司
版　　次	2025年5月第1版
印　　次	2025年5月第1次印刷
开　　本	880mm×1230mm 1/32
印　　张	8.75
字　　数	295千字
书　　号	ISBN 978-7-5492-9847-1
定　　价	46.80元

版权所有，侵权必究。如有质量问题，请与本社联系退换。
电话：027-82926557（总编室）027-82926806（市场营销部）

为纯粹的乐趣而读